Zu diesem Buch

Jakob Sorger ist vierzig Jahre alt, arbeitet an einer westdeutschen Universität, lebt mit der Mutter seiner Kinder in einer eheähnlichen Gemeinschaft und möchte endlich erwachsen werden. Beim Rückblick auf sein Leben verliert er plötzlich den Faden. Was eine Sorger und seiner Generation schmeichelnde Leidensgeschichte werden könnte, wird von einer inneren Stimme angezweifelt: »Du, ich glaube dir diese Geschichte nicht. Ich traue diesen Geschichten nicht, in denen wir am Ende zwar recht behalten, aber immer nur als Opfer erscheinen.«

Günter Franzens zorniger Roman ist ein harsches Porträt der graumelierten heute Vierzigjährigen.

Der Autor

Günter Franzen, 1947 in Hannoversch Münden geboren und in Köln aufgewachsen, arbeitete in Frankfurt und Göttingen als Buchhändler, studierte in Berlin Pädagogik und Sozialwissenschaften und lebt als freier Autor in Frankfurt. Neben wissenschaftlichen Arbeiten hat er in der rororo-panther-Reihe die Prosaskizzen »Haut gegen Haut« und »Muskelspiele« veröffentlicht. »Kindskopf oder die Erfindung des tiefsten Blaus« ist sein erster Roman.

Günter Franzen

Kindskopf oder die Erfindung des tiefsten Blaus

Roman

rororo

Rowohlt

Veröffentlicht im Rowohlt Taschenbuch Verlag GmbH,
Reinbek bei Hamburg, März 1989
Die Originalausgabe erschien im claassen Verlag GmbH,
Düsseldorf 1987, unter dem Titel
»Kindskopf oder die Erfindung des tiefsten Blaus«

Umschlaggestaltung: Thomas Henning / Claus Pfitzner
Lektorat: Jürgen Volbeding
Gesamtherstellung Clausen & Bosse, Leck
Printed in Germany
980-ISBN 3 499 18245 9

Inhalt

Für Franz Wellendorf

Die verlorene Stunde

Ein moderner deutscher Mann liebt eine moderne deutsche Frau etwa dreißig Tage lang und wird während dieser Zeitspanne wiedergeliebt. Am einunddreißigsten Tag kommt es in der Schalterhalle eines innerstädtischen Geldinstituts zu einer zufälligen Begegnung der Liebenden. Beide zeigen sich angenehm überrascht und verständigen sich nach dem Austausch gehauchter Wangenküsse und der Überprüfung ihres jeweiligen Kontostandes auf den Besuch eines nahe gelegenen Cafés. Dort teilt die Frau dem Mann ohne Umschweife mit, daß sie vor sieben Stunden aufgehört hat, ihn zu lieben. In den ersten Minuten, die dieser Nachricht folgen, hemmt leichte Beklommenheit den Gesprächsfluß; die Frau starrt in die Dampfsäulen über der Espressomaschine, der Blick des Mannes folgt dem Rundkurs einer Stubenfliege auf dem Goldrand der vor ihm stehenden Mokkatasse, bis er endlich den Blick von dem Insekt abwendet und die Lage der Liebenden knapp beschreibt: Durchreise.

Er räuspert sich, streift mit der Kuppe des Zeigefingers über den Handrücken der Frau, so, als wolle er sie trösten, und fährt mit weicher Stimme fort: Es gibt keinen Zustand, der bleibt, es gibt kein Haus, das Grund bietet, es nicht zu verlassen; wie es der Zufall will, habe auch ich aufgehört, dich zu lieben; laß mich überlegen, ja, es liegt genau sechs Stunden zurück, daß ich auf meine Armbanduhr schaute und mir sagte: Seltsam, ich liebe sie nicht mehr.

Die nahezu zeitgleiche Entdeckung der Brüchigkeit eines Provisoriums, an das sich das Paar späterhin vielleicht einmal als wahnsinnige Liebe oder als peinliche Verirrung erinnern wird, diese Übereinkunft versetzt die Beteiligten in eine gewisse Hochstimmung, in der ein ausgelassenes Wort das andere gibt: Unser

Liebesfall ist eine Sache der Vergangenheit, sagt die Frau. Kein Stachel ragt in die Gegenwart, sagt der Mann. Keine bohrenden, quälenden Fragen liegen uns auf der Zunge, sagt die Frau. Nun sehen wir uns mit den milden Augen der Freundschaft, und wir können noch viel zusammen machen, beteuert der Mann. Wenn da nur nicht die eine Stunde wäre. Welche Stunde, fragt die Frau. Nun, diese eine Stunde, antwortet der Mann, diese vorgelegte Stunde, in der ich dich ahnungslos weiterliebte, während deine Liebe zu mir schon längst erloschen war. Wer gibt mir diese Stunde wieder? Das klingt ja beinahe wie ein Vorwurf, argwöhnt die Frau, aber nicht doch, fällt ihr der Mann ins Wort, es ist nur diese Stunde an und für sich, von der ich kaum zu sagen weiß, ob sie mir abgeht oder über ist, ein unruhiges Mehr an vergeblichem Herzschlag, Hochgesang und Himmelblau, sechzig mal sechzig Umdrehungen in einem leeren Ballsaal, ziellos verweht.

Deine Walzerschwünge sind nicht mein Ding, sagt die Frau, und die Trauer auch nicht, ich trage keine Armbanduhr, ich habe keine extremen Gefühle, ich wachse an jeder Trennung. Die Dämonen sind verschwunden, Energie, Fließen und Freude und ein sicheres Gespür für den Augenblick der Ankunft und des Abschieds gehören mir. Um des Bildes willen, das ich mir von dir gemacht habe, das meine Liebe zu dir geweckt und begleitet hat in dreißig Tagen und Nächten, hoffte ich auf deine Größe, hoffte, daß du fähig wärest, diesen Augenblick mit mir zu durchleben und zu genießen, elegant, dezent, souverän und bis zum Finale verschwenderisch im Umgang mit der Liebe. Statt dessen hantierst du jammernd mit kleiner Münze, ein bißchen zu armselig, zu laut, zu hastig. Schade. Wer auch immer dir die Stunde zurückwerfen mag in den Hut, ich bin es nicht, mein Lieber.

Ein moderner deutscher Mann mit dem Rücken an der Wand. Es ist nur zufällig die Wand eines Cafés, es könnte ebensogut die Wand einer Tiefgarage, eines Eisenbahnabteils, einer Diskothek oder einer Fußgängerpassage sein, an die sich der Mann gedrängt sieht: Viele der gegenwärtig stattfindenden Endspiele werden auf öffentlichen Plätzen ausgetragen. Der deutsche Mann zeigt sich den Anforderungen der Gegenwart nur ungenügend gewachsen und darf deshalb kaum noch als moderner Mann gelten. Er befindet sich nicht ganz auf der Höhe der Zeit. Er hinkt seiner Zeit um eine Stunde hinterher. Im Hinblick auf die Ewigkeit oder, bescheidener, auf das Leben mag eine Stunde gering erscheinen, aber es geht vielleicht gar nicht um die Kluft einer Stunde, sondern um die Art und Weise, wie der Mann sie zu schließen sucht. Er flaniert nicht, er schreitet nicht, er gleitet nicht, er trabt nicht, nein, er hinkt. Wer hinkt, stolpert leicht, wer stolpert, fällt hin, wer liegenbleibt, wird aus dem Rennen genommen und gilt als Verlierer. Der deutsche Mann fühlt sich nicht gut und sieht nicht gut aus. Die Harmonie seines Bewegungsapparats ist gestört, seine vordem anziehend gelösten Gesichtszüge drücken Verbissenheit und Schmerz aus, sein Blick ist starr nach vorn gerichtet, auf seiner Stirn stehen Schweißperlen, er rudert mit den Armen und zieht ein Bein nach.

Diese Gebrechen stehen in krassem Widerspruch zu den Eigenschaften, mit denen sich die deutsche Frau zu Beginn ihrer Zuneigung zu umgeben dachte; das gegenwärtige Auftreten des Mannes läßt Kontenance und Stil vermissen; wie er da vor ihr steht mit dem Rücken zur Wand, ist er nur noch ein verspäteter Liebhaber, der die Spuren seiner vierzigjährigen Vergangenheit nur schlecht verbergen kann. An der Beschäftigung mit der Vergangenheit vierzigjähriger deutscher Männer ist die Frau nicht im mindesten interessiert. Steckrübenwinter und Stubenarrest, Mittelball und Klassenkampf, Kinderaufzucht und Beziehungsknatsch, kurz, deine Vergangenheit begegnet meiner Gegenwart wie ein gefräßiges Tier, sagt die Frau. Den Hund lege ich an die Kette, der kommt mir nicht mehr ins Haus.

Du, flüstert der Mann ganz schnell, in Wirklichkeit liebe ich dich immer noch. Du – wer bist du? Du wirfst das lange schwarze Haar in den Nacken, und dünnes Nachmittagslicht fällt über Schultern und Brüste ins Camparirot. Ein volles Glas. Ein leeres Glas. Zwischen zwei Gläsern liebt es sich so rasch, daß wir so gut wie nichts mehr merken, eine Zungenspitze blitzt auf, hier eine Achselhöhle, dort ein Rippenbogen, am Horizont ein Gelächter, und schon verschwindet der Stein im Wasser, ohne Wellen zu werfen, und wie man sich fühlt danach, darauf kommt es ja letztlich an, oder? Nach dem Original wird schon irgendwo ein Remake durchgezogen, größer, bunter, greller als beim letzten Mal, man muß nur die Augen offenhalten für den glänzenden Abschiedswechsel, man muß nur bereit sein, die alten Farben neu zu mischen und aufzutragen. Ja, zuerst mochten wir es auch nicht, das flache, ausdruckslose Gesicht der Gleichgültigkeit, aber jetzt können wir gar nicht mehr ohne, wenn man sich daran gewöhnt hat, wirkt es beinahe schon wieder menschlich. Am Ende haben wir wieder etwas dazugelernt und mit verstellter Stimme die passenden Töne gefunden. Nur leise, keinen Krach bitte, kein Türenschlagen, kein Gezeter auf den Knien, kein romantisches Gegurgel, wir arbeiten mit der heißen Nadel, hier werden die Patienten ohne Betäubung am offenen Herzen operiert und die Trennungen absolut geräuschlos über die Bühne gebracht. Nur, ich müßte doch noch etwas sagen, denn bei dem Eingriff an mir müssen dir wohl die Finger gezittert haben. Schmerzfrei fühle ich mich zwar, aber seltsam aufgelöst am Ort der Entsorgung, kopflos, ohne Hand und Fuß. Schau, schau, dort stolpert der Blade Runner durch mein dunkles Haus, geliebte Replikantin, und draußen herrscht ein vollkommener Spätsommer. Nicht zu heiß während des Tages und angenehm lau nach Sonnenuntergang. Die frohsinnige Verträglichkeit der Leute spiegelt die Zufriedenheit mit der sich ausdehnenden Hochdruckfront wider, mit der schönen Umgebung, mit dem schönen Ambiente, mit den schönen Aussichten, mit den schönen Mitmenschen. Mit den aseptischen Affären, die sich hin und wieder ergeben, besonders dann, wenn der in Frage kommende Personenkreis nicht allzu kopflastig ist, nicht allzu beschwert durch Selbstzweifel, Unzufriedenheit, Sehnsucht und andere Formen des ungeselligen Eigensinns, falls du mir noch folgen kannst.

Die moderne deutsche Frau winkt nach der Bedienung und

sagt: Bei dir piept's ja, du bist völlig ausgerastet, das wird mir zuviel. Ja, sagt der deutsche Mann und steigt auf den Kaffeehausstuhl, ich hebe ab. Wenn ich ein Vöglein wär und wenn ich Flügel hätt', trüg' ich einen Zettel im Schnabel, von der Liebsten einen Gruß. Aber die Liebste hat sich abgewendet von mir und grüßt mich nimmermehr, und deshalb muß ich weiterfliegen und fragen. Sind Gefühlsschwächen nichts Ernsterem zuzuschreiben als dem Föhn, wie schwer wiegt ein Coolcheck um Mitternacht, ist der Tango ein Männerberuf mit Zukunft, fördert die allmonatliche Brandrodung unser erotisches Wachstum, wie hoch ist die Halbwertzeit einer durchschnittlichen mitteleuropäischen Umarmung, wollen wir nun abschließend französisch essen gehen oder italienisch, krächzt der weiße Rabe am Ende, kreist weinend über dem Neuschnee und sucht Schutz im Lidschatten der Geliebten. Nun hockt er zersaust auf dem Rand der Kaffeetasse, schnippt die Krümel vom Tisch und dämmert vor sich hin. Wieder leicht abgehoben, wieder schwer auf den Schnabel gefallen. Also, was ist nun, murmelt er, ja oder nein. Er sagt vorläufig: Weißt du noch, und indem er es sagt, umfaßt er ihre Hände und vergräbt seinen gefiederten Kopf tief in dem Schoß der Frau, um ihr ein Zeichen des Zögerns, der Unentschiedenheit, der Umkehr zu entlocken. Aber da kann er warten, bis er schwarz wird ... Also, bis bald einmal. Aber warte, einen Moment noch, diesen Moment noch, bittet der Mann. Und er dehnt den Augenblick, um Atem zu schöpfen, Mut zu fassen, Vergleiche zu ziehen, Möglichkeiten durchzuspielen, und er verharrt lautlos, um die Stimme des Unglücks zum Schweigen zu bringen, um die Stimme der Hoffnung zum Reden zu bringen, um Zeit zu gewinnen für sich und seine Liebe. Aber die fortschreitende Zeit entledigt sich der hinkenden Männer und der wirren Raben ohne Zaudern. Nackt und breitbeinig steht sie da, die Zeit, federnd und muskulös auf hohen Absätzen, die Hände kraftvoll in die Hüften gestemmt, Zunge und Lippen ein blutiges Rot. Sag mal, sagt die Frau, ich verstehe nur Bahnhof. Es geht mich ja nichts mehr an, aber willst du nicht doch mal endlich eine

Therapie machen? Mit dieser Frage schießt die Frau den komischen Vogel ab und wendet sich, ohne auf eine Antwort zu warten, mit energischen Schritten dem Ausgang der Gaststätte zu.

Der Mann begleicht die Rechnung und überlegt, wie es weitergehen soll. Die Lage normalisiert sich. Die Sprache kehrt in die ihr gemäße Ruhestellung zurück und äußert sich in zusammenhängenden Sätzen. Wem gehören die vorliegenden Sätze? Dem deutschen Mann. Seine Wunde hat mit der deutschen Sprache und dem Menschen zu tun, der als erster in Liebe zu diesem Mann gesprochen hat. Wenn er diese Sprache nicht sprechen würde, hätte er diese Wunde nicht. Hätte er nicht diese Wunde, würde er nicht diese Sprache sprechen. Wenn man jemanden von sich sagen hört, er stehe in dieser oder jener Frage auf diesem oder jenem Standpunkt oder habe seinerzeit folgenden Standpunkt vertreten, vermittelt diese Behauptung dem ausländischen Zuhörer etwas von der Eigentümlichkeit der deutschen Sichtweise, von der unverwechselbar deutschen Art der Wahrnehmung, Bewertung und sprachlichen Annäherung: Ein Wald, ein Acker, eine Blüte, ein Seitensprung oder andere gewöhnliche Vorgänge und Gegenstände werden aus ihrem oberflächlichen Alltagsdasein erlöst und von einer Anhöhe aus, dem Standpunkt eben, einer gründlichen Befragung unterzogen. Wenn die Dinge diese Prozedur überstanden haben, blähen sie sich auf und geben im Deutschen höchst verrückte und unverständliche Antworten: Ich bin ein Dom, bekennt der deutsche Wald im Verhör; ich bin die dunkle Scholle der Ahnen, raunt der Acker; von Jesse kam die Art, wispert die Rose, und jede verratene Treue zitiert das düsterschwere Gudrunlied. Die Klage des verlassenen Liebhabers klingt ziemlich deutsch, die Begriffe schwingen sich auf und wollen Furore machen, andererseits deutet die Zerrissenheit seiner Redeweise darauf hin, daß er der deutschen Zunge nicht mehr ganz mächtig ist und seinen Standpunkt verloren hat. Jeder, der im Leben seinen Mann steht, sei es als Wissenschaftler, Soldat, Familienvater, Politiker, Lehrer, Kapellmeister, Leistungssportler oder Stammtischler, kann ermessen, was es bedeutet, keinen Standpunkt zu haben. Wenn ein Mann vor seine Geschlechtsgenossen hintritt und bekennt: Ich habe meinen Standpunkt verloren, wird man ihn von Herzen bedauern, ihm aufmunternd auf die Schultern klopfen, ihm ein Glas spendieren – und insgeheim bei sich feststellen: Mit dem brauchen wir nicht mehr zu rechnen, der ist aus dem Ruder gelaufen, der Typ ist ja völlig fertig. Denn was ist ein Mann ohne Standpunkt, ohne Übersicht, Durchblick, Perspektive und ausdauernde Wortgewalt in allen Lebenslagen? Er ist ein lallendes Nichts. Der moderne deutsche Mann, dem im Verlauf eines Kaffeehausbesuches neben allen anderen hervorstechenden Eigenschaften womöglich auch seine Männlichkeit abhanden gekommen ist, weckt nicht nur die Anteilnahme und Abscheu seiner Mitmänner, er ruft auch eine Frau auf den Plan. Nein, es ist nicht die moderne deutsche Frau, es ist die mütterliche Frau. Während man sich die moderne Frau schmal und schneidend vorstellen darf, ist die mütterliche Frau eher groß und stark. Die mütterliche Frau betritt die Szene, durchbricht den Trauerchor der lebenstüchtigen Männer, und der Anblick des Häufchens Unglück auf dem Kaffeehausstuhl läßt ihr das Herz übergehen. Diese Frau weiß, was zu tun ist. Sie kennt sich aus mit zerbrochenen Männern, sie hat schon so manchen von ihnen aufgelesen und wieder zusammengesetzt. Sie würde auch seine Scherben finden und mit Sorgfalt und Geschick zusammenfügen. Sie würde ihn in die Arme nehmen, seine Tränen trocknen, seine Wunde verbinden, ihm ein Dach über dem Kopf anbieten, eine warme Mahlzeit und ein frischbezogenes Bett, in das der Mann nur noch hineinzukriechen brauchte. Die mütterliche Frau ist nicht nur groß und stark, sondern auch lieb und gut, und man ist versucht, dem hinkenden Mann zuzurufen: Ja, nun komm doch endlich mal in die Gänge, du Trauerkloß! Steh auf oder laß dich fallen, aber tu irgend etwas, bevor sie sich eines besseren besinnt und deiner verflossenen Liebe durch die Schwingtür folgt auf Nimmerwiedersehen. Auf wen wartest du eigentlich noch? Auf die Königin von Saba? Aber der Mann sitzt wie festgenagelt auf seinem Stuhl, und dann dauert es wieder eine Ewigkeit, bis er sich der Frau zuwendet und sagt: Ich glaube, daß es sich um ein Mißverständnis handelt. Ich muß das freundliche Angebot zurückweisen, so nett es auch gemeint ist. Ich brauche keine Krankenschwester und keinen Unterschlupf, ich will nicht weich gebettet, will weder bekocht noch gestillt noch bemuttert werden. Ich will geliebt werden. Der Unterschied ist mir wichtig. Fürs Gesäugtwerden bin ich zu alt, für die Rheumadecke zu jung. Das ist mein Dilemma. Ich bleibe lieber hier sitzen, verrenne mich in den nächsten Irrtum oder warte auf die Königin von Saba. Warum eigentlich nicht? Ich warte auf die Heimholung meiner ganz und gar überflüssigen, unerwiderten kläglichen Liebe, selbst wenn oder gar weil sie ein altes Lied ist.

Das alte Lied, das ich meine, ist von besonderer Art. Im Halbschlaf zu hören, erhebt sich leise ein warmer Wind und hinter dem Wind ein kaum hörbares, feines Jauchzen, drei Akkorde, auf der Gitarre zu spielen, ein süßer, ziehender Geruch von Frühe bahnt dem Schläfer den Weg nach draußen, nackt, lautlos, ohne Landkarte und Kompaß, hellwach und zielsicher geht er durch die stummen Friedhofsalleen, über karge Pässe ins nimmergrüne Tal, dahinter ein aufgelassenes Gehöft, kalte Trassen bis zum Horizont, im Sprung über Dorfreste und Vororte hinein in die gellende Stadt, watend im Strom der Passanten, gegen den Sog der tausend mal tausend Leiber, hilfloser Blick über alle hinweg: Keine von hier, keine von euch, keine für mich, und Blut ist im Schuh, flüstert der Täuberich und zieht den Fuß aus der Schlinge, und der letzte Fluchtpunkt heißt Sehnsucht, und linker Hand zieht sich ein unbegangener Weg, und der Weg mündet in einen Wiesenpfad, und der Wiesenpfad stößt auf eine Dornenhecke, und hinter der Dornenhecke erhebt sich ein schönes kleines Haus, und in dem Haus brennt noch Licht, und unter dem Licht beugt sich ein zarthäutiger Arm, und die Armbeuge schimmert im Licht, und in der Armbeuge ruht ein schmaler Kopf, und vom Scheitel des Kopfes fließen die schwarzen Lokken über den entblößten Nacken, und ich trete behutsam ein und sage endlich: Du.

Das alte Lied hat eine zweite Strophe, und in der zweiten Strophe überfällt den Liebhaber die Angst in ihrer reinsten Form: Die Angst vor dem Verlassenwerden läuft über den schmalen Grad zwischen Abwesenheit und Tod. SIE reist wegen eines obskuren Arbeitstermins vierspännig in die Welt hinaus, und ich bin ein unbewegliches, verfügbares Sperrgut im letzten Winkel der Gepäckaufbewahrung, Schlauch ohne Wasser, Faß ohne Boden, ein leichenblasses Nichts ohne SIE, und ein ungnädiger Gott überzieht mich mit der einstweiligen Verfügung, mich nicht von der Stelle zu rühren, bis mich ihr Telefonanruf erreicht. Das Warten auf den Anruf unterliegt den strengsten Regeln: Es ist verboten, das Zimmer zu verlassen, die Toilette zu benutzen, die Spülmaschine und das Radio anzustellen, laut zu pfeifen oder gar selbst zu telefonieren. In ebendiesem Moment will SIE mich ja anrufen, die Leitung ist besetzt, Wasserrauschen und Küchenlärm übertönen das erlösende Klingeln, und in diesem Moment hätte ich die Liebe endgültig verspielt. Profane Tätigkeiten dagegen wie die Aufnahme von Nahrungsmitteln, das Schneiden der Fußnägel oder die Lektüre eines Schundromans verbieten sich von selbst. Denn trotz ihrer Abwesenheit ruhen die Augen der Geliebten unablässig auf mir. Ich kann und will ihr nichts verbergen, und was sollte sie veranlassen, einer Kreatur ihr Herz zu schenken, die in ihrer Abwesenheit behaglich Dosenbier trinkt, kandierte Erdnüsse kaut, Nageldreck entfernt und sich den süßen Nebeln von Avalon ergibt. Nein, SIE soll sehen, wie ich mich in völliger Enthaltsamkeit und Strenge übe: auf dem blanken Tisch neben dem Telefon ein Glas Leitungswasser, auf dem ungepolsterten Stuhl ein Mann unter der Fron der Wissenschaft; vor ihm aufgeschlagen ein voluminöses und anspruchsvolles Werk über den Geist der Kathedralen; der aufstrebende und gedankentiefe Inhalt des Buches korrespondiert vortrefflich mit den asketisch-sensiblen Gesichtszügen des Lesers. Die kurzgeschnittenen Haare ein wenig genialisch zerrauft, die traurigen

Augen verborgen hinter stark getönten Brillengläsern, strahlt er so viel Geduld, Demut und Würde aus, daß die säumige Geliebte ihr billiges Geschäft mit der Welt kündigt und ihm, am ganzen Körper bebend, entgegenruft: Ja, Liebster mein, wie konnte ich ein solches Bild, eine solche Ikone von einem Mann mit meiner Abwesenheit strafen? Die zweite Strophe fällt in die Zeit, in der das Wünschen noch geholfen hat. Der verlorene Schatz taucht an genau der Stelle aus den Fluten, die ich dafür vorgesehen habe; Prinz ist ein Wort mit einem umgebundenen Stern, der Glückliche träumt das Mauerwerk der Festung und das darunterliegende Kellergewölbe dazu und erfindet die Treppenstufen, auf denen er hinaufsteigt, Schritt um Schritt, und erfindet das Leben, das ihn wiederhat, und, weil es so schön ist, noch die Arme dazu, die ihn umfangen, hier und jetzt. Da fliegen geschmeidige Fische über die Stadt und reden mit Engelszungen, per Dekret fällt der Frühling auf den vierten Advent, leuchtend mit neuen Farben für Nächte, wie ist der Himmel so blau und ohne jede Absicht mein Sinnen und Trachten. ICH WÄR' JETZT spielen die Kinder, ich wär' jetzt der gierige Wolf, und das wär' der rasende Schlitten, und das wär' der stiebende Schnee, und du wärst im Schlitten die alabasterweiße Fürstin von Osten und Ungefähr und hättest eine großrussische Furcht und würdest flehen im Sturm, oh, du furchtbarer Wolf mit blutigen Lefzen und reißenden Zähnen, hinweg mit dir, du Untier, und näher zu mir, mein Augenstern, in deinen Rachen will ich mich werfen und will dir köstlich munden. ICH WÄR' JETZT spielen die Kinder, der Fluß und du ein Weidenkörbchen, gemeinsam dem Meer entgegen, und in dem geflochtenen Nachen hockten Piraten wie du und ich, verinselt ganz und gar und für die Welt verloren auf immer und ewig, dahinschwebend unter üppigen Uferfrüchten, und alles liegt vor uns, und auf unserer Flagge steht geschrieben: ALS OB. Die schillernde Seifenblase steigt auf in der Abwärme der Körper, schwebend im Raum zwischen dir und mir, dünnhäutig wogen die Regenbogenschlieren über dem Honigmond, unaufhaltsam dem Gesetz der Schwerkraft folgend, sinkt das empfindliche Wunder, auf dem schon die schwarzen Löcher der Auflösung kreisen, zu Boden und zerplatzt im Moment der Berührung vor unseren Augen. Der kindliche Konjunktiv ist dahin.

Wir sitzen nackt am Küchentisch und blättern in Urlaubsprospekten: Bali oder Bahia. Der Strand ist weiß und kostet in der Nebensaison die Hälfte. Bring doch mal die Zigaretten vom Kühlschrank mit. Das ist nicht meine Marke. So viel Trinkgeld hättest du ihr nicht geben müssen. Ich bin aufgestanden und habe ihm gesagt: Das können Sie mit mir nicht machen. Die Tomaten schmecken wäßrig. Morgen muß ich unbedingt zum Friseur. Schwarz macht dich blaß. Hast du an die Überweisung gedacht? Ich kann nicht schon wieder krankfeiern. Nichts gegen alte Männer, aber was findest du eigentlich an Joe Cocker? Woher hast du die Angewohnheit, beim Einschlafen die Füße aneinanderzureiben? Was ist denn los mit dir? Warum weinst du denn, Herrgott noch mal? Gestern noch wunderbar? Was soll denn das heißen? Na, komm, ich dich doch auch, immer noch, wahnsinnig, bei mir ist doch gar nichts anders geworden, glaub mir, aber wir müssen doch langsam mal wieder unter die Leute, und morgen um acht stehe ich wieder auf der Matte, und die Blumen kommen von Fleurop, und der Wald ist schon längst nicht mehr aus Holz, und das Dorf ist ein Ballungsraum, nur die Liebe ist immer noch eine Liebe, und außerdem leben wir sowieso fast alle getrennt und sind sowieso fast alle wieder frisch verbunden, und wenn das so weitergeht, ringeln wir uns durch von Herz zu Herz, und am Ende befinden wir uns bereits im Refrain der letzten Strophe. Das alte Lied. Ich weiß nicht, was soll es bedeuten, daß ich so garstig bin. Inständig bitte ich des Königs Töchterlein, mich mit aller Kraft an die Wand zu werfen. Aber auch nach dem dritten Versuch katapultiert sich kein Prinz aus der verbeulten Hülle. Ich gehöre unwiderruflich zur Ordnung der schwanzlosen Lurche, wir haben dicke, unförmige Beine, eine warzige, runzlige Haut, laufen und hüpfen schlecht, werden erst gegen Abend munter, jagen Würmer, Asseln, Schnecken, fressen alles in uns hinein und gelten deshalb als nützlich. In Gefahr und größter Not blähen wir uns auf, schwitzen Saft und Schleim, bellen aus verkümmerten Schallblasen und werden kaum älter als fünfzig Jahre. Im März fallen die Männchen in den Brunnen und besteigen zu zweit oder dritt die schweren ölgrünen Leiber der Weibchen. Dort hocken sie regungslos, Woche um Woche, auch dann noch, wenn die schwärzlichen Laichballen die platten Leiber der Weibchen schon längst verlassen haben. Wer kein Weibchen abbekommen hat, hüpft auf ein überzähliges Männchen. Wenn die Männchen ihren Irrtum eingesehen haben, lassen sie voneinander ab und laufen vor Wut schmutziggrau an. Einige platzen. Andere warten auf den Sommerschlußverkauf. Das sind keine schönen Aussichten. Das ist kein schöner Anblick. Das ist kein schönes Lied. Aber ich hänge mit Haut und Haaren an den Anfangsstrophen und komme nicht davon los: da capo al fine.

Der Mann ist fertig und starrt in die Runde. An den Kaffeehaustischen sitzen Menschen, allein, als Paare, in Gruppen. Die Menschen rühren sich nicht. Der Mann hat ein Lied gesungen, von dessen Wahrheitsgehalt und Wirkung er überzeugt ist, aber die Menschen rühren sich nicht. Warten sie darauf, daß er von Neuem anhebt oder daß er seinen Platz räumt? Der Mann kennt seine Stimme und weiß, daß seine Stimme hell, scharf und durchdringend sein kann. Will man ankommen bei den Menschen, muß man eine helle, scharfe und durchdringende Stimme haben. Der Mann hat das Lied einem Berufssänger zur Beurteilung vorgetragen. Der fand die erste Strophe bezaubernd, die zweite müßig und die dritte degoutant. Da hat sich der Mann ganz artig bedankt für das Expertenurteil und hat sich an das gehalten, was er kann: einfach drauflosschmettern und dabei mit dem Mund immer ganz dicht an die Menschen ran. Der Mann hat ein weiches Lied gesungen, ein langes weiches Lied. Früher hat er harte und kurze Lieder bevorzugt, das war in den Jahren der harten, kurzen Lieder. Wollen die Menschen zurück zu den harten Liedern? Er hat Angst, daß er nicht weiß, worauf es im Moment ankommt. Er weiß nur, daß er unbedingt den richtigen

Ton treffen muß. Plötzlich fällt ihm ein, daß man das Schweigen, das häufig nach Festvorträgen, Büttenreden und Gesangsdarbietungen auszubrechen pflegt, sehr gut mit einem Diskussionsbeitrag lindern kann. Der Mann fordert zur Diskussion auf. Er sagt, er wolle das Lied zur Diskussion stellen, und wenn es gar nicht anders ginge, auch sich selbst. Aber die Menschen rühren sich nicht. Niemand will diskutieren. Woran liegt das? Hapert's an der Form, am Inhalt oder am Outfit? Messen die Besucher einer Speisegaststätte den Koch an seiner Küche oder an der Art, wie er seine hohe weiße Mütze durch das Lokal trägt? Erwartet der Wähler von einem Politiker die Durchsetzung seiner Pläne oder daß er seine entzückenden Grübchen zur Geltung bringt? Soll der deutsche Mann aus der Fabel einen Herrenausstatter aufsuchen, sich die Haare grün färben, sich einen Ring durchs Ohr schießen, Kreide fressen oder flüssigen Stahl saufen? Die Ästhetik ist eine Frage des Zeitpunkts. Der Mann starrt ins Publikum und weiß nicht, was ihm geschieht. Unser Mann sagt: Das alte Lied. Der zweite Mann sagt: Kalter Kaffee. Der dritte Mann sagt: Weichspüler. Der vierte Mann sagt: Salzsäure. Vier Mann hoch & vierzig & deutsch & ledig. Das ist beinahe schon ein Programm. Wir sind überall. Das Wort wir täuscht eine Pokerrunde, eine Selbsterfahrungsgruppe, einen Verein, eine Gemeinsamkeit vor. Die Täuschung mißlingt. Man hat sich aus den Augen verloren, man liegt über Kreuz, man liefert sich ans Messer, man sticht voneinander ab, man kann sich nicht riechen, man fällt die Treppe hinauf, man grüßt sich, kennt sich eigentlich aber nur flüchtig. Wir Männer.

Wir erinnern uns, daß wir uns einen Mann vorgestellt haben, der an einem sommerlichen Spätnachmittag aus einem innerstädtischen Café hinausgeht. Wir wissen, daß er sich nicht in der besten Verfassung befindet; er leidet unter einem Überschuß an Liebe und krankt an der Abwesenheit der Geliebten. Mehr wissen wir nicht. Nachdem wir den Mann erfunden haben, müssen wir uns überlegen, wie wir ihn ausstatten, wie wir seinen Hintergrund erhellen, wie wir ihn auf Trab bringen, damit er in unserer Geschichte eine halbwegs glaubwürdige Rolle spielen kann. Zum gegenwärtigen Zeitpunkt tritt er auf der Stelle; auf seinen Augen lastet die Anstrengung, im Strom der Passanten diese Rolle genau zu fassen. Jetzt bleibt er schon wieder stehen. So kann es nicht bleiben. Wir geben ihm einen Schubs, wir stoßen ihn kurz entschlossen in die Menge, er wird mitgezogen, trottet die Straße hinauf und biegt an der zweiten Kreuzung links ab. Wir wissen ihn auf dem richtigen Weg. Wir werden Sorge tragen, daß er keine Kneipe aufsucht, sich nicht betrinkt, daß er nicht auf die Idee kommt, sich vorzeitig irgendwo auszusprechen, und wir werden auch zu verhindern wissen, daß er Hand an sich legt oder andere Dummheiten begeht. Er wird nach Hause gehen, kalt duschen, die Fenster schließen und die Türen verriegeln. Er wird einen weißen Bogen in seine Schreibmaschine spannen und eine Geschichte zu Papier bringen. Die Geschichte heißt: DREH DICH UM, und die Geschichte heißt: SCHAU MICH AN, und die Geschichte heißt: SIEH, WAS DU AUS MIR GEMACHT HAST. So kommen anläßlich des Verlusts einer Stunde Geschichten zustande, die ein einziger langgezogener Schrei sind, eine kaum verhüllte Bitte um Wiederholung der ersten Strophe. Wie auch immer der Schrei sich zu verbergen sucht, ob er sich als Erzählung tarnt, ins weite Gewand der Lebensbeichte schlüpft oder sich in die Polemik flüchtet: Es bleibt ein Schrei. Und der will erhört werden.

Stehn zwei Stern

Glauben machen, Sinn machen, Augen machen, Komplimente machen, Eindruck machen, Wind machen, Gefangene machen, Tempo machen, Liebe machen, Kinder machen. Na, was macht die Kunst? Danke, es läppert sich so.

Über mir hebt die Zeit steil ab. Kaum ist der letzte Osterhase verputzt, liegt schon der erste Weihnachtsmann schwer im Magen. Dafür ist es draußen schön frisch. Polarblau spannt sich der Himmel über dem Land.

Ich fühle mich ausgelastet, aber nicht gefordert. Ich behalte alles im Auge und sammle Eindrücke. Ich habe mir eine ordentliche Wortmaschine besorgt mit Korrekturtaste und allem Drum und Dran. Sie steht auf dem Tisch gleich neben der Bibel. Links von mir läuft der Fernseher und sondert die neuesten Hochwassermeldungen ab: Das Deutsche stirbt aus und will sich dringend wiedervereinigen; die Südtiroler Schützen sind unbedingt dafür, die P2 ist vorerst dagegen. Der Wald ist endgültig bankrott und muß wieder ganz klein anfangen. Das Kommando Rin-tin-tin hat zweihundert cholerainfizierte Goldhamster aus den Tierversuchsanstalten der Hoechst AG befreit und auf verschiedene Streichelzoos des Rhein-Main-Gebiets verteilt. Herr Brandauer ist dem Ruf ins Weiße Haus gefolgt und spielt unter der Regie von Sergio Leone den Volkskommissar Rubaschow en suite: Das Böse ist jeden Tag ausverkauft. Herr Woytila erhebt den 24. Dezember zum Tag der unbeschränkten Empfängnis, Herr Zimmermann erniedrigt den 20. Juli zum Tag der Pfandflasche, Frau Süssmuth streut den Kindern Trockenmilch in die Augen, Herr Fischer zeigt trotzdem Angst vor der Atomkraft, Herrn Geißler graust es vor gar nichts mehr. Ich bringe ihn mit Hilfe der Fernbedienung zum Schweigen.

Ich habe die letzten Meldungen vergrübelt und einen lieben Menschen ersucht, mich umgehend anzurufen, wenn sich bei der Bergung des Uranhexafluorids im Ärmelkanal etwas Neues ergibt. Kaum ist die Dioxingeschichte durchgestanden, überrollen mich diese dreizehn giftigen Fässer. Wie konnte das geschehen? Menschliches Versagen? Die Tücke des Objekts? Der wissenschaftlich-technische Fortschritt? Die sieben Energieschwestern?

Noch ehe ich die täglichen weltumspannenden Verschwörungen aufdecken konnte, sind sie mir außer Kontrolle geraten. Nun soll ich öffentlich Rede und Antwort stehen, nun soll ich mich unverzüglich in die Fußgängerzone begeben und bekennen: Ich fühle mich betroffen. Ich bin beteiligt. Es tut mir leid. Es soll nicht wieder vorkommen. Ich bitte um Entschuldigung. Da ich menschenscheu bin, suche ich zur Eröffnung des Hauptverfahrens den mir vertrauten Friseursalon auf und murmele unter der Haarwäsche meine Selbstbezichtigung in den gurgelnden Abfluß. Aber schon wird mein nasser Schopf nach hinten gerissen, und der Friseur macht seinem Kunden alles recht. Er frottiert meine Haare, er erteilt mir völlige Absolution, er redet mir nach dem Mund: Aber lasset sprechen einen jeden, und ihr werdet wissen wieder nichts.

Was nicht zur Sprache kommt, bleibt im Kopf. Da kommt einiges zusammen im Lauf der Zeit. In meinem Kopf herrscht eine Nachrichtenschwemme. Da rollt es hin und her. Das schwappt und schabt und reißt, platzt auf, bleibt liegen, rappelt sich hoch, wird mit der flachen Seite des Spatens geplättet, niedergemacht, drangsaliert, zerschlagen, zerstückelt, festgestampft und eingefroren, glimmt weiter und jault plötzlich auf, geht durch Mark und Bein, rennt gegen die Mauer, scharrt im Keller, rüttelt am Schloß und begehrt Einlaß. Na, komm schon rein. Grüß dich. Und, wie? Frag mich nicht, es muß ja. Wohin des Wegs. Von hüben nach drüben, von Pontius zu Pilatus, von Fall zu Fall, zwischen zwei Sprichwörtern, Reliktschüben, Gedächtnislükken werden bekannte Personen des öffentlichen Lebens zitiert, die bekannte Personen des öffentlichen Lebens zitieren, die wiederum von den alten Beständen leben. Leben dahin.

Die verschwommene Gestalt dort in der Ecke, nein, der da mit der buntbemalten Krawatte und der rothaarigen Frau im Schlepptau, ja der, der hat einen kleinen Mann im Ohr, heißt es, nicht mehr jung, gibt sich gern gelassen, ißt kaum was, gilt als Gewohnheitstrinker, hat aber versprochen, nach der zweiten Flasche zu gehen, ödet alle an mit den unsäglichen Geschichten von gestern, steckt alles weg, was man ihm an den Kopf wirft, soll lächeln, wenn man ihn vor die Tür setzt, ist dankbar für jeden Wink mit dem Zaunpfahl, stellt keine dummen Fragen, drängt sich nicht auf, soll früher viel geträumt haben mit offenen Augen, sagt man, hat früher große Reden geschwungen, sang gern die Internationale, brachte aber nie die geballte Faust nach oben, hat mit dem bewaffneten Kampf sympathisiert, sich aber vor jedem Wasserwerfer verkrochen, hat um Jim Morrison getrauert, aber keinen Film mit John Wayne ausgelassen, hat die Sozialdemokratie verflucht, aber heimlich immer Willy Brandt gewählt, hat sich der Frauenbewegung als Schwertträger angedient, wäre aber zu gern einmal Hahn im Korb gewesen für eine Nacht, war immer mittendrin und immer ein bißchen daneben, gefällt sich, wenn man nicht aufpaßt, zu vorgerückter Stunde als Stimmenimitator, schmettert, wenn die anwesenden Damen die Vor- und Nachteile einer Fastenkur erörtern, das Arbeitereinheitslied, kommt aber glücklicherweise immer seltener in letzter Zeit, hat irgendwo angedeutet, daß er uns und unsere gepflegte Gastlichkeit fürchtet, hat schon ein paarmal abgesagt, aber ist heute überraschenderweise erschienen und redet schon wieder in Rätseln.

Gestatten Sie, gnädige Frau, daß ich mich vorstelle, mein Name ist Sorger, Jakob Sorger. Ich komme vom Friseur und befinde mich auf dem Weg in meine Lebensgeschichte. Wenn Sie mir bitte folgen mögen. Ich bin ein Kreuzwort mit drei Buchstaben. Das nenne ich eine gelungene Eröffnung. Mancherorts wurden Buben geboren, die nannte man Jungen, und die sprachen auf Anhieb Hochdeutsch. Meine Mutter buk Bienenstich und war sehr bleich. Mein Vater war ein lachender Vagabund und zeigte sich einem guten Tropfen nicht abgeneigt. Der gymnasiale Lehrkörper rühmte sich seiner schlagenden Verbindung und trug ein Glasauge. Das blickte so warm und sammetbraun auf mich herab. Sonntags trat ich in Zweierreihen an und erwanderte mir die Mittelgebirge im Familienverband. Unaufgefordert lobte ich das mitgeführte Hasenbrot. Ich fraß ihnen achtzehn Jahre aus der Hand, bis ich mich plötzlich bei Tisch übergab. Das war mein Damaskus. Ich brannte durch und traf meine Wahl zwischen Fremdenlegion und Vietkong. Der Osten versprach ein tieferes Rot, und ich folgte ihm. Meine Brüder erkannte ich an der Haarlänge, meine Schwestern an den frei wippenden Brüsten und das Kapital an seinen Charaktermasken. An klaren Tagen sprangen wir über den 18. Brumaire des Louis Bonaparte in den Feuerbach, begruben das Proletariat unter Flugblättern und ruhten voneinander aus, nachdem wir uns und die Welt umarmt hatten, die wir endlich zu verstehen glaubten.

Da war ein Glück, da war ein Licht, da war eine Erleuchtung, da konnte ich, auf dem Rücken liegend, die Wolken betrachten, nur so, oder die Bäume, wie sie in den Himmel ragten, hin und her, die Bäume im Wind, nur die Wolken und die Bäume im Wind, wissen Sie, es war eine unbeschreibliche Bläue damals über den Bäumen, die den Himmel berührten, hin und her, ganze Jahre in den Bäumen und immer höher und höher, und dann fiel plötzlich ein Schuß und noch ein Schuß, eine ganze Serie von Schüssen, taktaktak, und die Bäume brachen wie dünnes Rohr, und jemand kroch wimmernd am Boden, und ich rief: Warum kriechst du wimmernd am Boden? Ich suche den Sand, rief er zurück, ich suche den Sand an Baaders Schuhen, denn Baader ist tot und alle anderen auch, die Brüder und Schwestern in Waffen.

Wie bitte, was meinen Sie? Baader, war das nicht dieser hochgewachsene, gutaussehende Mann mit dem sanftesten Skalpell der Welt, dieser Baader? Nein, ich glaube nicht, da verwechseln Sie wohl den toten Terroristen mit dem pensionierten Herzchirurgen, Sie sprechen wohl von Christian Barnard. Aber das ist doch kein Fauxpas, das kann doch jedem von uns passieren, das drängt sich geradezu auf, wo doch beide mit Ba anfangen. Wie soll man das auch alles auseinanderhalten nach all der Zeit, eben. Schwamm drüber, und irgendwo wird immer gelitten, und irgendwo wird immer gestorben, sage ich, dem einen sein Tod, dem andern sein Brot, liebe das Leben, und küsse die Marketenderin, das ist die ganze Wissenschaft. Wie denken Sie über die Geschichte? Genauso. Was läßt uns kalt? Der Schnee vom vergangenen Jahr. Wohin gehen wir? Auf Nummer Sicher. Was sind wir? Gut drauf. Worüber lachen wir? Dinner for one. Worauf warten wir? Den letzten Schrei. Eine Frage bleibt allerdings vorläufig offen: Brüllen wir, weil uns keiner prügelt, oder brüllen wir, damit uns keiner prügelt?

Die Frage stellt sich. Die Frage steht plötzlich im Raum. Wir lassen sie auf sich beruhen, bis sie sich von selbst erledigt hat. So pflegen wir mit allen Fragen umzugehen, die uns unangenehm berühren. Angenehm berührt sind wir von Fragen, die sich durch ihre Unverfänglichkeit auszeichnen. Deshalb frage ich Sie beispielsweise nicht, ob Sie zufällig eine Leiche im Keller haben, sondern ich frage Sie: Wie ist das Wetter heute? Bitte antworten Sie mir: Es ist sehr schön draußen. Gut, und weiter? Es ist ein prächtiger Sonnentag. Ein Tag, an dem die Menschen gern draußen sind, teils im Wald, teils auf der Heide. Ich frage weiter: Was tragen Sie auf ihren Lippen? Ein Lächeln. Ja, gewiß. Es ist hinreißend, aber das meine ich nicht. Wie nennt man die burgunderfarbene Nässe, die Ihr Lippenpaar schmückt? Gloss. Es kommt aus dem Amerikanischen und wird mit einem feinen Haarpinsel aufgetragen, aber ich weiß nicht, was Sie mit dieser Frage bezwecken? Nichts. Ich stelle lediglich die Verbindung zwischen zwei unverfänglichen Fragen her, die eine betrifft das Wetter, die andere Ihre Lippen. Ich sehe Ihre schwarzen Lederhosen, die metallisch glänzenden Slipper, das wallende blonde Haar, das Sie nicht müde werden, nach hinten zu streichen, eine

Frisur, die lockere Gepflegtheit und sexuelle Schärfe ausstellt, ich sehe diese verglossten Lippen, diese tiefrote, hingebungsvolle Nässe, und frage mich im stillen: Enthält das Innere des Mundes, was der schlüpfrige Anstrich verspricht? Ich will Ihnen mit dieser Frage beileibe nicht zu nahe treten, die Frage bewegt sich wunschgemäß an der Oberfläche, und dort soll sie auch bleiben. Was ich sagen wollte, sprengt nicht den Rahmen dieser Stehparty: Sie verfügen über ein bezauberndes Helena-Rubinstein-Lächeln, und ich lege Ihnen meinen scharfgeschnittenen Emporio-Armani-Anzug ans Herz. Wet Look und Cool Wool an einem herrlichen Sommertag. Warum sollten wir diese beiden Spitzenprodukte nicht spontan zusammenwerfen und öffentlich zur Schau stellen? Das Wetter ist ideal für eine solche Darbietung. Wir könnten uns bei der Premiere eines Kultfilms sehen lassen oder einen Bummel durch den Grüngürtel der Innenstadt machen, wir könnten eine Segelpartie veranstalten, wir könnten Freunde auf ihrem frisch renovierten Bauernhof heimsuchen, wir könnten einem Freiluftkonzert lauschen, wir könnten irgendwo einkehren und eine Kleinigkeit essen, wir könnten anschließend fragen: Zu dir oder zu mir, wir könnten uns umarmen, wir könnten uns küssen, wir könnten fühlen, wie die hölzerne Zunge in den trockenen Mundraum drängt, wir könnten spüren, wie sie den Rachen sprengt und das Gehirn lähmt, wir könnten von diesen Empfindungen auf eine gewisse Unverträglichkeit der Geschlechter oder der Markenzeichen schließen, wir könnten voneinander lassen, wir können auch einfach hierbleiben und immer so weitermachen mit dem Glas in der Hand und über das Wetter reden.

Über dem Atlantik befindet sich ein ausgedehntes barometrisches Hoch; es bewegt sich ostwärts auf ein über Rußland lagerndes Tief zu und verrät noch keine Neigung, diesem nördlich oder südlich auszuweichen. Die Lufttemperatur steht im ordnungsgemäßen Verhältnis zur mittleren Jahrestemperatur, zur Temperatur des kältesten wie des wärmsten Monats und zur aperiodischen monatlichen Temperaturschwankung. Es ist ein schöner Augusttag des Jahres 1914. Es ist ein schöner Augusttag des Jahres 1938. Es ist ein schöner Augusttag des Jahres 1977. Dies ist ein schöner Augusttag des Jahres 1986. Der gestrige Tag war nicht so schön. Da ist nämlich ein schwerer ukrainischer Regen gefallen und hat unser Kräutergärtchen verstrahlt. Aber heute können wir schon wieder essen, was auf den Tisch kommt. Morgen bleibt es sicher so schön wie heute.

Ich vertrete den universitären Lehrkörper und zeige mich einer 68er Spätlese nur selten abgeneigt. Sonntags meide ich die offene Zweierbeziehung und erwandere mir die Mittelgebirge im Familienverband. Nach mehrmaliger Aufforderung lobt meine Tochter das mitgeführte Hasenbrot. Studenten repetieren lustlos den Ausgang des Menschen aus seiner selbstverschuldeten Unmündigkeit. Ich falle ihnen ins Wort und sage: Der Apfel fällt nicht weit vom Stamm. Und: Alles kommt wieder, nicht nur der Petticoat. Die Harmonie ist die Haupttendenz der Geschichte. Wiederholen! Die allem und jedem innewohnende Harmonie ist auf lange Sicht einfach nicht aufzuhalten. Warum auch? Mittlerweile stehe ich zu ihr.

Manchmal betrete ich nach dem ersten Hahnenschrei das Kinderzimmer und öffne meinem Kind die Augen. Wach auf, Felicitas, sage ich, schau dich um in deiner kleinen Welt, hier spricht dein Vater, dies ist dein Bett, und da bist du. Drüben am Hollerbusch dämmern Barbie und Ken in der Hollywoodschaukel, der Jedi-Ritter schläft neben dem He-Man in der Zigarrenkiste, der Pumuckl hat seinen Kopf auf Blausterns Schulter gelegt, auf dem Poster reichen sich alle Schlümpfe die Hand, in Lippels Traum springt Ronja Räubertochter mit Baltasar Bux über die Klamm, und der rosarote Panther hat einen Knopf im Ohr. Alles ist gut. Wenn wir das königsblaue Ikea-Rouleau mitsamt den lustigen gelben Wölkchen nach oben schnellen lassen, was sehen wir da? Richtig, wir sehen den Himmel. Der Himmel ist klar und blau, und auf dem Fensterbrett stehen Rhododendron und Nieswurz in voller Blüte. Im Herbst ist der Himmel bedeckt, dann schneiden wir die Blumen zurück, stellen sie in den trockenen Keller und warten auf den Frühling. Der kommt immer wieder. Wenn wir uns nach dem Aufwachen ordentlich gereckt und gestreckt haben, gehen wir ins Badezimmer, wo wir uns alle die Zähne putzen, die Hände und das Gesicht waschen und die Haare kämmen. Mama entfernt die Nachtcreme mit einem Wattebäuschchen, Papa setzt seine Kontaktlinsen ein, und wenn es im ganzen Haus nach nicaraguanischem Kaffee duftet, treffen wir uns an der Frühstückstafel, wünschen uns einen guten Morgen und geben uns einen dicken Kuß. Du weißt ja, Felilieb, sage ich dann, daß Mama und Papa sich früher häufig ganz doll gestritten haben, manchmal sogar vor dem Frühstück. Böse Worte haben sich die Erwachsenen gesagt wie: Du bekommst vor der zweiten Tasse auch nicht mehr die Zähne auseinander. Oder: Wann war das eigentlich, daß du mir morgens einen Kuß gegeben hast, Pfingsten oder Neujahr? Das war für dich nicht schön, das war auch für uns nicht schön. Aber dann sind Mama und Papa in eine Paartherapie gegangen, und dann hat der Therapeut herausgefunden, daß Mama und Papa voll in der Übertragung stecken, das heißt, daß Mama gar nicht Papa meint, wenn sie ihn anschreit, und daß Papa gar nicht Mama meint, wenn er sie anschreit, sondern daß Papa eigentlich mit Oma schimpft und daß Mama eigentlich mit Opa schimpft, wenn sie so herumschreien, und da mußten Mama und Papa ganz furchtbar lachen, weil Oma und Opa doch schon längst tot sind und es doch gar keinen Sinn hat, mit Menschen zu streiten, die nicht mehr auf der Welt sind. Seit wir das wissen, fällt kein böses Wort mehr zwischen uns, und wenn Mama und Papa ausnahmsweise einmal mit dem falschen Fuß aus dem Bett steigen und lieblos miteinander umgehen, dann sagen sie: Niemand küßt mich, das macht mich ganz traurig. Oder: Du hast vergessen, mir einen guten Morgen zu wünschen. Was willst du mit dieser Vergeßlichkeit ausdrücken, Liebste? Oder: Was willst du mir mit dieser Unterlassung sagen, Liebster? Das klingt doch viel schöner, nicht wahr? Und so soll es ja auch sein, daß alle nett und freundlich miteinander umgehen.

Und so sollte es ja auch werden auf der Welt, überall. Ich will dir nicht verschweigen, sage ich dann, daß es einige sauertöpfische Menschen gibt, die eine Therapie bitter nötig hätten, Menschen, die sich nie einen guten Morgen wünschen, nie jemanden küssen, die sich nie die Zähne putzen und denen es völlig schnuppe ist, wenn Karius und Baktus ihr Gebiß verwüsten. Diese Menschen haben kein Herz für Kinder, kein Herz für Tiere und auch kein Herz für die unendliche Geschichte. Diese Menschen, die man leicht an ihren grämlichen Gesichtern und dem schlechten Mundgeruch erkennen kann, die fallen morgens aus ihren Betten und fragen sich: Wo bin ich? Und dann blicken sie aus ihren ungelüfteten Köpfen, und dann blicken sie aus den Fenstern ihrer ungelüfteten Behausungen auf die schöne neue Welt und sagen: Das darf doch alles nicht wahr sein.

Diese Menschen trauen dem ganzen Frieden nicht, die trauen ihren Augen nicht, wenn sie die großspurigen Autobahnen sehen, die perfekt konstruierten Autos, die fröhlichen Kinder, die aufgeräumten Erwachsenen, die reichsortierten Geschäfte, die überwältigenden Landschaften, die formschönen Industrieanlagen, die tüv-geprüften Abenteuerspielplätze, die entkernten Bauernhöfe, das freigelegte Fachwerk. Die schauen die neudeutsche Gemütlichkeit an und sehen Gespenster: platzendes Ungestüm, fiebrige Rastlosigkeit, flugs übermalte Zeichen an der Wand, Leder und Wichs auf der kalten Haut, dröhnende Stechschritte und zerspringende Bierkrüge, glimmenden Fremdenhaß, breite, rotgesichtige, fleischige Wut, die in Messernächten nach außen drängt und alles niedermacht, zerstört und vernichtet, was sich der totalen Harmonie in den Weg stellt.

Dann decke ich meine Tochter zu und beruhige sie: Das sind natürlich ganz dumme, nein, ganz arme Menschen, denen es genauso geht, wie es Papa und Mama ging, bevor sie sich in der Therapie von Oma und Opa erlöst haben, sie leiden unter der Vergegenwärtigung des Vergangenen und wollen nicht einsehen, daß das Vergangene längst begraben und vergessen ist.

Wenn meine Tochter dann ihre Hand nach der meinen ausstreckt und fragt, was denn mit den Menschen geschieht, die nicht so gesund sind wie wir, sage ich: Einige werden blind, einige werden nach Bethel, Hadamar, Köppern und Ochsenzoll gebracht, das sind schöne, vollklimatisierte Krankenhäuser im Grünen, und dort dürfen diese Menschen so lange Medikamente einnehmen, bis sie die Welt mit unseren Augen sehen. Ja, und einige wenige laufen immer noch frei herum. Erinnerst du dich, was wir neulich gesehen haben, als wir Papas Steuererklärung zur Post gebracht haben? Ein Bild mit Leuten darauf, die alle so komisch aussahen, mit traurigen Gesichtern und weit aufgerissenen Augen, sagt meine kleine Feli. Und ich sage: Ja, das war ein Fahndungsplakat. Die Menschen, die auf dem Plakat zu sehen sind, werden von der Polizei gesucht und in der Schalterhalle der Post aufgehängt, damit alle Menschen erfahren, wie es denen ergeht, die nicht glauben wollen, was alle glauben, nämlich daß es uns gutgeht und mit jedem Tag bessergeht, wenn wir nur fest daran glauben. Der Unterschied zwischen denen, die die bunten Pillen essen dürfen, und denen, die steckbrieflich gesucht werden, besteht darin, daß die einen krank und die anderen kriminell sind, daß die einen die Augen vor der Welt verschließen und die anderen gegen sie anrennen und sich blutige Köpfe holen.

Ja, und dann richtet sich mein Mädchen in ihrem Bett auf und sagt in aller Unschuld: Aber du hast doch letzte Woche beim Spanferkelessen auch erzählt, daß du früher einmal mit den Menschen, die du früher Genossen genannt hast, die Welt aus den Angeln heben wolltest. Da lache ich herzlich über den vorlauten Kindermund und sage: Herrje, du Dummerle, das darfst du doch nicht wörtlich nehmen. Schau mal, in dem Theater, wo wir in der Vorweihnachtszeit »Peterchens Mondfahrt« gesehen haben, werden sonst ernste Stücke für Erwachsene aufgeführt. Da stehen dann beispielsweise zwei Männer auf der Bühne, und der eine Mann legt dem anderen Mann die Hand auf die Schulter und sagt: Arm in Arm mit dir, so fordre ich mein Jahrhundert in die Schranken. In Wirklichkeit können natürlich zwei Männer, die zudem auf der Bühne stehen, kein Jahrhundert in die Schranken fordern, in Wirklichkeit können natürlich einige blindwütige Desperados nicht gegen sechzig Millionen Menschen kämpfen, die in gewohnter Weise ungestört leben und arbeiten wollen. Der Mann, der im Theater, oder dein Vater, der im Bekanntenkreis diesen Ausspruch tut, will damit nur ausdrücken, daß er mit dem anderen Mann eine Männerfreundschaft schließen möchte, daß er mit ihm zusammen einem Ideal folgen will. In zwei, drei Jahren wirst du im Deutschunterricht lernen, was ein Ideal ist. Wie soll ich es dir erklären?

Vielleicht so: Ein Ideal ist zu Beginn des Lebens etwas ganz, ganz Großes, das man in sich trägt, ein Bild, eine Vorstellung von sich und der Welt, etwas Großes, das im Laufe des Lebens aber immer kleiner wird und irgendwann verschwindet. Wenn der Mann auf der Bühne einen solch bewegenden Satz sagt, dann fühlen sich die Erwachsenen im Parkett in angenehmer Weise an dieses Große erinnert, das schon so lange zurückliegt, und dann bekommen sie ein kribbeliges Gefühl im Bauch, als ob Schmetterlinge aufflögen in ihrem Innern, und anschließend gehen Mama und Papa in ein piekfeines Lokal, bestellen eine Flasche Wein und sagen: Das war eine erbauliche, eine gelungene Inszenierung. Kannst du das verstehen?

Ja, Papa, das verstehe ich, sagt meine kleine Tochter, es ist alles nur Theater. Aber was passiert mit den Leuten, denen das Große in der Brust nicht rechtzeitig zusammenschrumpelt, die keine Lust auf Spanferkel haben, die das Theater nicht schön finden, denen der Wein bitter schmeckt, was passiert mit den Leuten, die alles wörtlich nehmen, was sie im Deutschunterricht gelernt haben, und deren Fotos jetzt in der Schalterhalle der Post hängen? Werden die totgemacht, wenn man sie schnappt? I wo, sage ich ganz hastig, wer erzählt dir denn einen solchen Unsinn? Bei uns wird niemand umgebracht, der es nicht darauf anlegt. Wenn die Polizei diese bedauernswerten Menschen zu fassen bekommt, werden sie höflich gebeten, ihr Versteck zu verlassen und ihre Waffen abzugeben, man fragt sie nach ihrem Namen, und man fragt sie, warum sie alles kaputtmachen wollten, was sich die anderen nach dem Krieg mühsam aufgebaut haben. Meistens verweigern diese Menschen, die man auch Terroristen nennt, jede Aussage, und dann werden Wissenschaftler hinzugezogen, die wie Papa ihr Geld damit verdienen, in die Köpfe anderer Menschen zu schauen, um herauszufinden, was in diesen Köpfen vorgeht. Manchmal finden die Wissenschaftler im Kopf der Terroristen die Narben einer frühkindlichen Hirnschädigung oder die Spuren eines überstrengen protestantischen Elternhauses. Lese ich diesen Befund dann am nächsten Tag in der Zeitung, blicke ich ganz beruhigt in deine Zukunft, liebe Feli, weil ich weiß, daß du auf dem Wege der sanften Geburt das Licht der Welt erblicken durftest, weil ich weiß, daß Mama und ich dir eine antiautoritäre Erziehung haben angedeihen lassen, weil ich weiß, daß ich kein rigider Pfarrer bin, sondern ein durch und durch normaler Pharisäer aus dem akademischen Mittelbau.

Wenn, sage ich, wenn die Ermittlungsbehörden alles über die Terroristen wissen, werden sie von einem ordentlichen Gericht verurteilt und anschließend nach Stuttgart-Stammheim gefahren. Dort werden sie in einem Haus untergebracht, das eigens für sie gebaut worden ist. Es sieht beinahe genauso aus wie die schön gelegenen Krankenhäuser, von denen ich dir erzählte, oder wie die Wohnanlage, in der Oma im Seniorenkreis ihre letzten Jahre verlebte. Ein Gefängnis unterscheidet sich von den anderen Gebäuden durch die Türen: Sie lassen sich nur von außen öffnen. Da in Stuttgart-Stammheim der harte Kern der Bande einsitzt, haben weitsichtige Männer den Schlüssel weggeworfen, damit niemand der Versuchung erliegen möge, Gnade vor Recht ergehen zu lassen. Im übrigen haben die Terroristen alle nur erdenklichen Freiheiten. Sie erhalten Essen und Getränke, sie lesen Bücher, sie legen Patiencen und dürfen sich durch eine Trennscheibe mit den Menschen unterhalten, die ihr Vertrauen genießen.

Bis zum Jahr 1977, dem Jahr deiner Geburt, durften die Terroristen an klaren Tagen sogar aus dem Fenster schauen. Zu der Zeit standen Jan-Carl Raspe, Gudrun Ensslin und Andreas Baader am Fenster ihrer Zelle und warfen einen langen und bösen Blick auf Land und Leute, und sie sahen: Das Land leuchtete. Über dem nahe gelegenen Untertürkheim schimmerte der Mercedes-Stern heller denn je, vom benachbarten Zuffenhausen her rollten die pfeilschnellen Porsches unaufhaltsam über die Verladerampen auf die Autobahnen, und über den Hügeln der Stadt schwebte das milde Lächeln des Landesvaters, und der Marinerichter in der Blutrobe erfuhr späte Genugtuung und sang die dritte Strophe der Nationalhymne. Als die Terroristen genug gehört und gesehen hatten, wußten sie, daß sie einer Täuschung zum Opfer gefallen waren. Sie hatten eine Front gesucht und hinter der Front einen Feind. Aber es gab hier weder Fronten noch Feinde, sondern nur eine einzige verschworene Gemeinschaft der Erleuchteten, die sich fernab von Bethlehem tagtäglich unter dem dreizackigen Neonstern versammelten und diesem Stern huldigten in der allgemeinen Erwartung eines künftigen, noch größeren deutschen Glanzes. Diese Religion war gefeit gegen Argumente. Dieser Glanz war völlig schlagunempfindlich. Diese Harmonie überlebte jedes Attentat. Da wußten die Terroristen, daß sie endgültig verloren waren, und sie griffen nach den zufällig bereitliegenden Waffen und schossen sich in den Kopf.

Der Pumuckl rutscht von der Gardinenstange und fällt in die Hollywoodschaukel, und Feli sagt: Ja, aber Papa, du siehst ja Land und Leute mit den Augen der Terroristen! Und ich sage: Widele, wedele. Und ich sage: Kannitverstan. Und ich sage: Einen solchen Blick kann sich Papa gar nicht leisten, mein Schatz. Denn Papa ist im öffentlichen Dienst und da will er auch bleiben. Wer im öffentlichen Dienst steht, darf nicht den Boden unter den Füßen verlieren, und weil Papa Beamter ist, darf von ihm nicht nur erwartet werden, daß er fest auf dem Boden des Grundgesetzes steht, sondern daß er bis zum Hals in der freiheitlich-demokratischen Grundordnung steckt und Land und Leute mit den Augen seines obersten Dienstherrn sieht.

Papas oberster Dienstherr war in seiner Jugend auch einmal Wissenschaftler und hat damals eine Doktorarbeit geschrieben, von der Papa früher einmal gesagt hätte, sie sei ein rassenideologisch eingefärbtes Machwerk und das Papier nicht wert, auf dem sie gedruckt ist. Aber heute heißt mein Ministerpräsident Ernst Albrecht, und seine Frau heißt Heidi-Adele, und beide sind sehr lieb. Und wenn zur Weihnachtszeit die »Cap Anamur« mit den im Chinesischen Meer aufgefischten Boat people an der Nordseeküste anlegt, dann zieht der Ministerpräsident die Spendierhosen an und sagt: Geben Sie mir doch auch mal hundert Stück, weil doch heute Weihnachten ist. Und dann werden die Flüchtlinge zum Essen ins Welfenschloß eingeladen, und Ernst Albrecht und Heidi-Adele und ihre Söhne spielen den kleinen gelben Menschen eine feine Tafelmusik von Telemann und Händel vor, damit sie lernen, was deutsches Wesen, was deutsche Kultur und was deutsches Familienleben ist. Und dann stehe ich langsam auf und sage: So, Felicitas, jetzt gibst du deinem Papa einen Kuß, und dann, marsch, ins Bad und die Zähne geputzt.

Als Kind habe ich häufig auf den Knien gelegen und gebetet: Der du bist im Himmel und auf Erden. Früher habe ich viel gelesen und war seltsam berührt: Wer hier weint, der auch meint, daß er aus Gründen weint. Später habe ich eine Menge gelernt und war sicher: Nicht das Bewußtsein bestimmt das Leben, sondern das Leben bestimmt das Bewußtsein. Und: Das Leben muß verändert werden. Seit gestern habe ich es weit gebracht: Ich meide die Gaststätten auf der falschen Seite der Alster, und mein Herrenausstatter firmiert unter »Sakko und Vanzetti«. Heute lache ich der Dummheit ins Gesicht, damit ich mich nicht dem Verdacht aussetze, die Pointe verpaßt zu haben. Manchmal zögere ich, meinem Kind die Augen zu öffnen, denn ehe der Hahn kräht, habe ich mich dreimal verraten.

Mein Name ist Jakob Sorger, ich bin vierzig Jahre alt, arbeite an einer westdeutschen Universität, lebe mit der Mutter meines Kindes in einer eheähnlichen Gemeinschaft und möchte endlich erwachsen werden, das heißt: Ich möchte meinem gegenwärtigen Leben nicht länger zögernd und lamentierend gegenüberstehen. Dieser Wunsch stößt auf Schwierigkeiten: Ich leide unter Erinnerungen, deren ich nicht mächtig bin, denen ich mich nicht gewachsen fühle. Da ich von Berufs wegen Worte mache, wähle ich die mir gemäß erscheinende Form, meiner Erinnerungen Herr zu werden: Ich schreibe eine Autobiographie. Sie soll handeln vom Steckrübenwinter und vom Stubenarrest, vom Zwischenball und der Revolte, soll führen vom Kinderladen zum Eigenheim, von der Frauenoffensive zum neuen Mann, und über allem kreist der süße Vogel der Melancholie. Die Geschichte, die ich zu Papier bringen will, könnte eine schöne Geschichte, eine klare, übersichtliche, ergreifende, kurz: eine mir und meinen Altersgenossen schmeichelnde Geschichte werden.

So einfach könnte meine Geschichte sein, wenn mir nicht eine Stimme, eine leise, jedoch deutliche Stimme ins Wort fiele und sagte: Du, ich glaube dir diese Geschichte nicht. Ich traue diesen Geschichten nicht, die so erzählt werden, die so leicht über die Lippen kommen nach all der Zeit. Du erinnerst dich des Geschmacks, des Geruchs, der Farben, der Orte und der Personen der Vergangenheit mit großer Selbstverständlichkeit. Natürlich erinnerst du dich. Oder behauptest du nur, dich erinnern zu können, und kannst es nicht wirklich? Dient deine Erinnerung der Aufhebung deiner Vergangenheit oder der Rechtfertigung deiner Gegenwart? Was ist unausweichliche Desillusionierung, und was ist selbstgefällige Legende, wo hört der Traum auf, und wo fängt die Erzählung des Traums an?

Ein offenes Bild meiner Erinnerung enthält eine Frau. Eine Frau an einem Sonntagmorgen. Und die Frau sitzt da und raucht eine Zigarette. Die Frau sitzt auf dem Balkon eines Hauses, dessen graue Fassade von Einschüssen übersät ist. Die Frau sitzt da, zieht ohne Hast an der Zigarette und blickt dem aufsteigenden Rauch nach, der sich über der grün überwucherten Krone einer zur Hälfte eingefallenen Mauer verflüchtigt. Zu ebener Erde, zwischen Balkon und Mauer, steht ein Junge von fünf oder sechs Jahren, der schaut zu der auf dem Balkon sitzenden Frau empor und verfolgt den Rauch, der ihrem Mund entströmt und sich über der Mauerkrone im Himmel verliert. Der Himmel ist blau. Es ist unmöglich, dem Rauch zu folgen ins Blau. Der Junge verharrt zu ebener Erde und ahnt: Diese Mauer ist nicht überschreitbar, nichts weist über diese Schranke hinaus. Neben dem Bedauern steht ein schwacher, aber eindringlicher Trost: Da war eine Stille, eine Frau, eine Bläue, da ist eine Welt, aus der ich nicht fallen kann, da war ein Bild, in dem ich geborgen war. Wäre ich heute meiner selbst und meiner Geschichte sicher, könnte ich dieses Bild auf sich beruhen lassen, könnte darauf verzichten, mir eine endgültige Gewißheit zu verschaffen. Weil ich mich aber ohnmächtig fühle, verlasse ich die Gegenwart und dränge mit rachsüchtiger Gier in das Bild der Erinnerung zurück. Einmal über alles hinweg, einmal alles von oben sehen. Und: Unten ist die Kraft, die mich hindert, immer oben zu sein. Die der Gegenwart unterworfene Erinnerung schafft sich Markierungen, Zeitabschnitte, wörtliche Reden, lokalisierbare Orte und eindeutige Verwandtschaftsbeziehungen.

Das geschlossene Bild meiner Erinnerung ist umrahmt von der Stadt: Köln im Frühjahr 1951. In der Lücke zwischen Mauer und Haus ist der Dom zu sehen. Die Straße heißt Eigelstein, und die Frau heißt Mutter. Sie hat brünettes, dauergewelltes Haar, sie sitzt auf dem Balkon und raucht Overstolz. Der Junge trägt den Namen eines gefallenen Soldaten. Jakob spielt allein auf einem neben dem Haus gelegenen Trümmergrundstück. Aus freigeschaufelten Luftschutzkellern riecht es nach Urin und Desinfektionsmitteln. An der Brandmauer steht in verwitterten Buchstaben: Jawohl, Odol. Straßenarbeiter haben aus morschen Kanthölzern ein Feuer errichtet. Jakob wirft Wellpappe und trockenes Unkraut ins Feuer. Die Mutter ruft: Laß das! Jakob schiebt ein Hölzchen nach und rutscht aus. Er liegt mit beiden Beinen im Feuer und schreit. Er sieht seine Mutter, und seine Mutter sieht ihn. In ihren Augen steht: Wer nicht hören kann, muß fühlen.

Rauch steigt auf, die Mutter zieht ohne Hast an der Zigarette und bewegt sich unendlich langsam auf das Kind zu, das im Feuer liegt und schreit.

Jakob schreit immer noch. Er sitzt über seiner Biographie und schreit. Eine Stimme durchbricht den Schrei und sagt: Du, ich glaube dir diese Geschichte nicht. Ich traue diesen Geschichten nicht, in denen wir mit weit aufgerissenen Augen vor dem Schlüsselloch kauern, in denen wir am Ende zwar recht behalten, aber immer nur als Opfer erscheinen. Hinter dem Rücken der in die Jahre gekommenen Kinder, der graumelierten vierzigjährigen Kinder, die mit waidwundem Blick durch die Therapiegesellschaft stolpern, funktioniert das Zusammenspiel von dummdreister Machtausübung und behaglicher Ohnmachtspflege wie am Schnürchen: Drinnen läuft der Endlosfilm des begabten Kindes, und draußen geht die Oggersheimer Amnesie ungerührt und gut gelaunt in die dritte Legislaturperiode. Es ist an der Zeit, sich Geschichten zu erfinden, in denen wir wieder als Akteure vorkommen, in denen wir sagen können: Ja, ich war beteiligt von Anfang an.

Der wahre Jakob

Jakob Sorger erblickt am 17. 1. 1947 als Sohn des Handelsreisenden Hans Sorger und seiner Ehefrau Charlotte Sorger, geborene Töpperwin, in der Entbindungsstation des Kreiskrankenhauses von Hannoversch Münden das künstliche Licht der Welt. Jakob, dessen Haut sich nach der Berührung durch einen weichen, wärmenden Körper sehnt, wird abgenabelt, in ein lebloses Tuch gewickelt und in ein Körbchen gelegt, in dem nach dem Sturz aus der intrauterinen Glückseligkeit eine abgrundtiefe Leere herrscht. Die einzigen Geräusche, die der Neugeborene vernimmt, sind die schleppenden, sich entfernenden Schritte der weißen Schwestern und das Geschrei anderer Opfer, die die gleiche Qual leiden. Die Geräusche bedeuten ihm nichts. Er schreit und schreit, und seine zarten, an die kalte Januarluft nicht gewöhnten Lungen konvulsieren in panischem Schrecken. Da er seiner Natur gemäß auf die Richtigkeit des Lebens vertraut, greift er zum einzigen ihm verfügbaren Mittel: Er schreit immer weiter, bis endlich ein gnädiger Schlaf ihn umfängt.

Das Zuhause ist nicht angenehmer als die Entbindungsstation. Die Stunden, in denen Jakob wach liegt, verbringt er in unablässigem Warten auf das Wiedereinsetzen des verlorenen Kontinuums. Er ist die ausgedörrte Erde, auf der nie wieder etwas wachsen wird. Wenige Minuten am Tage nur wird das schreckliche, auf der Haut kribbelnde Bedürfnis nach Berührung, nach Gehalten- und Getragenwerden erfüllt. Lotte Sorger ist eine Mutter, die sich nur unter dem Druck der allgemeinen Verknappung tierischer Eiweißprodukte dazu entschließen kann, ihrem Sohn die Brust zu geben. In den ersten Wochen, wann immer die Wonnen der Befriedigung die anmutigen Gesichtszüge des Knaben erhellen, flackert in Lotte ein Gefühl der

Rührung auf, das es ihr schwermacht, Jakob nach dem Stillen umstandslos abzulegen. Aber als Auguste Töpperwin, ihre Mutter, auf die Schwierigkeiten verweist, die ein verwöhnter und verzärtelter Junge sich, seiner Familie und dem Gemeinwesen zu bereiten vermag, ist sie von der Angemessenheit ihres Verhaltens überzeugt. Die junge Mutter seufzt und legt Jakob sanft in sein Bettchen im Kinderzimmer zurück. Die Sonne bricht sich an den schweren Übergardinen, an der Wand hängt ein Bild von Hasenkindern in Menschenkleidern, auf der Wickelkommode steht neben dem Paradekissen eine Vase mit Schnittblumen. So, wie sie ihr Kind liebt, liebt Lotte Sorger auch Blumen. Sie beugt sich über den Säugling und küßt seine seidige Wange, und während sie zur Tür geht, durchschüttelt der erste qualvolle Schrei seinen Körper. Sacht und ohne zu zaudern, läßt sie die Tür ins Schloß fallen und entfernt sich in die Küche. Im zitternden Wimmern öffnen sich Jakobs Augen: bis endlich sein Blick vom Vorübergehen der Gitterstäbe so müde geworden ist, daß er nichts mehr hält. Draußen fällt der Eiserne Vorhang über die Welt, und drinnen hat ihm die kalte Lotte den Krieg erklärt. So kommt Jakob unter die Deutschen, glaube ich.

Aber was um Himmels willen ist ein Kontinuum, und wie gelangt ein Säugling zu einer derart intimen Kenntnis seiner ersten Tage? Wieso, solche Fragen halten doch nur auf. Sprich Erinnerung, sprich! Und weiter zieht sich der dünne Faden.

Jakobs Lachen ist ein täglich mit zitternder Hand verlängerter Wechsel auf die Zukunft. Er strahlt unbeirrt in die Runde, bis sich sein Blick in dem der Mutter verfängt. Allmorgendlich schwimmen ihre Augen in Tränen, ihre Bewegungen sind zerfahren und matt, ihr Gesicht ist zerfurcht und erstarrt, und da die Lähmung anhält, ersteht in ihm das Bild unergründlichen Grams, und er meint, der Gram gelte ihm. Um das Gesicht zu erhellen und den Vorwurf in ihm abzuwenden, wird Jakob ein begabter Übersetzer der Muttersprache: Lottes erdwärts fallende Mundwinkel machen einen tiefen Diener vor jedermann, ihr Wimpernschlag gibt dem Onkel die gute Hand, ihre Stirnfalte teilt das

Geschenk mit dem anderen Kind, ihre sichelscharf gezogene Augenbraue bahnt den Weg für Schieberchen und Löffelchen: ein Happen für die Großmutter, eine Kelle für den abgeschossenen Flieger, einen Teller für den Schutzengel, eine Schüssel für den lieben Gott. Viele Seiten liest der Jakob von früh bis spät in der Mutter. Bald wird er sie auswendig hersagen können. Und manchmal geschieht es, daß ihm vor lauter angestrengter Lektüre die Augen brennen. Dann wendet er den wunden Blick ab von ihr, kriecht in die Deckenhöhle unter dem Teetisch und poliert die flaschengrüne runde Scherbe, durch die er die Welt betrachtet. Die Scherbe bettet er in Löschpapier, das Löschpapier in die Tageszeitung, die Tageszeitung stopft er in den Brotbeutel, der Brotbeutel wandert in den Schuhkarton, der Schuhkarton in den Nesselsack. Und während er so auf dem Sack hockt und den Stein ausbrütet, fällt am siebenten Tag der Woche der handelsreisende Hans schwer atmend durch das Loch im Höhlenhimmel und streckt auf dem Ehebett alle viere von sich. Sie waren fern, sie kommen schon wieder, lallt der fahrende Vater, und sein Speichel zieht Fäden auf der rostbraunen Tagesdecke: Die Corona, der Sängerbund, die Schulfreunde, die Frontschweine, die Herrenrunde – die Männer sind wieder unterwegs zu sich, wenn sie abends beieinander sind und reden und trinken. Sie bestellen meinen Wein und meinen Schnaps, und sie füllen mein Auftragsbuch bis zum Rand mit ihren Lokalrunden, beteuert Hans. Dein bester Kunde bist du selbst, du stinkst aus allen Knopflöchern, zischt Lotte und öffnet dem Hans die Schnürsenkel und dreht und schiebt und rollt seinen schweren Körper hin und her auf dem Bett. Wutschnaubend kniet sie über ihm und schält ächzend die prall sitzenden Ober- und Unterkleider über Kopf, Arme und Beine. Doch dann hält sie plötzlich inne und blickt an ihm oder an sich verwundert hinab, als habe sie im Getümmel der Gliedmaßen etwas entdeckt, das ihrem verhangenen, schwimmenden Blick die ganze Zeit über entgangen war. Bein, Faust oder rot ragende Klinge: Lotte rafft die Beute unter ihre behaarte Mitte und dreht sich langsam und dann immer schneller um eine unsichtbare Achse, die den Raum von unten nach oben zu durchqueren scheint. Unablässig stöhnend, kreist die glühende Lotte über dem reglos daliegenden Hans und stößt aus großer Höhe pfeilschnell auf ihn nieder, krallt sich in seine Schulter, in seine zuckende Hüfte. Triumphierend steigt sie auf, und unter dem langgezogenen gellenden Schrei zersplittert das Deckenlicht.

Geblendet fällt Jakob zurück in die bergende Wärme seiner Höhle. Nur gut, daß der Schuhkarton noch im Nesselsack steckt, der Brotbeutel noch im Schuhkarton, die Zeitung noch im Brotbeutel und das Löschpapier noch in der Zeitung. Aber wo ist die Scherbe, die wunderbare runde flaschengrüne Scherbe? Die Scherbe ist verloren für immer. Fest steht allein der Schrei.

Häwelmann zieht das Nachthemd über die Ohren, der Wind zieht ihn übers Fensterkreuz und treibt ihn durch die schorfgesichtige Platanenallee, die vor der Backsteinfront der Schule endet. Süß ist es und ehrenvoll, verkünden stechend die gotischen Lettern über dem Portal. Der graue Pedell reibt die hölzerne Heldengedenktafel mit Brennspiritus blank: Links glänzen die Toten, rechts die Vermißten. An den Kleiderhaken hängen die Winterhäute der Wichtel. Hinter verschlossenen Türen murmeln die Nebenflüsse der Weser, und fünfzig dünne Stimmen begleiten den einäugigen Leiermann: Kein schöner Land und Pommerland ist abgebrannt. Dünnlippig ausgestoßene Kommandos schlagen Schneisen für Alphabet, Einmaleins und Katechismus: Ausmerzung entgleitender Unter- und Oberlängen, steile Sütterlinbuchstaben bis zum Griffelbruch. Sterbender Genitiv und Regeltransport über Eselsbrücken: Wer nämlich mit »h« schreibt, ist dämlich. Zwischen dem Vorwurf, zu laut, und dem Vorwurf, zu leise zu sein, richtet sich Jakob schweigend ein. Er legt alte Wörter ab, schafft sich neue an. Er sucht am Dezemberhimmel den Stern von Bethlehem, hört am Karfreitag von der Kreuzigung auf Golgatha und sieht zu Pfingsten die Truppen Tillys auf der Schanze oberhalb der Stadt: Die Geschütze donnern, und durch die Bresche am Mühlentor strömen die kaiserlichen Marodeure. Zweitausendzweihundert Tote in einer Nacht, und der Heilige Geist, gestern noch eine Zündflamme über den Häuptern der Gemeinde, schwebt über den drei Flüssen, die rot sind vom Blut der Erschlagenen. Zeit der Zeichen, Zeit der hohen Feste und des schweren Frohsinns; Beuermann, Winkelmann, Oppermann, Stalmann, Suhrmann, Buschmann hocken in den Häusern, rühren Kochkäse in Bottichen und fetten die Stiefel für den Gang über das Eis der Flüsse. Ihre kantigen Schädel wie Holzscheite, die Poren versiegelt mit Korn und Speck, ihre Schritte sind schwer, ihre Augen durchdringend, und Jakob fürchtet sie und die ganze Welt. Er macht sich kein Bild von der Welt, nur vom Unten und Oben, begrenzt durch Kreidestriche auf dem Kopfsteinpflaster: mit einem Bein in die Hölle gehüpft, mit beiden Beinen in den Himmel gesprungen. Im leeren Stapelhaus, im Schatten der Rotunde geben sich die Kinder mit geübten Fingern stumme Nachrichten, und wenn sie nicht mehr weiter wissen, erfinden sie eine Sprache, in der Red Etug der Meister ist. Mit ihm verlassen sie die Ausdrucksnot, sprengen das Alphabet und zerstreuen den Katechismus: Im Spiel der heißen Hand wird die unterste auf die oberste gelegt, die dritte kehrt wieder und ist nicht mehr die erste: Stein-Papier-Schere, endlose Aufhebungen reihen sich zu Zwiebelrätseln, Schalen ohne Kern. Die Kinder lernen es, die Antworten schuldig zu bleiben.

Brüderlein fein

Hans kann Kölsch und erzählt Witze von Tünnes und Schäl, und da ist die Kante des Küchenofens und der bis auf die Maserung glänzend abgesessene Stuhl, und Jakob fällt vor Lachen vom Stuhl und rücklings gegen die Kante des Küchenofens und schlägt sich ein Loch in den Kopf, und aus einer dunkelbraunen Glasflasche schüttet Hans Wermut in das Loch, und Jakobs Kopf schäumt auf, und alle Witze rinnen aus seinem Kopf und färben die Küche, den Fußboden, die Tapeten und die Gardinen rot, und Jakob sitzt auf einem gitarrenförmigen Porzellanthron, und Lotte steht hinter ihm und sagt, du mußt drücken, und sie drückt ihren Zeigefinger tief in seinen Steiß, und Jakob drückt, und Lotte bohrt, und Jakob platzt, und plötzlich ist alles rot, die Stiege ist rot, die Straße ist rot, und die Straße heißt: Hinterstraße.

Lungenhaschee mit Salzgürkchen ist schlimm, rote Bete auf Kartoffelbrei ist schlimmer, am schlimmsten aber ist die buschige rote Feder auf dem Trachtenhut, der den Trachtenanzug krönt. Loden und Leder, und der Bambi röhrt auf dem hirschhornigen Hosenträger, und am Sonntag gehören weiße Kniestrümpfe dazu, die bis zum Eintreffen des Besuchs nicht verrutschen dürfen und sauberzuhalten sind. Ja, du bist aber fein, so ein feiner Junge heute, flüstern die großen Tanten, flüstern Ilse, Emma und Alwine hinunter auf den geradlinig gezogenen Wasserscheitel, ein richtiger kleiner Herr bist du ja. Und während Lotte den lauwarmen Schmandkuchen durch die gute Stube balanciert, bändigen fremde Hände auf breiten Schößen den Waldbauernbuben wider Willen, verschwindet das schmale Gesicht in der Kerbe zwischen den schweren Brüsten, die wechselweise nach Lavendel und 4711 riechen. Kaum ist Jakob wieder bei Atem und auf den Füßen, wird ihm die freudige Zustimmung zu einer in Aussicht gestellten gemeinsamen Bootspartie auf der Weser abverlangt, und dann soll er die Frage beantworten, ob er denn lieber ein Brüderchen oder ein Schwesterchen haben wolle. Das habe er sich noch nicht überlegt, zaudert Jakob. Das solle er aber bald tun, dröhnt der Tantenchor. Salz solle er für ein Schwesterchen und Zucker für ein Brüderchen auf dem Fensterbrett ausstreuen, allabendlich.

Weil aber Jakob heimlich entschlossen ist, sich weder ein Brüderchen noch ein Schwesterchen zu wünschen, weil er ja allein schon kaum genug Platz findet in der Besuchsritze zwischen den Betten von Hans und Lotte, sammelt er den vor den Augen der Nachbarinnen reichlich auf allen Fensterbrettern verteilten Würfelzucker nach Einbruch der Dunkelheit wieder ein und läßt ihn nach dem Abendgebet auf der Zunge zerfließen. Das tut der wunden Zunge wohl, die immer artig Rede und Antwort plappern muß, da breitet sich der süße Schmelz weich aus über Zahn und Gaumen, und Jakob versinkt wie ein Stein im Wasser, und wabernde schwarze Ringe erweitern sich über ihm, ein unendlich mildes, sanftes Fallen. Doch da prallt er auf den Grund und wird, erschüttert vom Stoß, hinauf zur Oberfläche geschleudert und ist mittendrin in der Masse des Lebens und treibt in wachsendem Gedränge auf das Brausen des Tanzwerders zu, der Schotter ist weich vom Frühjahrshochwasser und den tausendfach wütend in den Boden gestampften Losnieten, aus den Buden fließen Mutzelmännchen, Flußaale, Negerküsse und gute Butter, im schwarz schillernden Schuppentrikot stemmt die stärkste Frau der Welt den Mann ohne Unterleib, die Gipsröhrchen platzen, die Schüsse und Orgelläufe werden immer greller, Ellbogen stoßen den Schwimmer, Füße streifen ihn, und dann wird alles eine einzige kreiselnde Bewegung von Leibern, und er gehört dazu, treibt zwischen Gesichtern, Beinen, Brüsten, zwischen den schwankenden Trauben bunter Ballons, zwischen den großen knatternden Standarten der Schützen, zwischen den rasselnden Kettenkarussells, aber plötzlich erstirbt das Johlen und Brodeln bis auf die heisere, scharfe Frage aus dem Hänneschetheater: Seid ihr alle da? Und bis auf Jakob ruft der Rummelchor: Ja, wir sind alle da! Aber die Frage gibt keine Ruhe: Alle, seid ihr alle da? fragt die Stimme. Auch der Jakob? Und alle Augen wenden sich dem entsetzten Jakob zu. Ist denn auch der Jakob da, der Zuckerstreuer, der Zuckerdieb, der schlangenzüngige Brudermörder? gellt die Stimme über den Werder bis hinein in den letzten Winkel der Stadt. Jakob will alles wiedergutmachen und gelobt aufrichtige Reue und tätige Buße.

Der Kaplan von Sankt Blasien hat ihm Absolution erteilt, sieben Vaterunser und zwölf Ave Maria, der Rosenkranz rieselt Abend für Abend durch seine Finger, an Stelle der Zuckerwürfel zieren weithin leuchtend die aus der Fastenzeit herübergeretteten Himbeerbonbons das Fensterbrett, und Jakobs klebriges, heidnisches Opfer wird höheren Orts gnädig angenommen.

Kurz vor Ausbruch der Fußballweltmeisterschaft kommt Lotte nieder, das aus ihr hervorgehobene faltige Etwas hat ein winzig klein blaues Gesicht, das sich erst nach Entfernung des tief eingeschnittenen weißen Halsbandes nach und nach erhellt: Es schreit, wird notgetauft, erhält den Namen Wolfgang und wird von Auguste zärtlich Wolle genannt. Die ein und aus gehenden Frauen machen ›pst‹, hantieren mit heißen Tüchern und halten Jakob an, sich auf Strümpfen durch die Wohnung zu bewegen oder draußen zu spielen.

Im Asbach Uralt ist der Geist des Weines, und elf Kameraden müßt ihr sein: Hans, der nach der Blutprobe am Bahnübergang den Führerschein und das Rückgrat verloren hat, sitzt im Schlafanzug auf dem Kohlenkasten, und sein zitternder Mittelfinger zeichnet die Abseitsfalle in die Alkohollache auf dem Radiogerät: Hier spricht Bern, und der Ball ist rund, und Turek fliegt, und Morlock grätscht, und Juskowiak reißt die gegnerische Flanke auf an einem Tag, so wunderschön wie heute, der dürfte nie vergehn, aber die Flasche ist leer, und das Radioauge erlischt. Wie der beleibte Hüne Hans auf dem Kohlenkasten kauert und in eine Ferne starrt, die am rostbraunen Fachwerkgiebel des gegenüberliegenden Hauses endet, ist er kaum größer als das Kind. Er zieht den Jakob zwischen seine Knie, das stoppelige Kinn reibt sich in der weichen Nackenbeuge, und sein warmer Atem ist feucht von Tränen und Wermut: Wenn ich, stammelt er, wenn ich durch die Tür da gehe, wenn ich durch diese Tür da gehe, über die Diele, die Stiege hinunter und die Straße hinauf, durch die Nässe zum Bahnhof, wenn ich abfahre ohne Blick zurück und nicht wiederkehre hierher an diesen Ort, dann ist es nicht wegen Lotte und nicht wegen dir. Es ist doch nur, weil ich so verloren bin, weil ich etwas verloren habe da draußen jenseits der sieben Berge vor langer Zeit, das ich hier nicht finden kann.

Da war in Makedonien hinter der Frontlinie plötzlich ein wüst aussehender Mann, der stand mir gegenüber im Kornfeld, inmitten der schwingenden Ähren tauchte er auf, und sein dunkles Gesicht flirrte in der Hitze des Mittags, und ich konnte in seinen Augen das Weiße sehen, und im Aufblitzen seines Bajonetts habe ich den Kurzspaten erhoben hoch über den Kopf in die Sonne, eine goldene Bahn hat er beschrieben am Himmel hinunter in den Schrei. Und dann bin ich gelaufen und gelaufen, viele tausend Kilometer vor der Spitze des Schreis einher, bis ich hierherkam und endlich Ruhe sein sollte. Ich ging umher in den Straßen und Gassen und habe gefragt: Habt ihr meinen Spaten gesehen? Ich habe meinen Spaten verloren, ich muß meinem Bataillon, ich muß dem Oberkommando der deutschen Wehrmacht, ich muß meinem Führer den Spaten zurückgeben, habe ich gesagt, sonst kann keine Ruhe in mir sein. Aber alle zuckten verlegen mit den Achseln. Ich traf sie stumm versunken bei der Arbeit, beim Hämmern und Sägen, Spachteln und Nageln, Meißeln und Mauern, Stein auf Stein, Wand um Wand, Haus um Haus hochgezogen im Kleinstadtschatten der Geschichte, den sie unter Einhaltung eines geheimen Fahrplans verlassen zur Durchführung weltumspannender Schlachtfeste, die man ihnen vorher nicht zugetraut hat und nachher immer wieder befürchtet. Ich habe die Schultern der Männer umfaßt, ich bin ihnen in den Arm gefallen, ich habe ihnen Knüppel zwischen die Beine geworfen, ich habe ihre Köpfe zwischen meinen Handflächen eingeschraubt und mit den Daumen ihre Mundwinkel aufgebrochen, um sie zu zwingen, mir endlich Rede und Antwort zu stehen: Vorwärts, Kameraden, wir müssen zurück, habe ich gefleht, wir müssen den Spaten suchen. Die aber blickten unter sich, tasteten mit den Fingerkuppen über Wundränder, Beinstümpfe, leere Augenhöhlen und erbrachen stockende Sätze: Das wäre ja noch schöner, und: Wenn wir das alle machen wollten, und: Da hätten wir ja viel zu tun, und: Vorbei ist vorbei und begraben und vergessen. Menschenskind, Hauptfeldwebel Sorger, nehmen Sie Haltung an, mein Bein läuft unbeweint über die Rollbahn, mein Arm treibt im Don, mein Auge starrt in den Himmel über Sewastopol, und Sie jammert der elende Spaten im Schädel des Partisanen. Steckenlassen. Rühren. Wegtreten. Weitermachen. Stein auf Stein. Träne um Träne läuft aus den warmen braunen Augen des Trinkers, der kein Maurer sein will und kein Vater sein kann.

Der Vater ist immer ungewiß. Hat weder Hand noch Fuß. Fließt dahin, der Vater, lautlos. Fließt dahin, die salzige, tiefbrennende Fracht auf der weißen, unberührbaren Narbenbahn zwischen Wange und Kinn. Vergraben in den süßen Schweiß der Achselhaare, ist Jakob ein idealer Tropfenfänger. Plitsch. Plitsch. Plitsch. Unter der Last der zentnerschweren, regungslos triefenden Schwäche windet sich der Blick hervor, über das dunstige Flußdelta hinweg in das unaufhörlich sich erneuernde wildwuchernde Grün, aus dem in Ufernähe zarter Rauch aufsteigt, der sich hoch oben in blassen Zirren verliert. Das färbt die Hoffnung auf ein Haus, das ihn beschirmt, auf ein Mahl, das ihm bereitet wird, auf ein Bett, in dem er ruhig schlafen darf, auf eine Zunge, deren er mächtig ist, da alle Brücken gesprengt und er in Sicherheit ist, gestocktes Blut auf grauer Larve, im Staub zuckende Gesichtshälften, Nahkampfgespenster, die jenseits seiner Träume Flüche und Verwünschungsschreie ausstoßen, stimmlos, weil das rasche Strömen des Flusses ihre Schreie wegträgt, ehe sie über das Wasser gelangen und ihn erneut erreichen können. Endlich entkommen.

Aber der Preis der Flucht ist die Entmannung. Mit den Fieberfratzen verschwinden die Väter in großer Zahl auf Nimmerwiedersehen und werden kleiner mit jedem Pendelschlag der Standuhr. Vom Koloß über den Krieger zum Krüppel: jetzt Entengrütze am Treidelpfad.

Sach mal, und deiner? Meiner ist vermißt. Meiner ist verwest. Meiner ist verrückt, und meiner ist ich-weiß-nicht-was. Sach mal, Lotte, was heißt das: plötzlich und unerwartet? Sach mal, Lotte, was heißt das: Er hat Hand an sich gelegt? Sach mal, Lotte, was heißt das: Von Beileidsbesuchen bitten wir abzusehen? Du machst mich rammdösig! Löchere mich nicht mit deinen Fragen! Du bringst mich mit deinem Gequassel ganz durcheinander. Halt die Füße ruhig unterm Tisch, sonst kannst du was erleben. Untersteh dich, laß die Finger vom Kuchen, zuerst kommen die Gäste, denk daran.

In einer Wolke von Mottenpulver sitzen die Frauen, schwarz und stumm. Der Kaplan setzt die Sammeltasse ab und lenkt die Aufmerksamkeit der Trauerrunde auf das Eigentliche, und das Eigentliche ist das Zeitliche, und das Zeitliche habe Hans Sorger gesegnet, sagt der Kaplan. Er nennt Lotte »gute Frau« und später, nach dem dritten Stück Torte, »liebe Frau«, und Jakob hängt an den Lippen des schönsprechenden Geistlichen, bis endlich sich der klebrige Sukkadewürfel vom bebenden dreifaltigen Kinn löst und zurück in die Tasse fällt. Lautloses Lachen hinter niedergeschlagenen Augen. Die, die er achten und ehren soll, damit es ihm wohlergehe und er lange lebe auf Erden, sie knien vor den ausgepackten Lebensmitteln, kuschen vor dem gelbleuchtenden Eipulver, sind per du mit den unermeßlichen Vorräten der Sieger. Sie werfen sich kopfüber ins Fressen, brummen, knurren und gieren aus Haß auf die Eingeweide, ohnmächtig-kindische Wesen, die in tiefer Trauer happen, pappen, schnappen und durchaus andere Götter haben neben IHM: den ECHTEN Bohnenkaffee, die GUTE Butter, das sind die neuen Herren, deren Stärke wir loben und preisen vom Anfang der Sonne bis zu ihrem Untergang. Immer besser und immer mehr ...

Die Tür schließt sich hinter dem guten Hirten, und die Frauen reden über das Verschwinden der Männer. Geh doch, der macht sich weg, der macht sich einfach weg mit dreißig Veronal im Bauch und zwei Flaschen Steinhäger im Kopf, die Niete, das Schwein. Gestaucht, gestoßen von der Schule ins Kontor der Schleifmittelfabrik, keine Freude, keine Jugend, neununddreißig für zusammengepumpte achtundvierzig Mark mit dem KdF-Dampfer nach Norwegen, die weiten weißen Hosen schlagen im Wind um die Schenkel der schmucken Offiziere – das war's. Jetzt sitz' ich da mit der Bescherung, kaltes Bett, keiner, der mir beisteht, keiner, der mir hilft, keiner, der für mich sorgt. Schimmernde Wehr und EK I und Ferntrauung, und nach dem Krieg kaufen wir uns ein Auto mit Verdeck und fahren mit dem Mülheimer Boot in den Sonnenuntergang. Das hätte ich mir nicht träumen lassen, als ich vor dem Standesbeamten ins Rundfunkmikrofon ja gesagt habe, die Lippen sollen mir verfaulen, für eine Nacht voller Seligkeit, da gäb' ich alles hin, Ja, für immer und ewig, und jetzt liegt er da, und ich bin gestraft mit denne Pänz, es mußten ja unbedingt Kinder ins Haus, zur Freude seines Herzens, von Freude keine Spur, der eine dick, dumm, faul und gefräßig, der andere mit Dauerschatten auf der Lunge im Kinderkrankenhaus. Ich darf gar nicht daran denken, was ich alles falsch gemacht habe, daß ich mich habe rumkriegen lassen, das heulende Elend könnte ich kriegen. Ich hätte es gut haben können, aber das Schicksal ist mir zweimal zwischen die Beine gefahren und hat es mir nicht gegönnt. Ich halt's nicht mehr aus, ich geh' ins Wasser, ich dreh' den Gashahn auf, ich nehm' E 605. Was guckt ihr denn so blöd. Könnt ja gehen, wenn's euch nicht paßt. Ja, dann macht doch, daß ihr rauskommt mitsamt der Brut. Haut endlich ab. Alles raus. Raus!

Müde bin ich, geh' zur Ruh, schließe beide Äuglein zu, und am dreißigsten Mai ist der Weltuntergang, und wir leben sowieso nicht mehr lang, und die Männer sind alle Verbrecher, und ihr Herz ist ein finsteres Loch, und Paulinchen ist allein zu Haus, die Eltern waren beide futsch, und sie ertränkt Minz und

Maunz in Brennspiritus und fackelt die schwarzgebeizte Kredenz ab, bis die Butzenscheiben platzen, und Mario Lanza hebt das hohe C in den bunten Abend über Alt-Heidelberg, und aus den Mantovani-Geigen tropft dem Soldaten am Wolgastrand Rübensirup auf die Galauniform, aber hat dein heimatliches Land keinen Reiz für dich, du dummer Junge? Yes, Sir, so bin ich, und so bleibe ich ein Schlüsselkind und weiß auch nicht, warum ich so traurig bin, wo doch alles läuft wie geschmiert und der Bauer im Märzen immer wieder die Rößlein einspannt und der Jäger aus Kurpfalz durch den grünen Wald reitet, simsalabimbambasaladusaladim, auf einem Baum ein Kuhukuck saß, und nebenan, zwischen Berg und tiefem, tiefem Tal, fraßen auch zwei Hasen, und während sie noch das saftige Gras lobten, kam der furchtbare Jäger zurück und schoß das Wild daher, aber als sie sich dann aufgerappelt hatten und sich besannen, daß sie noch am Leben war'n, daß sie noch am Leben war'n, liefen sie von dannen. Ein schöner Land am Ende und eine Hoffnung: Den einen trifft nicht der Tod und den anderen keine Schuld.

Der Jäger macht sich aus dem Staub, indessen Bilder aufspringen wie Hasen aus dem Busch, die Lampen blitzen, kurz verfolgt, schon verschwunden. Jakob mit Fotos im Kopf vom Damals, stolz wie ein Spanier auf dem Rücken des Esels den Drachenfels hinauf, daneben geht Lotte, dahinter knipst Hans. So sind die Fotos, wie es nur selten war in jener Zeit: freundlich im Umgang mit sich und den anderen Menschen, friedlich durch wogende Felder, über schattige Wege den Berg hinauf, stolz auf dem Rücken des Esels, daneben geht Lotte, dahinter knipst Hans, und Jakob summt: Oh, mein Papa war eine wunderbare Mann ...

So geht ein Lied um die Welt, ein Lied, das uns gefällt, weil es einlädt zum Glück. Böse Menschen haben keine Lieder, sondern sind allein im Schweigen. Allein in der Diele, umgeben von betäubender Stille, in die wieder und wieder hineingehorcht werden muß bis zur Ahnung einer Anwesenheit. Unter dem erwarteten Glockenschlag, unter dem Anschlag des kleinen

Hämmerchens, das auf die chinaporzellandünne Tonschale losdrischt, würde Jakob in hundert Scherben zerfallen. Lautlos durch die Räume, vorbei an der Klosettür, vorbei an der Flurgarderobe, an der ein zerfledderter Regenschirm, von Geisterhänden bewegt, hin und her schwingt.

Klaffende Fußbodenbretter und fehlende Treppenstufen werden umgangen mit angehaltenem Atem. Wer ist da? Ein kalter Lufzug drückt die geflüsterte Frage hinter die Lippen zurück. Der in die Kassettentür eingelassene, blechverdeckte Spion schiebt sich an das zitternde Gesicht heran und wird mit dem linken Auge besetzt: Zwischen zwei Lidschlägen flammt eine Kerze auf. Auf der anderen Seite strömt Bienenwachs, und es ist Abend, und es schneit in die gute Stube wie in jener Zeit. Die Flocken verdampfen zischend auf dem gußeisernen Gesims der bis zur Decke hinaufreichenden Ofenröhre. Um den Ofen herum stehen, ineinander verkeilt und bedeckt mit weißem Rupfleinen, die Gobelingarnitur, Teewagen, Beistelltisch, Anrichte und sechs Stühle mit hohen Rückenlehnen. Auf dem Klavier, das dem Gerichtsvollzieher gehört, prangt das Wappentier des Landes, ein Adler. Hinter dem Klavier liegt Wolle-Bolle-Baby in Gartenzwergpositur auf der Blumenbank und ist wie ein erwachsener Mann gekleidet. Aus beiden Ärmeln seines dreiteiligen anthrazitfarbenen Anzugs ragen Zeigefinger hervor, die starr auf die gerahmten, am Boden liegenden Hochzeitsfotografien gerichtet sind. Von den Bildern sind nur die braunpappigen Rückseiten und die überlappenden Trauerflore zu sehen, und Jakob versucht nach einem stumm mahnenden Blick, der das Brüderchen aber ungerührt läßt, dessen lästige Zeigefinger zurück in den Jackenärmel zu biegen. Doch dem ungeschickten Jakob passiert ein Malheur: Die weißen Zeigefinger seines Bruders haben keine Gelenke, und knick-knack sind sie abgebrochen und liegen nun da wie die Gipsröhrchen im Sägemehl der Schießbude. Oh, oh, die dummen, dummen Finger lassen sich auch mit Spucke nicht wieder ankleben. Jakob tut einen schnellen Schritt, ein Knirschen unter den Stiefelsohlen, und niemand hat gesehen, daß dem Dappes wieder etwas kaputtgegangen ist, niemand hat die böse Tat beobachtet, wie auch niemand gesehen hat, daß im Wintergarten die Scheibe zerbrochen ist. Durch den weit klaffenden Riß fällt eine runde Wolke herein, und die Wolke heißt Sonne. Die Sonne scheint auf den in japanischer Manier lackierten Paravent. Dreiteilig leuchtet ein weißblaues Meer, und in der Mitte des Raumteilers erhebt sich eine einzige mächtige, in ebendiesem Moment verharrende Woge. Die Salzkristalle überqueren die Zunge und setzen sich brennend tief hinten im Rachen fest, die Gischt verschleiert den Blick, und die Not ist groß, da die Flut unaufhörlich steigt und der Atem stockt. Weil da aber kein Moses ist, springt Lotte in die Bresche und teilt das Meer mit herrischer Geste. Über den Paravent fliegen in hohem Bogen die Kleider nach rechts und links: Hauskittel, Schürzen, Röcke, Strümpfe, Blusen, wollene Leibchen, Unterhosen, Steckkragen, Kappen, Slipper, Pumps, ein angefressener Kaninchenmuff und ein verstaubter Strohhut mit einem Herzkirschgebinde. Tief unten vom Grund zieht sie ihr gutes Rotes hervor, das Ballkleid, das Theaterkleid, das Friedens- und Traumkleid, lang wie die Rathausfahne, ein fließender Strom aus Rot, burgunderrotem Crêpe de Chine, feinnarbiges Gewebe, innen ausgeschlagen mit flammendroter Cuitseide. Die Glut überstrahlt das matte Deckenlicht und brennt auf Jakobs Gesicht wie Feuer. Mit einer weichen, anmutigen Bewegung schält sie sich aus ihrem Alltag und seinen elenden Farben, nackt bis zur Hüfte steht sie da und beugt sich fröstelnd in den Wäscheteil hinter der linken Flügeltür des Schranks, kramt ein lachsfarbenes Mieder hervor, windet sich hinein, heißt den linkshändigen Jakob, ausnahmsweise kein Tolpatsch zu sein und die Haken mit den Ösen zu verbinden, zieht schnaubend den Bauch ein, schiebt mit zu Halbkugeln geformten Händen das Oberteil zurecht, bis die überquellenden blaugeäderten Brüste in die Körbchen springen, hebt mit den Fingerspitzen das schillernde Gewebe an und breitet es zupfend und streichelnd auf dem Bett aus neben der stahlgrauen Chiffonschärpe. Dann lüpft sie leicht den hinteren

Saum und kriecht in die knisternde, raschelnde, hell aufleuchtende Stoffwolke, taucht in sie ein, verschwindet ächzend unter den roten Bahnen, taucht wieder auf mit flachgedrückten Lokken, zerrt und nestelt, hält den Atem an und läßt ihn pfeifend entweichen: Nun endlich fließt die ungeheure Pracht makellos herab wie Wasser und umschließt ihren Körper mit einer zweiten, über alle Maßen herrlichen Haut, der Jakob nachspüren und -jagen wird bis ans Ende seiner Tage. Ruhig und erhaben lächelnd greift sie nach der grauen Schärpe und bindet sie auf dem Rücken zur Schleife, die Enden fallen herab und werden auf dem Rücken gebunden. Dann werden seufzend die Haare geordnet und mit zehn Fingern aus dem Gesicht gesträhnt. Die Schuhe, ein Gewirr aus schlangenledrigen Riemchen, umschließen den vordem großen, nun schmaler wirkenden Fuß und winden sich bis zum Knöchel. Hochhackig und sicheren Fußes schreitet sie zum Spiegel, die warme weiche Hüfte wölbt sich gegen das Tuch und federt beim Gehen sanft auf und nieder, das zarte Hämmern der Absätze auf den Dielen gräbt sich in Jakobs Kopf, gerinnt zur ständig sich wiederholenden, unendlichen Sehnsuchtsmelodie. Da ist sie ganz plötzlich, eine gnadenlos sich ausbreitende, überwältigende Süße, die seine Empfindungen überschwemmt zwischen Fußwurzel und Nackenhaar, eine bohrende Süße, welche die Stirn vereist und das Gesicht lähmt bis in die schmerzenden Augäpfel hinein. Stumm und starr verharrt Jakob in der Anbetung des Bildes. Gekettet ist sein Blick an ihren Flirt mit dem Spiegel, an jede Falte, jeden Schritt, jede Bewegung, jeden Augenaufschlag, an das Wellenspiel der schwingenden Stoffbahnen. Er versinkt in den tausend Schattierungen des Mutterrots. Aus diesem Traum gibt es kein Erwachen. Der Traum überwindet die Trennung, tilgt den Unterschied, und alles ist Nähe: Ihr Geruch, ihre Farben, ihr Fleisch, ihr Geschlecht, ihre Wörter und Zeichen gelten ihm, zweifelsohne dem kleinen Sorger, dem Nichtsnutz, dem Rotzbengel, dem Nimmersatt, der über Nacht den gewaltigen Hans überwunden hat und als großer Junge vor der rotschillernden Königin auf der Friedhofsallee paradiert.

Ein Argentinier ist Sieger des Jahres. Er heißt Juan Manuel Fangio, und er lenkt den Silberpfeil zur Weltmeisterschaft über die Zielgerade des Nürburgrings. Auch der Bruchpilot des Stadtviertels heißt Fangio, und Wolle ist sein Beifahrer im Kinderwagen. Wenn Jakob, zur Bewachung seines Bruders verdonnert, ums scharfe Eck biegt und in der Kurve rabiat beschleunigt, schreien die anderen Schlüsselkinder »Paß auf, Fangio«, aber da ist es schon wieder geschehen: Wolle kullert kreischend in den Rinnstein, und während Fangio noch unter Mithilfe der Schaulustigen das Fahrzeug aufrichtet und dem Sozius mit der flachen Hand den Straßenstaub aus den blauen Bleylehosen schlägt, transportieren die wohlwollenden Augen und Münder hinter den verschlossenen Gardinen der Fachwerkfronten die Unfallmeldung von Haus zu Haus direkt auf Lottes Schreibtisch. Daß er nützlich sei wie ein Kropf, überschüttet sie den verratenen Straßenweltmeister nach der eiligen Heimkehr, daß sie sich die Finger wundtippe, um sie alle durchzubringen irgendwie; sie wisse nicht, wo ihr der Kopf stehe vor lauter Arbeit, und er könne noch nicht einmal ein paar Stunden seinen Bruder beaufsichtigen, ohne ihn zu verletzen. Sag was, du Kamel, du Hornochse. Aber weil er immer noch blöd dasteht und glotzt und kein Wort herausbringt und angstvoll sich absetzt und zurückweicht an die Wand, wird die Königin der Nacht zur alltäglichen Furie, die ihn mit steingrauen Wutaugen durch die Wohnung hetzt bis in die Sackgasse des Eßzimmers hinein, immer rund um den Tisch herum bis zur Erschöpfung. Du Satan, kurz und klein schlage ich dich, wenn ich dich erwische. Am schwarzen Geschirrschrank gerät er ins Stolpern, und sie erhebt mit letzter Kraft den braunen Wollfäustling, in dem sich die Schulmilchgroschen verbergen. Das geballte Kleingeld trifft hart auf Jakobs Schläfe, und da blüht eine Rose auf dem plötzlich kalkweißen Gesicht, und aus der Platzwunde schießen zarte Blütenblätter und fallen in dünnen Fäden über Augen und Wangen auf den Hemdkragen. Jakob, du lieber guter Jakob, haucht Lotte und kniet über ihm wie im Gebet, steh auf, bitte, bitte, Köbi, Köbele, bist doch mein ein und alles, ruft sie und umfängt seinen Kopf mit lautem Wehklagen. Wie liebliche Musik hört er es herüberwehen auf den gemeuchelten Leib. Unwiederbringlich, und hin ist hin, frohlockt der holde Verblichene triumphierend in aller Stille. Jetzt endlich, da ich ganz und gar tot vor dir liege, hast du gut reden und herzen und kosen. O ja, das rinnt durch den Schlund wie Manna, das tut dem Opfer wohl, wie er die Geliebte um den Pfahl ihrer Schuld wickelt, wie er ihr die Figur seines Verschwindens vorführt, wie er ihren resedagetränkten Angstschweiß einatmet, wie er sich seinen Tod ausmalt in Schwarz und Gold, wie er danach lechzt, daß sie sich verzehrt nach ihm, der nun nicht mehr sein würde in Ewigkeit. Pathetische Szenen reihen sich aneinander in dichter Folge. Jakob ist Regisseur, Hauptdarsteller und Großinquisitor in einer Person. Während Lotte sich am Pranger windet, wird rings um ihn geweint, werden Hände gerungen, Nachrufe und Traueradressen hochgestellter Persönlichkeiten verlesen, und während das gymnasiale Schülerorchester unter großem Blechgetöse Liszts Préludes intoniert, macht Lotte dem Theatergenuß ein vorzeitiges Ende. Sie hält ihm einen mit Klosterfrau Melissengeist getränkten Wattebausch unter die Nase, und das ohnmächtige Opfer wechselt unter dem Einfluß der katholischen Essenz abrupt ins Diesseits, schlägt die Augen auf, niest beleidigt, und Lotte, die ihre Sicherheit wiedergewonnen hat, nennt ihn brutal einen Schlaumeier.

In einem kühlen Grunde, da geht ein Mühlenrad, und die Reise nach Jerusalem findet bei Regen im Saale statt. Es gibt so viele Stühle wie Kinder, aber genau einen weniger. Während alle sich im Tanz drehen, singt Lotte mit samtener Stimme vom verschwundenen Liebchen und von gebrochner Treue. Beim entzweigesprungenen Ringlein hält sie inne, und alle stürzen sich auf einen Stuhl und setzen sich, ausgenommen das Kind, das am wenigsten geschickt ist, das am wenigsten Glück hat und darum stehenbleibt, überzählig, ohne Platz im bunten Gerangel der Reisegesellschaft: ein träumender Jakob, der am Munde der Sängerin hängt und wie ein Tanzbär willenlos sich dreht nach einer Melodie, die längst verklungen ist. Der triumphale Einzug der Kreuzritter in die heilige Stadt wird gefeiert. Bei heißer Schokolade und Wiener Würstchen lassen sie es sich gutgehen. Lotte schneidet Brot, die Klinge fährt von außen nach innen durch die Kruste und kommt vor ihrer Brust zum Stehen. Immer wieder schneidet sie das Brot und legt die Scheiben in die ausgestreckten Hände. Lotte ist ein Brotlaib, Lotte ist eine Götterspeise, Lotte ist eine Sahnetorte von feinster Art, und dieser Kuchen wird unerbittlich aufgeteilt; Stück für Stück muß Jakob mit ansehen, wie jedes Kind seine Zähne in die Krume schlägt, muß einsehen, daß er nicht der einzige ist, daß er Brüder und Schwestern hat, daß er teilen muß, daß er sein unteilbares Verlangen halbieren, vierteln und achteln muß, damit nicht den anderen das Herz blutet und er schuldig wird an ihnen. Es trifft sich gut, daß man gehen soll, wenn es am schönsten ist und am besten schmeckt. Tadellose Diener werden absolviert und Knickse, und die Spielrequisiten wandern zurück in die Truhe bis zum nächsten Jahr. Aber es ist ein schwacher Trost, daß jeder Kindergeburtstag einmal ein Ende hat, weil ja nicht restlos alle verschwinden, die sich von Lotte ganz dreist eine Scheibe nach der andern abgeschnitten haben. Der größte Mitesser heißt Wolle und gehört unwiderruflich zum Inventar. Während Onkel und Tante hinter vorgehaltener Hand als Verwandte besungen werden dürfen, die man am liebsten nur von hinten sieht, gelten vor allem kleinere Geschwister als Angehörige, die lieb sind und zu denen man andauernd lieb sein muß. Daß er den neuen Erdenbürger gar fein zärtlich streicheln müsse, so und so und ei und ei und abermals ei, hat ihm damals die Hebamme befohlen, auch weil der Kopf noch nicht zugewachsen sei und offen an einer Stelle unter der dünnen Haut. Diese Stelle hat sich der Jakob gemerkt, weil es ihn schon sehr interessiert hat, was im Kopf seines Bruders vorgeht, und dann ist er ins Zimmer der ruhenden Wöchnerin geschlichen und hat den Betthimmel gelüftet und den Zeigefinger auf die pulsierenden Fontanellen gelegt, pflaumenweich war diese Stelle, und er konnte durch den

Finger spüren, daß das Hirn seines Bruders dachte, aber noch ehe der Jakob nachschauen konnte, was es dachte, verfärbte sich der Kahlkopf und öffnete den zahnlosen Mund zu einem kläglichen Wimmern, und dann hat Jakob die Beine in die Hand genommen und sich in seinem Zimmer die Versenkung in Schönschrift und Rechtschreibung auferlegt.

Dora ist artig. Ida ißt Äpfel. Kolonnenverkehr über zwei Seiten. Ida ißt Äpfel. Dora ist artig. Es geht schneller, wenn man Ida, Ida, Ida untereinander schreibt und dann ist, ist, ist oder ißt? Dem kleinen »i« wird es zwischen »s« und »ß« zu bunt. Es schert aus und fährt auf dem blauen Motorrad zwischen die Zeilen mit brausender Schnelligkeit. Der Wind bläst ihm das Pünktchen vom Kopf, das »i« ist beweglich, vornehm, klug und sportlich, sein wacher Blick streift die umliegenden Berge und Täler, über allem scheint das große offene »U«, und das Leben könnte so unermeßlich schön sein, wenn an der Spitzkehre nicht das kleine »o« lauerte, ein gemeiner Wegelagerer, von dessen harmlosem und unscheinbarem Äußeren sich das kleine »i« blenden läßt. Seit dem frühen Morgen sei es unterwegs und habe sich schon die Beinchen abgelaufen, beteuert es. Na, dann will ich mal nicht so sein, sagt das kleine »i« und bedeutet dem kleinen »o«, hinten aufzusitzen. Das große »U« lacht vom Himmel, denn es sieht mit Behagen, daß sich die beiden kleinen Buchstaben von Herzen zugetan sind und offensichtlich einander so zärtlich lieben, wie man es in der wirklichen Welt nur zu Weihnachten oder unter Geschwistern kennt. Wie sie so einige hundert Meter gefahren sind, meldet das kleine »o« ein dringendes Bedürfnis an, daß es Pipi müsse, vielleicht auch Aa, und daß es abgehalten werden wolle, weil doch die Füßlein von der langen Wanderung wund und müde seien. Da läßt das kleine »i« behutsam das Motorrad ausrollen, und es ist noch die Ruhe selbst, als es den kleinen Buchstaben von der Maschine hebt, ihn sich zwischen die Beine klemmt und ihm die erbetene Erleichterung verschafft. Dann setzen die beiden die Fahrt fort, bis sich erneut die quakende Stimme des kleinen »o« unter das gleichmäßige Motorengeräusch mischt: Es will wissen, wohin die Reise gehen soll. Ich will heute noch den Obersalzberg erreichen, sagt das kleine »i« mit ausgesuchter Höflichkeit, und die Alpen besichtigen, ich will im Schnee tollen, Schlitten fahren und die gute Bergluft genießen. Das könne aber gar nicht sein, bläht sich das kleine »o« auf dem Rücksitz, sein Hausarzt habe ihm verordnet, mit der Kinderverschickung nach Cuxhaven-Duhnen zu fahren, weil er seit seiner Geburt unter dem lebensbedrohlichen Asthma bronchiale leide und sich zudem von der salzigen Gischt der Nordsee die Trockenlegung seines chronisch nässenden und juckenden Fußpilzes verspreche. Da schwant dem kleinen »i« zum ersten Male, daß ihm das kleine »o« die ganze Tour vermasseln wird, und als es gerade anhebt, dem Trittbrettfahrer das Ende der gemeinsamen Reise mitzuteilen, schlägt ihm von hinten ein furchtbarer Husten in den Nacken, Speicheltropfen sprühen, das Motorrad schwankt, der kleine runde Buchstabe läuft blauschwarz an, die Krämpfe beuteln derart Kopf und Rumpf, daß sich sein Äußeres verändert und nun eher einem klapperdürren Ausrufezeichen gleicht. Es ist schon gut, resigniert das kleine »i«, ich bringe dich ins Flachland, ich bringe dich überall hin, aber ich bitte dich inständig, sei still, dein Gebramme füllt die Täler und Höhen, und was sollen denn die großen Buchstaben von uns denken. Da läßt das kleine »o« pfeifend die kranke Luft aus den Pneus entweichen und ist sofort wieder gesund. C-a-f-f-e-e, trällert es nach vorn, trink nicht so viel Caffee, denn dieser Türkentrank macht dich nur blaß und krank. Aber der erpreßte Fahrer weiß sehr wohl, was ihn blaß und krank zu machen droht, und er faßt den Entschluß, sich des Simulanten im nächsten Straßentunnel zu entledigen. Dort scheint das große »U« nicht mehr: Seiner zahlreichen spitzen Waffen wird er sich lautlos bedienen, wie eine Sicherheitsnadel wird er sich nach hinten zum »j« aufbiegen und dem kleinen »o« ganz oben am zierlichen lateinischen Schleifchen in die weiche Birne dringen. Platzen wird dieser überflüssige Buchstabe wie ein wassergefüllter, aus dem dritten Stock geworfener Luftballon. Was bleibt, ist nicht der Rede wert. Ein Punkt. Irgendein Punkt. Den wird das kleine »i« sich auf den Kopf ziehen, weil er sein eigenes Pünktchen ja verloren hat im Fahrtwind und niemand etwas merken wird.

Frohen Mutes fährt es in die Steinröhre ein, um das Urteil zu vollstrecken, da muß das rasende kleine »i« nach dem entsetzten Blick auf die dahineilenden Zeilen feststellen, daß es in einer Denkschrift zur sittlichen Ertüchtigung von Knaben gelandet ist.

Es fängt ganz harmlos an: Der Damm, den die Natur um deine Reinheit gebaut hat, heißt Scham. Bewahre den Damm. Da wirft sich das kleine »i« stolz in die Brust, denn es ist ein durch und durch sauberer kleiner Buchstabe, der allen Anfechtungen und Verlockungen des Fleisches zu trotzen weiß. Wann immer in den Nachtstunden sich irgendwo zwischen Punkt und Komma auch nur ein Anflug von Hitze oder Schwüle bemerkbar macht, weiß er, daß diese Zustände des Teufels sind und unweigerlich Rückenmarkschwund und lebenslanges Siechtum nach sich ziehen. Tapfer wirft es die warme Steppdecke ab, macht hundert Kniebeugen vor geöffnetem Fenster, durchquert vor Tag und Tau im Rhönrad die dauerschöne deutsche Natur und nimmt ein eiskaltes Vollbad in der Zinkbadewanne. Wenn er nach dieser Prozedur an sich herabblickt, ist die Versuchung auf Fingerhutgröße geschrumpft, und er kann vor seinen Herrgott treten und Vollzug melden. Aber der Herrgott des Tunnels und der Katechismen ist übel gelaunt: Du sollst nicht töten, schlägt es dem kleinen »i« aus den Zeilen entgegen. Es duckt sich hinter die Lenkstange und macht sich ganz klein. Hast du gesündigt in Worten, Werken oder Gedanken? hämmert es aus den Zeilen. Keine Spur, murmelt der Motorist und gibt Gas. Kain, wo ist dein Bruder Obel?, flammt die Schrift an der Wand, ja, was weiß ich, wo der Obel ist, kichert der große Bruder verzweifelt. Ein Druckfehler. Der Druckfehlerteufel ist dem Herrn in die Quere gekommen. Aber er weiß, daß es kein Entrinnen gibt, das ganze Alphabet von A bis Z zieht sich in und über ihm zusammen. Widerspruchslos und zähneknirschend wird er den kleinen Bruder hüten, selbstlos und aufopferungsvoll bis zum letzten Kapitel.

Am Ende des Tunnels leuchtet die Landschaft, das Papier flirrt in großer Helligkeit, der Frieden ist ausgebrochen über den holzfreien Blättern, und der kecke, unter dem Eindruck der Züchtigung seines Reiseführers erblühte Lungenkranke verlangt nach einer kräftigen Speise, das Abenteuer in der Dunkelheit sei doch sehr anstrengend gewesen und habe ihn sehr hungrig gemacht, fügt er verschlagen hinzu. Friß Salz, dann bekommst du auch noch Durst, zischt der Fahrer, aber dann steht die Drohung vor ihm auf, und flugs sucht er ein schattiges Plätzchen am Fuß eines Mittelgebirgszugs. Irgendwo in einer Senke, zwischen Knüll und Ohm, schöpft er Wasser für den Bruder aus einer klaren Quelle, breitet das Geschirrtuch als Decke aus auf dem grünen Moosteppich und leert die Proviantdose ohne Zaudern bis auf den Grund. Der Große bietet dem Kleinen Sanellabrote an, und als Belag könne er wählen zwischen Velveta, Senf und Sirup. Er esse das immer wegen der knapp bemessenen Reisekasse, beugt das Buchstäbchen vor, bei ihm sei Schmalhans Küchenmeister. Aber da hättet ihr den Kleinen einmal sehen sollen, ganz aufgebracht hüpft er auf dem Rücksitz hin und her, quittegelb ist er vor Wut, und über sein Gesicht laufen schon wieder die ersten Zuckungen. Ob man so einen Genesenden behandele, ob man ihn so abspeist mit Walfischfett, Magerkäse und glitschigem Kommißbrot. Da solle er ihn doch lieber gleich ausradieren, gurgelt es aus dem Moos, das einzige Lebensmittel, das bei ihm anschlage, sei die dürre Runde, eine Wurstspezialität aus dem Nordhessischen. Der Fahrzeughalter traut seinen Ohren kaum, aber er betätigt hastig den Anlasser der Maschine, um weitere Bestellungen durch einen schnellen Aufbruch abzuwenden. Der Weg in die Kreisstadt ist weit, und er will den Einkauf bis zum Einbruch der Nacht getätigt haben. Halt, tönt die Stimme des pseudoasthmatischen Bruders hinter ihm her, bring mir zum Frühstück Hohes »C« mit, das wird meinem Herzblatt guttun, hat meine Mama gesagt, und wir wollen doch immer tun, was die Mama sagt, oder?, gellt es dem bereits in Straßenstaub gehüllten Kopfmörder nach.

Der Fahrer zittert am ganzen Leib, das Motorrad zittert unter ihm und seiner großen Wut, fernab in Sandkästen spielende Kleinkinder sind eine Wohltat für Auge und Gemüt des Beobachters, und ihr unschuldiges und selbstvergessenes Spiel rührt ihn zu Tränen. Geschwisterkinder sind Kuckuckseier, die infolge der Ratlosigkeit der Schöpfung im Frühjahr in fremden Nestern explodieren und dabei die Wirtsfamilien unter sich begraben. Jüngere und dazu noch kränkelnde Brüder aber sind ein Fegefeuer zu Lebzeiten: Sindbad dem Seefahrer war ein solcher Bruder auf der fünften Reise in Gestalt des Scheich a el-Bahr widerfahren: Alt schien er, gelähmt von Kopf bis Fuß und keiner Sprache mächtig, und voller Mitleid trug er ihn zu einem schattigen Abschnitt des Strandes. Aber der Alte vom Meer stieg nach dem mühseligen Transport nicht ab und richtete sich ein auf der Schulter des Helden. Er preßte dem armen Sindbad mit unvermuteter Kraft die Beine um den Nacken, ließ sich umhertragen und bewirten Tag und Nacht und trieb ihn an, bis die Welt schwarz wurde vor den Augen des unglücklichen Abenteurers. Schließlich verführte er in seiner Not das Ungeheuer, vergorenen Traubensaft zu trinken, er soff, bis der Kürbis leer war, der Alkohol fuhr ihm in die Beine und lockerte die Umklammerung. Da hob Sindbad in Angst und Wut einen großen Stein auf, der unter dem Baume lag, und schlug ihn tot.

Hoch beladen mit den feinsten Delikatessen der späten Fünfziger, kehrt der große Bruder in den Wald zurück, und dem Rekonvaleszenten gehen die Augen über angesichts der fetten Pracht. Russische Eier und deutsche Grillhähnchen quellen ihm aus der Einkaufstasche entgegen; sein Krankenpfleger zieht Pumpernickel, Mettwurst, entkernte grüne Oliven, rote Paprikastreifen auf hölzerne Partyspießchen und versieht sie mit einem Schuß Tubenmayonnaise; Käsewürfel und Cracker werden zu kindgerechten Reiterchen aufgehäufelt; das feingewogene Ragoût fin aus dem Hause Lacroix schwimmt in mächtigen, dünnwandigen Königinpasteten, und wo Schieberchen und Löffelchen nicht hinreichen, ist der große Bruder mit dem Eßlöffel zur Hand, damit auch nicht ein Champignonscheibchen, eine Kaper, ein Kalb- oder Hühnerfleischbröckchen den geöffneten Mund des kranken Bruders verfehle. Daß du aus freien Stücken so gut zu mir bist, wundert sich der Kleine und streichelt zufrieden sein Bäuchlein. Ich bin mir selbst ein Rätsel, verstellt sich der Große und drängt den Verwandten, alles restlos aufzuessen, weil es doch schade wäre, wenn etwas umkäme von den erlesenen Speisen. Diese Doktrin fesselt so manchen Esser an den Tisch, und sie verfehlt auch beim kleinen »o« ihre Wirkung nicht. Nachdem er alle Teller geleert und abgeleckt hat, wird ihm mit dem sauber gebliebenen Zipfel des Schlabberlätzchens die letzte Krume in den Mund gewischt, dann wird er auf den Arm genommen, der Bruder entlockt ihm durch sanftes Schulterklopfen das obligatorische Bäuerchen, und endlich kehrt die Ruhe ein, deren der überdrüssige Bruder für seine Operation bedarf.

Aber die Ruhe kommt aus der Nacht, wo sie am schwärzesten ist, nicht eine italienische, von Tarantella, Lampions und bunten Girlanden der Hoffnung erhellt, nein, ohne Festglanz, verstört und zum trockenen Schluchzen traurig. Wie der Bruder da atmet in der Finsternis, ist er doch eigentlich keine Heimsuchung, sondern bloß ein Kind, das in mutteraugenverlorener Unbeholfenheit im grünen, schmeichelnden Moos liegt, der Obhut des Wächters ungewiß. Da wollen sie heranzüngeln, die weichen Flammen der Vergebung, die Herrschaft der Liebe über dem Täter errichten, und einen verlockenden Moment lang ist ihm so, als sei er mit der Leichtigkeit der Schwalbe oder der Schneeflocke begabt. Aber dann erhebt sich schwarz und drohend die ganze hochentwickelte Verantwortung vor ihm auf, der er sich entledigen muß: Jetzt oder nie. Er hat sich für sich und gegen den anderen entschieden. Er wird die planmäßig herbeigeführte Trägheit vorsichtig aufheben und in Tücher schlagen, er wird die quälende Last auf dem Rücksitz festbinden, er wird sie auftragsgemäß in den Norden geleiten und aussetzen am Strand, seine Hände wird er in Salzwasser waschen und dann: Auf und davon, ohne einen Blick zurück.

Die Nacht nimmt das Bruderpaar in die Arme und treibt es über feine Winde nach Norden. Die goldnen Sternlein prangen, der Mond ist aufgegangen und macht die Flüsse silbern kenntlich. In der Stille wird alles deutlich, Vieh, Menschen, Stadt und Wälder, lautlos stampfende Dampflokomotiven mit hellgrauen Mähnen, schnurgerade und blendend weiß ziehen die Autobahnen vorbei, und der Große Bär wirft einen zitternden Kometen ins All. Es ist ein langer, ziehender Schmerz, von einer Qual Abschied nehmen zu müssen. Und wie erstorben die ganze Welt scheint. In Fahrtrichtung glitzert starr der Polarstern, von den Bäumen tropft süßer Brei, das Erdenrund ächzt unter Gebratenem und Gesottenem, ein Volk ruht von den Mühsalen des Nachtmahls aus, die elf Stämme der eigenen Zunge träumen von fließend warmem Wasser und Vollpension im Jahrtausendabonnement. Nur die Hungrigen lächeln und finden keinen Schlaf. Und die Liebenden lächeln wie auch die Einbrecher, die Nachtfahrer und anderes Lumpenpack. Es wird warm im Phantasma der Verstoßenheit. Wärmend rinnt das Bild durch die kalten Glieder, als Verlorener unvermutet mit schweigend-festem Blick in die heimatumhäkelte Stube zu treten, der Mutter, Tante, Schwester, Geliebten in die geöffneten Arme zu sinken wieder und wieder und beim sanften Schein der Lampe in einer schönen, aber etwas eintönigen, langen, langen Geschichte zu lesen.

Am Ende beginnt es zu tagen. In den Siedlungen am Rande der Straßen erwacht das Leben. Eine Kuh kommt aus dem Stall, bim-bam, und weidet friedlich im Frühnebel, und eine Kirchenglocke fällt ein. Das Vaterland wird verständlich. Die Farben zeigen sich von der Dunkelheit erholt, und die Gegenstände wirken weiter und bestimmter im Norden. Schwanenteiche, unverborgen zwischen quadratischen Wiesen, gelb wogender Raps bis an die Wasserkante, und der Abschied schmeckt nach Salz. Das Leuchtfeuer über Neuwerk ist erloschen. Die Lotsen springen in die Elbe und entlassen die Schiffe ins Abenteuer. Im fernwehen Blick erblühen die Namen: *Wilhelm Gustloff*, *Pamir* und *Andrea Doria*. Die schrecklichen Schiffe sind die schönsten, und alle, die mit uns auf Kaperfahrt fahren, müssen Männer mit Bärten sein und keine Kindergärtner.

Entschlossen mustert Jakob die Szene. Die Bank am Fuß der Kugelbake, dort, wo die Sommerfrischler ihre Rumfahnen in den Wind hängen und von schnappschußträchtigen Kollisionen in der Fahrrinne träumen, das ist ein idealer Platz zum Aussetzen überflüssiger Brüder. Fein wird er es haben, besser als bei uns daheim, beruhigt der Nachtfahrer sein Gewissen und wickelt den schlafenden Knaben vorsichtig aus der Verpackung. Sicher würde eine junge Steuermannswitwe sich seiner erbarmen. Jakob weiß aus dem Radio, daß es in plattdeutschen Hörspielen nur so wimmelt von kindersüchtigen Matrosenbräuten. Und sollte wirklich keine Eingeborene an der Bank vorbeikommen und den Kleinen aufnehmen, so würde es eine alleinstehende Touristin sein, die ihn liebend gern mitnehmen und das Leben des Findlings in sichere und geordnete Bahnen lenken würde.

Das hat er sich wunderschön ausgedacht, aber am Ende hat sich der Milchjunge doch verrechnet: Der Schlaf des Opfers ist so ganz obenhin, so ganz flaumfederleicht und nur durch einen Lidschlag vom Wachzustand getrennt. Wohin gehst du? fragt der Mund. Willst du mich verlassen? bangen die anhänglichen braunen Augen, in denen sich schon wieder die ersten Tränen zum Angriff sammeln. Wohin gehst du, wohin gehst? äfft und höhnt der Ertappte. Und kollert er los: Ich habe dich aufsitzen lassen und dem Süden adieu gesagt, ich habe dich abgehalten und gefüttert und gewickelt und zum Bündel geschnürt, ich bin fünfhundert Kilometer durch Nacht und Nebel gefahren, du hast geschlafen, und ich habe gewacht, ich habe gelenkt, und du hast gelallt, du hast verdaut, und ich habe gehungert, und seit Erreichen der Porta Westfalica bin ich hüftabwärts gelähmt von Kälte und Wind, und jetzt habe ich endgültig die Schnauze voll vom großen Hutschi-Putschi, wenn du verstehst, was ich meine, und werde mir ausdauernd und ohne Begleitung die Beine vertreten, bis das Blut wieder zirkuliert in den Adern, und das kann lange dauern, wenn du nichts dagegen hast. Und du, du wirst augenblicklich dein Kurprogramm aufnehmen, die Hosenbeine aufkrempeln und die Nordsee betreten, deine verrotzte Lunge der Brise aussetzen und deinen suppenden Fußpilz ins Salzwasser tunken. Und wenn noch ein Widerwort das Gehege deiner Milchzähne passiert, dann vergesse ich mich. Ja, aber, unterbricht der Kleine unbeeindruckt die sich überschlagenden, belfernden Drohungen und weist mit ausgestrecktem Arm auf einen imaginären Punkt am Horizont, Lukofitzki, fährt er flüsternd fort, Lukofitzki wird mich holen. Wer ist Lukofitzki? Der große Hai. Es gibt hier leider keine großen Haie, nur kleine Fische, und die sind damit beschäftigt, sich gegenseitig aufzufressen, der Stint den Maifisch, die Finte den Frauenfisch, der Saibling das Glasauge und so weiter. Es gibt den gemeinen Hering und das bekannte Großmaul, den beliebten Rollmops und die zierliche Sprotte, und der einzige überlebende Hai auf dem Festlandsockel ist der Dornhai aus der Familie der Squalidae, ein feiger Küstenflüchtling, der nichts mehr fürchtet, als von Menschenhand zu Lebertran oder Schillerlocken verarbeitet zu werden. Verstanden? Basta! Ruhe im Dom!

Sommer, Sonne, Wind und Nivea und dazu das tiefe Meer. So tief, so blau, so stumpf, so dumm. Weiß der Teufel, was mir fehlt. Was ist mir? Es ist zu schön hier. Ansichtskarten in einer Fotomappe. Das Album hat einen blaßgrünen Kunststoffeinband mit dunkelgrünen Eiffeltürmen und Chiantiflaschen und glänzenden Fettflecken. Die nackten Füße im Sand, vorsichtige Eindrücke schon halb verweht. Er ist so allein mit seinen Füßen im Sand. Er wünscht sich eine Stimme herbei, aber was für eine? Eine Hand, aber wessen Hand? Einen Körper, aber er kennt seinen eigenen nicht. Ganz in weißen Düften und Schleiern verloren liegt die See, gerahmt von den unnatürlichen, zauberhaften Dünenbändern. Natürlich denkt niemand »unnatürlich« und niemand »zauberhaft«, der jede Mark zweimal umdrehen muß im Urlaub und im Leben und das Fremde außerhalb der eigenen vier Wände fürchtet wie die Pest. Alles, was wie zu Hause schmeckt, riecht, tönt und aussieht, ist schön, schlicht und einfach schön. Alles, was fremd schmeckt, riecht, tönt und aussieht, ist häßlich. An der See ist alles wie daheim, nur mit mehr Wasser. Wie das blendet und beunruhigt. Das ganze Land bis zum Deich ist der reine Garten, und in der flimmernden Luft wimmelt es von Kanalstegen voller Blumen und von Fenstersimsen voller Düfte. Die Möwen schimpfen matt und schläfrig unter all der Sonne und unter all dem gesunden dichten Grün. Er zieht sich aus, wirft sich ins Wasser und will sich vergessen. Wie schön ihm das ist, wie namenlos schön. Er schwimmt, und unter Wasser hört er ein Frauenlachen vom Ufer her. Am Strand reiht Brüderleinfein Muscheln aneinander, sortiert nach Farbe, Form und Größe. Mit seinen kleinen dicken Händen errichtet er dreigestaffelte Dämme gegen die ferne Flut, und von weitem sieht er aus wie eine geschäftige Schildkröte in seinem graugrünen Dufflecoat zweiter Hand. Ich liebe dich mehr als mich selbst in dieser Sekunde. Ein Druck auf den Auslöser, klick: Frieden auf Erden. Klick: Und den Menschen ein Wohlgefallen, urbi et orbi. Klick: Dreiteilig leuchtet ein weißblaues Meer, und in der Mitte des Raumteilers erhebt sich eine einzige mächtige Woge aus dem Stand und ohne Vorwarnung, grau und lautlos. Die Salzkristalle überqueren die Zunge des überraschten Schwimmers und setzen sich brennend tief hinten im Rachen fest. Das rollende Wasser verschleiert den Blick und lähmt die Bewegungen und Gedanken, da nun die Wand unaufhaltsam sich aufwirft und dem an der Küste kauernden Bruder sich nähert wie ein zum großen Sprung sich erhebendes Tier. Vergib mir all meine bösen Gedanken, und ich will dich retten aus höchster Not, Herr, laß die Woge nur einmal noch erstarren ... Aber da brechen schon die Wassertürme vom Himmel herab und stülpen sich über das erstarrte Bild. Da gibt es kein Oben mehr und kein Unten, die Dinge lösen sich auf in einem schwindelnd-glatten Schacht, senkrecht abfallend wirbeln Seesterne neben Herbstastern, und die Sonne fällt kochend ins Meer. Auf einem rehbeinigen Eichentisch sprengt Sindbad einher, Erzengel tragen Flammenschwerter, großbusige Tanten stecken in rotschillernden Ballkleidern. Das kleine »o« und das kleine »i« rollen ineinander verkeilt die Zeilen hinunter, Klein- und Großbuchstaben verklumpen und tropfen als schwarze Tinte auf den blütenweißen Teppich der Erinnerung.

Wie durch schlieriges Glas verzerrt, starren die allgegenwärtigen Augen aus der Tiefe empor, und die Stimme fährt wie ein Schneidbrenner durch den Kopf des großen Bruders: Jakob, schau mich an, hast du deinen Bruder ins Wasser gestoßen? Nein, ich habe ihn aufgehoben, als die Welle kam. Jakob, du kannst mir nicht in die Augen sehen, auf deiner Stirn steht die Wahrheit geschrieben, du hast ihn gestoßen. Nein, ich habe ihn aufgehoben, nachdem er gestolpert ist. Du weißt doch, wie wacklig er auf den Beinen ist. Er hat mich geschubst, und dann hat er »hoppla« gesagt, bevor er mich aufgehoben hat. Ich habe es ganz genau gehört, Mama.

Jakob muß zur Strafe ohne Abendbrot ins Bett. Das ist der landläufige Tarif für Schwerverbrecher, da beißt die Maus keinen Faden ab, das steckt ein Wiederholungstäter weg, ohne mit der Wimper zu zucken, aber wenn Jakob schon Lotte, den Kuchen und die Welt mit Wolle teilen soll, dann muß der Nachkömmling auch die Strafen mit ihm teilen. Was heißt teilen? Ächzen soll er unter der Last, quietschen soll er vor Angst, biegen und winden soll er sich, bis das Verräterauge bricht.

Wolle kommt eine Stunde nach dem hellwach daliegenden Delinquenten ins Kinderzimmer gehuscht und wispert, vor seinem Bett kniend, das Nachtgebet: Hab' ich Unrecht heut getan, schau es, lieber Gott, nicht an. Nur gut, denkt Jakob, daß ich nicht so ein blinder Gott bin, ich will dein Unrecht schon anschauen und drehen und wenden, und das nicht zu knapp. Mein ist die Rache, und unten am Fluß in der Pionierkaserne gibt endlich auch die Reserve Ruh, und das Mondlicht fällt süß durch die halbgeöffneten Fenster auf das lockengefaßte zartwimprige Knabengesicht. Es ist ganz still im Raum. Jakob hebt die Zunge unter den Gaumen und drückt den Atem durch die breite Lücke zwischen den Schneidezähnen. Das macht ein kleines Geräusch, ein weit entferntes Scharren und Grummeln, das nach und nach in ein klagendes Wimmern und Maunzen übergeht und sich auswächst zum kräftigen Miauen. Das läßt sich steigern bis zum Auftritt liebestoller Kater und rolliger Katzen, die über Tisch und Bänke gehen und die Ruhestätte in ein Bestiarium verzaubern. Schläfst du schon, bebt das Brüderchen, hörst du sie auch, die furchtbaren Tiere? Nein, ich höre nichts, sagt der Jakob und reibt sich schlaftrunken die Augen, vielleicht ist der Goldhamster im Laufrad irre geworden. Aber auch der knopfäugige Wenzel hat Feierabend, er steht auf den Hinterbeinen im Käfig und mümmelt sich durch die klebrigen Reste eines Amerikaners. Na, warte, denkt Jakob, heute morgen in der Bäckerei wollte er mich nicht abbeißen lassen, und jetzt verfüttert er den schönen Kuchen an den nichtsnutzigen Nager.

Die Technik der Katzenvorführung hat Jakob im Kunstunterricht erlernt und fortentwickelt: Der Lehrer Liers, eine baumlange Erscheinung von soldatischer Haltung und vergrämter, ewig gelangweilter Physiognomie, hatte dreißig Gipsklumpen in Backsteingröße vor der Klasse aufgestapelt und deren Verwandlung in afrikanische Elefanten angeordnet. Mit Feuer und Flamme sowie Feile und Fahrtenmesser hatte Jakob sich an die Arbeit gemacht und sich gerade zum zweiten Mal vor Anstrengung auf die Zunge gebissen, als Liers ihm das Zwischenprodukt mit leichter Hand entwand und der Klasse zur Abschreckung vorführte. Dem Schüler Sorger sei es zweifellos gelungen, den typischen Rüssel des Elefanten mit dem kleinohrigen Kopf des Pinschers und der zerbrechlichen Hochbeinigkeit der Gazelle auf künstlerisch wertvolle Weise zu verbinden. Aber die von ihm gestellte Aufgabe sei doch eigentlich viel bescheidener gewesen, hatte Liers höhnisch hinzugefügt, mitten in den lachenden, aufgerissenen Schlund der Klasse hinein. Alsbald trat wieder Ruhe ein, bis sich plötzlich unter dem konzentrierten Schneiden und Kratzen der unter dem Kreuz der Kunst versammelten Jungenschar der dünne und dann nervtötende Katzenchor erhob. Hunderte von Tieren quollen aus dem unsichtbaren Haarriß zwischen den geschlossenen Lippen und sprangen vom unbewegten Gesicht des Gedemütigten hinab in die Freiheit. Der rasende Kommissar Liers drohte, neunundzwanzig Verdächtige in Beugehaft zu nehmen, sein Blick durchsiebte Bankreihe um Bankreihe, aber am dreißigsten, dem Schüler Sorger, wassergescheitelt und kunstergeben, blieb er nicht hängen. Die Katzen ziehen sich maulend zurück, und Wolle darf unter Jakobs Decke kriechen. Ganz dicht schmiegt er sich an den großen Bruder, und als der ihm obendrein noch den Vortrag einer Gute-Nacht-Geschichte anbietet, schreckt er mißtrauisch hoch, aber dann sieht er das bekannte und gleichmütige Gesicht über sich leuchten in der Finsternis und ist es zufrieden.

In einer Zweizimmerwohnung ohne Bad, hebt Jakob an, lebte einmal vor langer, langer Zeit ein kleiner Kaufmannsgehilfe mit seiner kleinen Frau und seinen kleinen Söhnen. Das eine Bübchen hieß Peter, und das andere Bübchen hieß Paul. Die Familie lebte in bescheidenen, aber gleichwohl geordneten häuslichen Verhältnissen. Der Vater eilte täglich um sieben Uhr dreißig in den Einzelhandel und kam täglich um achtzehn Uhr dreißig zurück. Die Mutter wirtschaftete sparsam mit dem Haushaltsgeld und konnte so an jedem Monatsende wieder einen gehörigen Batzen auf die hohe Kante legen, denn die immer proper und adrett gehaltenen Söhne sollten es einmal besser haben im Leben und nach dem Abitur Prokuristen werden. Das ist aber kein schönes Märchen, Jakob. Wolle, unterbrich mich nicht, oder die Katzen kommen.

So lebten sie ihr kleines Glück Jahr um Jahr, zwischen großer Wäsche und Kassensturz, Schneeglöckchen und Erntedank, und zweiundfünfzigmal im Jahr dampfte ein falscher Hase auf dem sonntäglichen Mittagstisch. Sie hatten zu beißen und zu brechen, aber wenn die Mäuse satt sind, schmeckt das Mehl bitter. Eines Abends lag die Frau im Bette wach und sprach zu ihrem Mann: Lieber Mann, ich kann nicht einschlafen. Es zwickt mich hinten, es zwackt mich vorne, sei so gut und kratz mir den Rücken ein wenig. Da ließ sich der Mann nicht zweimal bitten und tat es ihr nach bestem Wissen besorgen, wie es seit Menschengedenken in der Wochenmitte Brauch gewesen, und fragte voller Anteilnahme: Liebe Frau, ist es dir nun wohler? Und die Frau entgegnete: Nein, lieber Mann. Dein Tischtuch ist mir zu kurz, die Gardinen sind verblichen, die Absätze krumm getreten, die Kleider sind fadenscheinig, und das Licht der Welt ist so trübe wie im Wartesaal zweiter Klasse nach Abfahrt des letzten Zuges. Weib, du sprichst in Rätseln, rief der Mann, sprang wütend auf, warf sich hurtig in seine Kleider und lief kantapper, kantapper in die nächste Bierschwemme, um sich einen Rausch zu verschaffen.

Das ist aber kein schönes Märchen, Jakob. Wolle, unterbrich mich nicht, oder die Katzen kommen. Am Eingang des Etablissements herrschte großes Gedränge, denn aus allen Himmelsrichtungen strömten kleine Kaufmannsgehilfen zusammen, um sich einen ordentlichen Rausch zu verschaffen. Als sie nun beisammensaßen und sich unter wechselseitigem Lüpfen der Kopfbedeckungen bekannt gemacht hatten, begann der erste: Meine Frau zwackt es hinten und vorne, da will alles Kratzen nicht nützen. Mich zwickt es oben und unten, schloß sich der nächste an. Mich drückt es überall, überbot sie der dritte. Und alle Kaufmannsgehilfen in der Runde fuhren sich mit Fingernägeln und Gabeln unter Stehkragen, Manschetten und Sockenhalter und schabten auf Teufel komm raus. Aber das allgemeine Unbehagen wollte nicht weniger werden, die Saaltöchter schütteten ohne Unterlaß die goldene Flüssigkeit in die aufschäumenden Köpfe der Gehilfen, aber das Unbehagen wurde größer und größer und legte sich als brütende Stille über die Vollversammlung. Da endlich stand einer auf, der sich von den anderen nur dadurch unterschied, daß er bei Stimme war, und sprach: Es ist zum Aus-der-Haut-Fahren. Es ist alles so eng hier. Wir müssen Luft schöpfen. Zwei Zimmer mit Küche und ohne Bad sind eine Schmach für den nordischen Handlungsgehilfen. Die Ahnen trieben noch die Weiber paarweise vor sich her und jagten den Wal im tiefen Meer und den Auerochsen im Eichengrund. Und

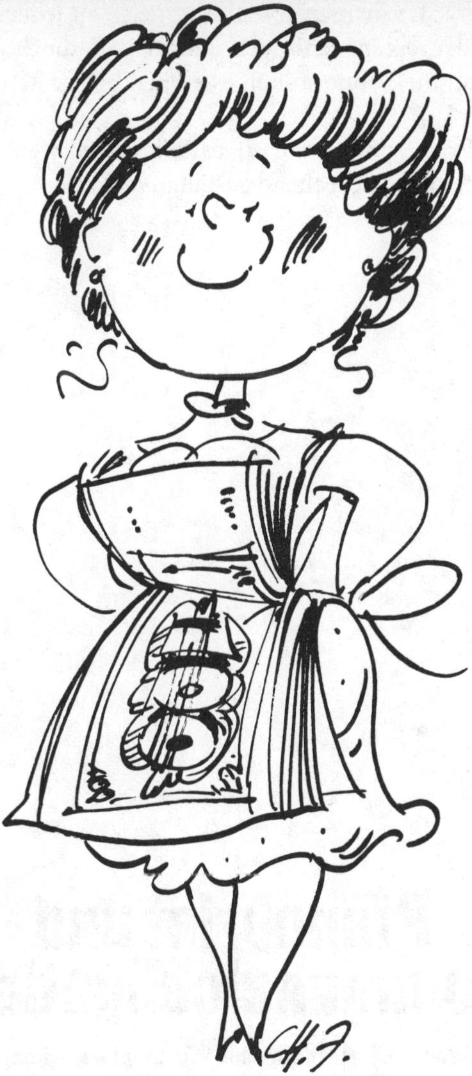

»Die Mutter wirtschaftete sparsam ...

…mit dem Haushaltsgeld und konnte so an jedem Monatsende wieder einen gehörigen Batzen auf die hohe Kante legen, denn die Söhne sollten es einmal besser haben im Leben.«

Diese Frau wußte, worauf es ankommt, wenn man die Zukunft erfolgversprechend gestalten möchte.

uns, den Nachfahren, wirft der gefräßige Fiskus nach getaner Arbeit gerade noch einen falschen Hasen in den Bräter. Nun muß sich alles wenden, Arbeiter der Stirn und der Faust, Nährständler, Wehrständler, Volk ohne Raum, erhebe dich, ich führe dich herrlichen Zeiten entgegen, schrie der Gehilfe in einem Anfall von unkaufmännischer Vertraulichkeit. Aber niemand nahm es ihm übel, im Gegenteil, alle schrien »Vivat«, warfen die Hüte in den Zelthimmel, rissen sich vor Begeisterung die papiernen Wechselkragen vom Hals und wählten den stimmgewaltigen Kollegen zum Kaiser.

Statt am nächsten Morgen in gewohnter Weise um sieben Uhr dreißig zur Arbeit zu eilen, zog der Vater von Peter und Paul bereits um fünf Uhr fünfundvierzig in den Krieg, um den beschränkten Wohnverhältnissen ein für allemal ein Ende zu machen. Stellt mir das Abendessen warm, rief der kleine Handlungsgehilfe seiner Frau und seinen Söhnen im Hinausgehen fröhlich zu, es kann heute abend ein wenig später werden, und vielleicht nehme ich auch unterwegs schon eine Kleinigkeit zu mir. Gesagt, getan. Als er nach sechs Jahren pünktlich um achtzehn Uhr dreißig über die Schwelle seiner Behausung trat, schauten ihm Peter und Paul aus ihren vier Augen vorwurfsvoll entgegen, und auch seine Frau war sehr ungehalten: Jahraus, jahrein habe ich mit dem Essen auf dich gewartet, und jetzt ist natürlich alles angebrannt, und ich weiß nicht, wie ich die Töpfe sauber bekommen soll. Krieg hin, Krieg her, und alles, was recht ist, aber du willst mir doch nicht weismachen, daß du nicht einmal Zeit gefunden hast, deiner Familie eine Feldpostkarte zu schicken? Peter hatte Mumps und Paul die Windpocken, die Eier kosten fünfzehn Pfennig, und in der ganzen Stadt gibt es seit Wochen kein Toilettenpapier mehr. So jammerte die Frau dem Heimkehrer die Ohren voll, um ihn schließlich zu fragen: Wo sind eigentlich die exotischen Stoffe, das orientalische Geschmeide und das zarte Rinderfilet, und wann endlich können wir den gutsherrlichen Wohnsitz mit Zentralheizung und Fernsicht beziehen?

Halte ein, mein liebes Weib, bat der Mann und berichtete mit kleinlauter Stimme, daß alles ganz anders gekommen sei, als seinerzeit im Hofbräuhaus geplant. Nach zwei Tagesmärschen hätten die Gehilfenverbände unter ständigem Absingen patriotischer Lieder die Grenze erreicht und in Ermangelung des Gegners ein bißchen in die Luft geschossen. Ganz prächtig habe es sich angelassen, Herr Kaiser habe an die Fenster der Eingeborenen geklopft und unter Zuhilfenahme von Händen und Füßen nach dem Weg gefragt. Gestatten, ich bin der Führer und suche den Raum für mein Volk. So habe er sich charmant erkundigt, und die Ausländer hätten ihm ganz brav Rede und Antwort gestanden: Ihr seid schon auf dem richtigen Weg, lieber Herr, immer nur der Nase nach, und ihr könnt euren Raum gar nicht verfehlen. So seien sie Jahr um Jahr ihrer Nase nachgelaufen, bis auf vereinzelte Feindkontakte habe es wenig Zerstreuungen gegeben, und sonst hätten sie sich die Zeit mit Rauben, Morden und Brandschatzen vertrieben, wie es halt im Kriege so üblich sei. Bis endlich Herr Kaiser gefunden habe, was alle suchten. Eine Strecke etwa wie die von Köln nach Königsberg im Quadrat habe er abgeschritten und versichert, daß es sich um den für sein Volk reklamierten Raum handle.

Ich bin völlig überwältigt gewesen, fuhr der Vater fort, ein derart riesiger Raum für derart kleine Menschen, ob das wohl gutgeht? habe er sich zaudernd befragt. Verlaufen könne man sich oder gar verlieren in der Weite des Raums, aber dann sei ihm eingefallen, daß Herr Kaiser gesagt hatte, er sei ein Herrenmensch und keine Memme. Zudem seien bereits alle Mitläufer damit beschäftigt gewesen, sich ihr Stück aus dem neuen, dem Dritten Reich herauszuschneiden, hier eine Fabrik, dort einen Golfplatz, Schrebergärten, Kasernen, Kirchen, Wirtshäuser, Arbeitslager, Droschkenstände, Vergnügungsparks und Villen, und so habe er schließlich auch für sich selbst ein apartes weitläufiges Grundstück an einem Südhang requiriert. Alle seien noch damit beschäftigt gewesen, zur Klärung der Besitzverhältnisse Pflöcke in die Scholle zu treiben, als es plötzlich angefangen habe zu schneien. Nein, keinen Weihnachtsschnee habe es geschneit, süß und leicht wie damals im heimischen grünen Tann. Der Schnee der Fremde sei auf sie alle gefallen, schwer und blendend habe er sich auf den großen Raum gelegt, auf den Nacken, die Haare und die Wimpern der überraschten Gehilfen. Alles, was ging, stand, kroch, lief und sprang, habe der Schnee unter sich begraben. Es habe geschneit ohne Anfang und ohne Ende, und Himmel und Erde seien miteinander verschmolzen im Schnee. Zuflucht suchten die sich auflösenden Divisionen hinter dem Bretterzaun, der im Osten das Ende der Welt markiert. Wie auf eine Perlenschnur gezogen, kauerte Mann für Mann hinter den Zaunschragen und kämpfte mit dem Schnee auf den Sommeruniformen, von Murmansk bis Baku. Aus dem Gestöber lösten sich mit einem Mal bewegliche Klumpen, sagte der Vater und griff sich beim Sprechen an den dünn gewordenen Hals. Sie kamen daher auf ruppigen hundgroßen Pferdchen, die Bojaren, Kulaken, Tscherkessen, Molukker oder was weiß ich. Die wüteten mit langen Säbeln unter der regungslos am Bretterzaun verharrenden Armee, und so manchem Gehilfen fuhr das Metall an ebender Stelle in den Kopf, wo der Traum von der Übergabe des schlüsselfertigen Eigenheims nistete. Er sei dann mit einem leichtverwundeten Geschäftsfreund zu Herrn Kaiser gekrochen und habe darum gebeten, der Operation ein Ende zu machen, und vorgeschlagen, vielleicht ein andermal wiederzukommen.

Leckt mich am Arsch, Kerls, habe Herr Kaiser gerufen, aber da es die Befehlsempfänger angesichts der angespannten militärischen Lage vorzogen, ihre Zunge im Zaum zu halten, wurde Herr Kaiser so wütend, daß er trotzig auf seinen Siegelring biß und tot vom hohen Roß fiel. Die Schneeluft schmeckte nach Pulverdampf und Bittermandel, und der Rückzug sei schnell erzählt. Immer der Nase nach, so endete der Vater und schob den letzten Priem von der rechten in die linke Backe. Und die Mutter seufzte: Du bist mir ja ein schöner Held. Dann entfernte sie mit spitzen Fingern einen nicht vorhandenen Brotkrümel vom immer noch kurzen Tischtuch und sagte: Zumindest ist das

Unbehagen weg, mich juckt gar nichts mehr, und gleich morgen gehst du zu Sachse & Heinzelmann und fragst, ob du wieder in die Dienste deiner alten Firma treten darfst. Das würde ich gerne tun, liebe Frau, sagte der Vater, aber die Sieger haben die Abschaffung von Industrie und Handel beschlossen, Herr Morgenthau hat angeordnet, daß wir den Boden bestellen sollen im Schweiße unseres Angesichts, damit wir in absehbarer Zeit auf keine dummen Gedanken kommen. Da braucht es keine Handlungsgehilfen, nur noch Ackerbauern. Kommt Zeit, kommt Rat, wußte die wackere Mutter zu trösten, der Wasserhahn tropft, das Dach ist undicht, die Tür klemmt, es gibt viel zu tun in Haus und Garten für einen braven anstelligen Mann.

An Gutwilligkeit ließ es der Vater gewiß nicht fehlen, aber er war nun einmal kein Klempner, Dachdecker oder Schreiner, sondern nur ein kleiner Handlungsgehilfe, und nachdem die Mutter seinem ungeschickten Treiben zwischen First und Keller eine Weile zugeschaut hatte, sprach sie zu ihm: Du bist zu dämlich, einen Nagel in die Wand zu schlagen. Und: Wenn man nicht alles selber macht!

Das ist ja gar kein Märchen, Jakob, das sind ja Mama und Papa. Papperlapapp, Peter und Paul heißt das Märchen, und wenn du nicht gleich wieder fein still bist, dann kommen die Katzen.

Wohlan, die alte, trostspendende Weisheit, nach der es die dümmsten Bauern seien, welche die dicksten Kartoffeln ernten, hatte für den linkshändigen Vater keine Gültigkeit, der als Landwirt ebensowenig Glück entwickelte wie als Heimwerker. Und so ging es mit der Familie unaufhaltsam bergab. Die liebe Not, die sich anfangs eher scheu und verlegen vor der Haustür herumgedrückt hatte, schaute den Bewohnern binnen kurzem ganz ungeniert über die Schulter, hockte im Schneidersitz hämisch grinsend auf dem Fensterbrett und machte sich schließlich so breit, daß die Familie auf der Küchenbank zusammenrücken mußte, während im Kinder- und Wohnzimmer eine Sippe von zwangseingewiesenen Ostpreußen der ordensherrlichen Vergangenheit nachweinte. Längst schon hatten Peter und Paul Großmutters Perserbrücke, Mutters feingeschnittene Gemmen und Kameen und auch des Vaters handgeschnitzte Meerschaumpfeifen auf den schwarzen Markt getragen, und nach und nach waren auch die Haustiere verstummt: zuerst Rex, der prächtige, gut im Fleisch stehende deutsche Schäferhundrüde, dann Katerlieschen, deren feines Spiel mit den Wollknäueln immer wieder das Entzücken der Kinder zu wecken vermocht hatte, und eines Tages stand auch der Vogelkäfig leer. Und als sich Peter und Paul, über die karge Mahlzeit gebeugt, nach dem Verbleib des Dompfaffpärchens erkundigten, wurden sie von der Mutter hart in die Schranken gewiesen: Mehr noch als in der guten alten Zeit gelte in der Stunde des Niedergangs, daß niemand bei Tische mit vollem Munde zu schwätzen habe, das wäre ja noch schöner! Und damit war das Thema erledigt.

Die Liebe geht durch den Magen, und wenn der Magen leer ist, lockern sich die zarten Familienbande, und mit der Liebe ist es nicht mehr weit her. So kam der Moment der Wahrheit in der Mitte einer schlaflosen Nacht, als die Mutter zum Vater sagte: Weißt du was, Mann, wir haben nichts mehr zu beißen und zu brechen, und so wollen wir denn morgen in aller Frühe die Kinder hinaus in den Wald führen, wo er am dichtesten ist. Da machen wir ihnen ein Feuer und geben jedem noch ein Stück gelbe Erbswurst und lassen sie dann allein. Sie finden den Weg nicht wieder nach Haus, und wir sind sie los. Nein, Frau, sagte der Mann, das tue ich nicht. Wie soll ich das übers Herz bringen, meine Kinder im Wald allein zu lassen. Die wilden Tiere würden bald kommen und sie zerreißen. Oh, du Narr, willst du deine Epauletten versilbern oder deine Affenschnüre? höhnte die Frau. Dann müssen wir eben alle vier Hungers sterben, denn du kannst doch nicht einmal die Bretter für die Särge hobeln. Und sie ließ ihm keine Ruhe und demütigte ihn, bis er sich schließlich geschlagen gab. Aber die armen Kinder tun mir doch leid, sagte der Mann. Das kannst du dir schenken, du Waschlappen, knirschte Peter im Kinderbett. Die zwei Kinder hatten nämlich vor Hunger auch nicht einschlafen können und hatten das Gespräch der Eltern belauscht, und Paul weinte bittere Tränen und sprach zu Peter: Nun ist's um uns geschehen. Hör auf zu flennen, sprach Peter, ich will uns schon helfen. Und als die Eltern eingeschlafen waren, standen sie auf, zogen ihre Jäcklein über die Nachthemden und schlichen sich durch den Hinterausgang hinaus. Da schien der Mond ganz hell, und Peter sagte: Hör zu, Kleiner, unser Vater hat sein Pulver verschossen, und der Unmensch, der unsere Haustiere und liebsten Spielgefährten in den Kochtopf gesteckt hat, ist in Wirklichkeit seine zweite Frau und unsere Stiefmutter. Wir wollen unsere echte Mutter suchen, die ist das pure Frauengold und hat Hände so zart wie Federflug und Augen so warm wie Sommertau und hat der Liebe so viel, daß es für uns beide reichen wird. Und wo finden wir die gute Mutter? fragte Paul. Im Schlaraffenland. Das liegt drei Meilen hinter der großen Bescherung, und der Weg dahin führt erst rechts, dann links oder auch umgekehrt. Ringsherum liegen Grenzanlagen von reinem Baumkuchen. Der ist hundert Klafter hoch und hundert Klafter tief, und wer sich hindurchfrißt, verliert das Gedächtnis. Aber das muß uns nicht kümmern, weil ja hinter den Wurstgirlanden am Brunnen vor dem Tore unsere leibliche Mutter sitzt und sehnsüchtig auf uns wartet. Wir werden den Weg schon finden, gell, Paul? sprach ermunternd der Peter. Aber den Weg, den fanden sie nicht. Sie gingen die ganze Nacht hindurch und noch einen Tag von Morgen bis Abend. Die am Wege stehenden Blaubeeren wollten den Hunger nicht stillen, und wenn nicht bald Hilfe käme, müßten sie verschmachten. Als es Mittag war, gelangten sie an eine Kate, und als sie ganz nahe herankamen, sahen sie, daß sie aus Brot gebaut war und mit Kuchen gedeckt. Das ist ganz gewiß ein vorgeschobener Posten des Schlaraffenlands, freute sich Paul und fiel seinem Bruder um den Hals. Unsinn, entgegnete der Peter, das ist das berüchtigte Lebkuchenhaus der alten Hexe, aber da wir schon einmal hier sind, wollen wir uns gütlich tun. Knabbere du am Zuckerfenster, und ich decke das Dach ab. So geschah es, und als die Stimme aus der Stube rief: Knusper, knusper, knäuschen, wer knuspert an meinem Häuschen?, da sangen die Kinder im Duett: Mach keinen Wind, du böses Weib, wir sind es, Peter und Paul, und wir wissen, was hier gespielt wird. Aber die Hexe ließ sich die Beschimpfung und frühzeitige Entlarvung gern gefallen und faßte beide freundlich an der Hand und führte sie in das Haus. Da ward gutes Essen und Trinken aufgetragen, hernach wurden zwei schöne Bettchen weiß bezogen, und Peter und Paul legten sich hinein. Sie wollten sich, so planten sie beim Einschlafen, eine gute Weile verwöhnen lassen, die Hexe anschließend nach bewährtem Muster verbrennen und ausrauben und der guten Mutter die in allen Ecken stehenden Kästen mit Perlen und Edelsteinen ins Schlaraffenland schleppen. Das war ein verhängnisvoller Fehler, denn die Hexe war völlig entzaubert. Sie hatte im Laufe der Jahrhunderte eine Menge dazugelernt und ließ sich auch von zwei altklugen Nachkriegskindern nicht hinters Licht führen. Am nächsten Morgen durften sie bis in den hellen Tag schlafen und wurden weder von dürren Händen gepackt noch zur Mast in den Gitterstall gesperrt. Streift getrost bis zum Sonnenuntergang durch Wälder, Fluren und Auen, rief die Hexe den sich entfernenden Kindern nach, nur bitte ich mir aus, daß ihr pünktlich zu den Mahlzeiten erscheint, damit ihr nicht vom Fleische fallt und ich mir nicht die Vorwürfe eurer Mutter anhören muß. Schön dumm, flüsterte Paul dem Peter zu, aber wenn der Essensgong blechern durch den Wald schallte, und das war in der Frühe, am Mittag, am Nachmittag und am Abend der Fall, sprangen die beiden herbei und ließen sich nicht zweimal bitten. Tag für Tag lasen sie fortan nur noch die linke Seite der Speisenkarte, entfernten sich nur selten noch von Haus und Hof und vergaßen nach und nach das Ziel ihrer Reise. Wir sind schon da, wo sollen wir noch hingehen wollen? fragten sie sich, bis auch diese Frage verblaßte. Aufgegangen wie Hefeklöße, klemmten sie träge zwischen Stuhl und Tisch und kannten bald kein schöneres Vergnügen mehr, als der Hexe aus winzig klein gewordenen Äuglein beim Kochen zuzuschauen. Da war nun die Zeit der Hexe gekommen, und für die genasführten Kinder hatte das letzte Stündlein geschlagen. Auf St. Martin wurde der Metzger bestellt, und der kam mit blitzendem Werkzeug und ging seiner Arbeit nach. Die Hexe hatte der Stiefmutter längst eine Einladung zugehen lassen, und so saßen denn die Frauen zu Tisch, warfen die zierlichen Knöchlein über ihre Schulter, und wenn sie nicht geplatzt sind, dann essen sie noch heute.

Wolle stöhnt und wimmert unablässig nach diesen Gutenachtgeschichten. Wenn es nicht Hänsel und Gretel sind, ist es Rapunzel, Aschenputtel oder Rotkäppchen, die breite Schneisen des Grauens in seine Träume schlagen: Es war einmal ... Der Bruder steht am Ende der Geschichte und versperrt regelmäßig den glücklichen Ausgang. Herr über Leben und Tod, läßt Jakob die entstellten Figuren über die Klinge springen, läßt Jakob den Zufluchtsuchenden auf der Spitze seiner Rede zappeln wie einen Wurm am Haken, und mit jeder Umdrehung der Spirale des Schreckens spürt er die ungeteilten Wonnen der Macht: Mit jeder Wendung der Geschichte kriecht der abhängige Bruder tiefer und tiefer in den Körper des Erzählers hinein. Guten Abend, gute Nacht im Gespensterhaus. Zuerst ist es nur ein einziges vorwitziges Ding, das seinen Kopf erhebt, die Fühler auf der Bettdecke ausstreckt und die sechs Beinchen nachzieht. Es ist der rote Waldameisenherzog an der Spitze seines tausendfüßigen Volkes, das langsam das Plumeau überzieht und sich dem Schläfer nähert. Und man kann gar nichts tun, nur daliegen und die Ankunft abwarten. Wie das kribbelt und krabbelt überall auf der Haut, und die Vorhut erreicht das Kinn. Geht weg, geht alle wieder weg, ihr garstigen Tiere, schreit Wolle, schlägt um sich im Wahn und ruft gellend nach seiner Mutter. Das warme Licht springt auf, sie nimmt ihn auf den Schoß, streichelt ihn, wischt ihm das Getier von der Stirn und macht alles wieder gut: Komm, erzähl mal, was du Böses geträumt hast. Und dann brechen sie schluchzend und bebend aus ihm heraus, die geschundenen und gequälten Gestalten, die blut- und giftgetränkten Märchen, die sein Bruder Nacht für Nacht in sein Ohr geträufelt hat. Daß der Papa mit Herrn Kaiser in den Krieg gezogen ist und die Mutter zusammen mit der Lebkuchenhaushexe die eigenen Kinder gefressen hat, daß Rapunzel vom vielen Kämmen Haarausfall bekommen hat und bei der alten Frau Gothel im Turm bleiben mußte, daß Aschenputtel Nacht für Nacht zum Tanzen ging und bald derart breite Füße hatte, daß sie in keinen Schuh mehr paßten, daß sie Linsen liest bis zum heutigen Tag und die Gicht in den Fingern hat, daß der Wolf nach dem Überfall auf Rotkäppchen immer dreister wurde und sich mittlerweile auch an kleine Jungen heranmacht, aber nur an alle die kleinen Jungen, deren Vornamen mit dem Buchstaben »W« anfangen ...

Das ist doch gar nicht wie im richtigen Märchen, oder? Das hat er sich doch alles nur ausgedacht, oder? Das stimmt doch alles nicht, oder? Sei ruhig, Schätzchen, sei nur ruhig. Natürlich stimmt das alles nicht, du kannst es mir glauben, und mit deinem Bruder stimmt auch einiges nicht. Ja, dich meine ich, komm, tu nicht so, mach endlich die Augen auf, ich rede mit dir. Du bist doch nie zu müde, deinen Bruder zu triezen bis aufs Blut, du Ekel, du. Auf dich sollte man schlagen wie auf altes Eisen, verstehst du mich, brüllt Lotte und reißt Jakob an den Schultern hoch und schüttelt ihn hin und her, daß ihm der Schlaf nur so von den Gliedern springt. Was bist du nur für ein Mensch? Und noch einmal, leiser: Was bist du nur für ein Mensch, möchte ich wissen!

Das ist eine gute Frage. Das ist eine gute Frage zu vorgerückter Stunde. Das bleibt eine gute Frage für einen Vierzehnjährigen. Das ist viel schwerer als eine Gleichung mit zwei Unbekannten, als ein Pythagoras oder ein spanischer Erbfolgekrieg. Das ist überhaupt die allerschwerste Frage von der Welt, weil man ganz allein ist mit der Frage und nicht so tun kann, als wäre sie an den Klassenkameraden in der hinteren Bankreihe gerichtet. Da ist ja kein belämmerter Kleinschmidt, Surmann oder Weitemeier weit und breit, sondern allein der Sorger auf weiter Flur, mit dem Rücken zur Wand. Aber da ist ja gar keine Wand, nur diese

Frage, und wenn man nur ein bißchen ausweicht, tänzelt, bockig mit den Füßen scharrt, blöd tut, schön tut oder in andere Faxen flüchtet, gilt die Frage als unbeantwortet und kommt zurück, immer wieder. Eine besonders hinterhältige Spielart der Verstellung ist das Kleinbeigeben oder die bedingungslose Kapitulation. Die Frage zeugt von drückender Überlegenheit, und da sie sich aufbaut vor dem befragten Sorger, unerbittlich und bis an die Zähne bewaffnet, öffnet der den Doppelknoten seiner Schnürschuhe, legt die Socken ab, streift die Hosenträger über die Schulter, zieht die Unterwäsche und das Hemd aus, stapelt die Kleidungsstücke überraschend akkurat übereinander, entledigt sich seiner Brille und wendet sich fröstelnd, aber entschlossen der Frage zu. Mit dieser Entblößung hat die Frage nicht gerechnet, am liebsten würde sie sich zurücknehmen und windet sich verlegen vor dem nackten, gänsehäutigen, halbblinden Büßer, der um die Erteilung eines letzten Wortes bittet: Weil du immer wissen willst, was für ein Mensch ich bin und wie es eigentlich in meinem Kopf aussieht, und ich es auch wissen möchte, will ich es dir gleich sagen, weil ich es ja in Wirklichkeit weiß, daß ich ein schlechter Mensch bin bis ins Mark und nur Stroh und Dreck im Kopf habe. Und deshalb will ich auch sterben auf der Stelle, weil du mich sowieso nicht haben willst, weil Wolle viel lieber ist als ich und keiner mich haben will, weil ich durch und durch böse bin und verstockt und egoistisch und vergnügungssüchtig und begriffsstutzig und deinen kranken Wolle wahnsinnig mache mit meinen Geschichten und dafür in eine Erziehungsanstalt gehöre oder in ein Zuchthaus. Weil ich ums Verrecken nichts von dir annehme, weder im Guten noch im Bösen, und du doch schon alles versucht hast mit mir. Weil dein Geduldsfaden gerissen ist und meiner auch, weil mit mir nichts anzufangen ist und ich nichts anzufangen weiß mit mir, außer Qualen auszuhecken und dir die Haare vom Kopf zu fressen, will ich lieber tot sein, und dann hast du kein Gedöns und keinen Brassel mehr mit mir. Weil ich mich nicht ändern kann und will und faul bin wie Mist und blaue Briefe nach Hause bringe und niemandem eine Freude mache und bin, laß mich gehen, und wenn du mich findest, dann soll mir Dr. Behrens den Kopf aufmachen, und dann kannst du gleich Oma und Tante Gustchen mitnehmen und den Assessor Tümmel anrufen, die wollten doch alle mal sehen, wie es in meinem Kopf aussieht. Dann könnt ihr's ja sehen, ob nicht vielleicht doch irgendwas Gutes in mir steckt. Nur schade, daß ich nicht mehr dabeisein kann. Da steht der Jakob. Und kann nicht anders. Aber niemand sagt »Amen«. Oder »Lasset das Kindlein zu mir kommen«. Lotte schon gar nicht. Wer dreimal lügt, sagt Lotte. Ich würde dir ja auch ein drittes Mal glauben, aber du lügst, wenn du nur den Mund aufmachst. Ich sehe das. Ich stelle dir eine Frage, und dann pellt sich die tödlich beleidigte Leberwurst, um sie mir nicht beantworten zu müssen. Du sagst, daß du schlecht bist, aber du hältst mich nur zum besten, damit ich dich in die Arme nehme und sage: Schwamm drüber. Damit du morgen wieder bedenkenlos deinen Bruder drangsalieren kannst. Glaubst du, ich spüre das nicht als Mutter, dieses gemeine Affentheater, diese elende Schauspielerei? Ich kann dich nicht mehr sehen, geh jetzt ins Bett, und denk mal darüber nach, wie oft ich mir deinetwegen schon die Augen aus dem Kopf geheult habe. Und das waren weiß Gott keine Krokodilstränen! Ich möchte mal wissen, von wem du das hast. Die letzte Frage richtet sich schon nicht mehr an den abgetretenen Jakob, sondern an ein imaginäres Publikum. Ein Kolleginnentreff in der Mittagspause, ein Mütterpulk beim Anstehen im Lebensmittelgeschäft, ein ratloser Klassenlehrer beim Elternabend, eine Familienvollversammlung. Ich weiß wirklich nicht, von wem der Bengel das hat. Ja, von wem hat er das? Lotte fragt das nur so, weil es eigentlich für sie gar keine Frage ist: Sieh ihn dir doch mal genau an, wie er dasteht. Wie er schon aussieht, das ganze Gehabe, das Gesicht, der verschwimmende braune Blick über dem genußsüchtigen Mund und dem gespaltenen Kinn! Darauf fall' ich doch nicht noch mal rein! Ganz der Alte, ganz der Papa, wie ein Abziehbild, siehste, sag' ich doch. Die ganze krumme rheinische Linie hat sich in dem falschen Fuffziger verkrochen.

Diese Mischpoke: alles Komödianten, Seiltänzer, Totsteller, Halodris, weinselige Jecken, feuchtfröhliche Hochstapler. Seit drei Generationen von einem betrügerischen Bankrott in den andern, kein Hemd am Hintern und nichts auf der hohen Kante, aber der Maybach läuft auf Wechseln und der Mercedes auf Pump. Und immer die Spendierhosen an, immer vom Feinsten und Besten, Lokalrunden und Table d'hôte wie Graf Rotz von der Gasanstalt. Aber was rege ich mich auf! Dem weine ich doch keine Träne nach, dem doch nicht!

Wenn Lotte sich so in Rage redet, sich von der unerträglichen Anwesenheit des Sohnes abwendet und verliert in Mutmaßungen über die Erblast des kölschen Klüngels, gerät der Angeklagte aus der Schußlinie, und die Frage nach dem Ursprung des Bösen in Jakob Sorger tritt in den Hintergrund. Das mütterliche Temperament und Blut ist ohnehin gegenwärtiger als das väterliche. Den Blick nach vorn, mit beiden Beinen im Leben, handfest, zupackend, ohne Fisimatenten, immer geradeaus und vor allen Dingen: praktisch veranlagt. Einfachen Menschen, Arbeitern etwa und kleinen Handwerkern, die mit ihrer praktischen Veranlagung ihr täglich Brot verdienen müssen, versagt Lotte die Anerkennung nicht. Mit größter Hochachtung aber spricht sie von gebildeten Menschen, die obendrein noch praktisch veranlagt sind und sich dadurch auszeichnen, daß sie von dieser praktischen Veranlagung so gar nichts hermachen. Der Eisenbahnamtmann Wetzel ist so ein Fall, grüßt immer freundlich, wenn man ihn auf der Straße sieht. Oder Herr Dr. Funccius, der, dem die Rosenapotheke gehört. Da kann sein, was will: Dachrinne verstopft, Sicherung durchgebrannt, Fenster kaputt, kein Problem, das reparieren die alles selbst und brechen sich dabei keinen Zacken aus der Krone. Jakob ist nicht praktisch veranlagt, und auch die Saat der humanistischen Bildung will bei ihm nicht aufgehen: Religion Eins, Deutsch Drei, Geschichte Vier, Mathematik Fünf, Latein Fünf, und von Griechisch wollen wir gar nicht reden. Was soll aus dir nur mal werden?

Jakob hat in der Freistunde seinen Lederhosenlatz aufgeknöpft und den entblößten Unterleib mit leuchtenden Wasserfarben bemalt. Jeder Mitschüler darf nach Zahlung eines Groschens einen Blick auf das Kunstwerk werfen, und als er schon zwei Mark achtzig beisammen hat im Federmäppchen, ist Heidenreich ins Lehrerzimmer gerannt. Lotte hat ihn ins Gebet genommen und prophezeit, daß er in der Gosse landet, wenn er so weitermacht. Die Männer im grauen Köper, die im Rinnstein stehen und mit Dornenstöcken Papiertaschentücher und Zigarettenkippen aufspießen, rangieren knapp oberhalb der Gosse: Straßenkehrer kannst du immer noch werden oder Rottenarbeiter beim Gleisbau. Jakob sagt: Förster, das wäre was. Hege und Pflege. In Clausthal-Zellerfeld gibt es eine richtige Försterschule. Drei Jahre, und man ist Förster. So schön ist's nur im Försterhaus. Seit Jakob Schneiderbücher liest, kennt er den Forstbetrieb aus dem Effeff. Ferien im Försterhaus: Frühling, Sommer, Herbst und Winter, vier Bände. Lotte sieht ihn einen Augenblick lang nachdenklich an. Kostenlose Dienstkleidung, immer an der frischen Luft, mittlere Laufbahn mit Bewährungsaufstieg ... Aber dann muß sie plötzlich lachen: Du würdest im Wald über die erste Baumwurzel stolpern und dir in den Fuß schießen, wie ich dich kenne.

Was soll aus Jakob werden? Wenn er das nur selber wüßte. An Förderung, Ermunterung und Ansprache läßt es niemand fehlen. Die Familie liegt ihm ständig in den Ohren, und der Lehrkörper ist von der ersten bis zur sechsten Stunde rührend um ihn bemüht. Du kennst doch Kläuschen Traupe, oben in Matjes Loch wohnt der, in den Schlichtwohnungen, die Mutter putzt bei Oma den Laden. Der Junge ist geistig minderbemittelt und hat auf der höheren Schule nichts verloren, weil einfach die Voraussetzungen nicht da sind. Kein Mensch, sagt Lotte, kein Mensch und ich schon gar nicht würde dir einen Vorwurf machen, wenn du geistig minderbemittelt wärst, das kannst du mir glauben. Du kennst mich doch, ich wäre die erste, die sagen würde: Schluß mit der Quälerei, und runter von der Schule und rein in die Fabrik. Das wäre doch keine Schande: Ehret die

Arbeit und ehret den Arbeiter. Aber das muß doch nicht sein, und das sagen deine Lehrer doch auch, daß dir der Stoff zwar nicht gerade zufliegt, aber daß du schon könntest, wenn du nur wolltest. Mit gutem Willen geht alles, und nun reiß dich bitte mal am Riemen, und mach deine Hausaufgaben, ohne daß ich ständig hinter dir stehen muß.

Im Dreisatz fährt ein deutscher D-Zug um zweiundzwanzig Uhr dreißig mit hundertzehn Stundenkilometer Geschwindigkeit von Frankfurt am Main nach Paris-Est und ein französischer Eilzug mit neunzig Stundenkilometer um zwanzig Uhr zwanzig von Paris-Est nach Frankfurt am Main. An welchem Bahnhof tauschen die Lokomotivführer einen völkerverbindenden Gruß aus, wenn die Entfernung zwischen den Zielorten sechshundertdreiundsechzig Kilometer beträgt und auf der Gesamtstrecke in dieser Nacht absolute Windstille herrscht? Das ist ja ganz einfach. Das ist puppig einfach. Das haut er einfach nur so hin, das hat er schon hundertmal geübt bis zum Erbrechen. Das steht schon halb da, da kann er sich Zeit lassen und den Reisenden noch ein bißchen zuschauen beim Einsteigen in Paris. In Paris muß alles ganz leicht sein und unbeschwert, weil: Ganz Paris träumt von der Liebe, denn da ist sie ja zu Haus. Es muß schön sein, dort zu wohnen, wo die Liebe zu Hause ist, da muß man eigentlich gar nicht mehr wegfahren. Catharina Valente und Silvio Francesco, bonjour, bonjour, in der »Hörzu« steht, daß der ihr Bruder ist. Aber das kann doch gar nicht ihr Bruder sein, wenn die ein Liebespaar sind beim Singen und sich küssen, das ist doch verboten. Ingrid sitzt mit dem Kofferradio auf dem Schoß zwischen den Grünkohlbeeten und guckt in die Werra. Komm, setz dich, sagt sie, und ihr Petticoat raschelt. Sie trägt einen glänzenden schwarzen Helm aus toupierten Haaren und ist immer so traurig. Vielleicht, weil sie unehelich ist. Der Vater ist GI und hat neunundvierzig nach Amerika gemacht, war schon verheiratet. Ab und zu kommen noch Pakete. Sündenlohn, sagt Oma, und Nietenhosen kleiden kein Mädchen. Ingrid geht mit einem Unteroffizier von der Bundeswehr. Wenn das mal gutgeht, der Apfel fällt nicht weit vom Stamm, sagt Lotte. Vielleicht mag sie keine Liebespaare mehr. Ihre Mutter läuft den ganzen Tag im Morgenrock rum, sie hält die brennende Zigarette im Mundwinkel und kneift dabei die Augen zu, manchmal steht der Morgenrock offen, und man sieht ein Stück Brust. Sie bekommt nach zweiundzwanzig Uhr Herrenbesuche und ist eine Schlampe. Nach dem Einkochen im Herbst sind ihr die Weckgläser aufgesprungen, und es hat im ganzen Haus nach verdorbenen grünen Bohnen gerochen. Widerlich. Lotte hat gefragt: Haben Sie beim Einkochen etwa ihre Tage gehabt. Ja, hat sie gesagt. Da brauchen Sie sich nicht zu wundern, hat Lotte gesagt, die Tage vergiften alles, was man als Frau anfaßt in dieser Zeit, das weiß man als Frau doch, daß einem da alles unter den Händen fault.

Reden in Rätseln. Wie kommen die Tage in die Bohnen, und wie kommt das Gift in die Tage? Und von welchen Tagen ist überhaupt die Rede? In der Nacht herrscht auf der Gesamtstrecke absolute Windstille. Die Reisenden wachen auf und ergießen sich in die Stadt. Wie geronnen liegen die Straßen und Gassen im Mondenschein. Ich stehe still vor dem seltsamen alten Vaterhaus mit der weißen scharfkantigen Jahreszahl im dunkelbraunen Fachwerk. Sechzehnhundertvierundvierzig steht da, und das Haus hat kein Dach. Ich steige die hölzernen Treppen zum aufgerissenen First hinauf, und die Treppe will kein Ende nehmen, das rotbraun gestrichene Geländer ist abgegriffen bis auf die glänzende Maserung, das Holz duftet nach Alter und zersetztem Handschweiß. Oben lagere ich auf der breiten, geschweiften, grünen Bank der Weserliedanlage. Das Nächstliegende liegt in weiter weißer, schleierhafter, träumender Ferne und sickert aus dem Kofferradio. Die Gitarre und das Meer. Und du mußt alles vergessen, was du einst hast besessen, Amigo. Und: Kennst du Kanada? Lampertz, unten Eisen, oben Holz, durchpflügt den Klassenraum zwischen Globus und Heinrich Lübke. Also, Freiwillige vor, was fällt euch ein zu Montreal. Schöne Stadt, nicht wahr, aber das ist doch ein bißchen dünn für Obertertia, schöne

Stadt am Ufer des Sankt-Lorenz-Stroms. Schneider, Schnittger, Sorger. Ja, bitte, Sorger, warum denn nicht, was hat es auf sich mit Montreal, wir hören. Ja, als ich klein war, hat mein Vater mich einmal mitgenommen nach Montreal. So, so, dein Vater hat dich mitgenommen nach Montreal. Das ist ja bemerkenswert. Dann erhalten wir ja Informationen über Land und Leute aus erster Hand. Und kannst du von einer angenehmen Überfahrt berichten, oder seid ihr etwa gar geflogen, du und dein verstorbener Herr Vater? Nein, wir sind mit dem Auto gefahren, mit dem VW meines Vaters, rheinaufwärts, am Siebengebirge vorbei, über Sinzig, Rheinbrohl, Neuwied und Koblenz. An der Festung Ehrenbreitstein hatten wir einen Platten, und ich durfte meinem Vater beim Radwechsel helfen. Über Vallender und Hilscheid sind wir dann weitergefahren und kamen am frühen Nachmittag in Montreal an. Es war gerade Markttag dort, und auf der Hauptstraße wimmelte es von blauen Kitteln und Bäuerinnen in strengen schwarzen Trachten. Überall auf dem Trottoir stapelten sich Waren, die von den Anbietern ausgeschrien wurden. Die Landfrauen suchten bedächtig aus und schritten von Stand zu Stand. Viele Männer hatten Tabakspfeifen im Mund. Schweine, Kühe und Kälber wurden vorübergezogen. Ein Bauer trieb sein rosafarbenes Ferkel mit Stockschlägen zum Gehen. Es wollte nicht, und da hat er das Ferkel lachend unter den Arm genommen und weitergetragen. Die Menschen dufteten nach Land und Erde zu ihren Kleidern hinaus, und mein Vater kehrte nach Erledigung seiner Kundenbesuche mit mir in einem Gasthof ein, über dem eine vergoldete Sonne schwebte. Das ist ja wunderbar, Sorger, du bist ja wie verwandelt. Diese wache Beobachtungsfreude, diese Liebe zur Einzelheit, diese feinen Empfindungen. Aber du wirst entschuldigen, wenn ich dich unterbreche. Ist es die Möglichkeit, daß dir ein geringfügiger Fehler unterlaufen ist? Ich bedaure meine Kleinlichkeit, aber kann es nicht sein, daß du von dem schönen Städtchen Montabaur im unbestritten schönen Westerwald sprachest, während ich doch nach der im Osten Kanadas gelegenen Weltstadt Montreal fragte? Die Klasse stirbt vor Lachen, wacht wieder auf und stirbt ein zweites Mal. Beim ersten Mal tut das Lachen furchtbar weh. Aber es tut von Mal zu Mal weniger weh. Am Ende streift es nicht einmal mehr die Haut, hat mit mir nichts mehr zu tun.

Die Züge mögen fahren, wohin sie wollen. Ohne mich. Mit mir nicht mehr. Wer nicht einsteigt, erspart sich das Aussteigen. Irgendwo, irgendwann werden sie schon zusammenkrachen, die Durchgangszüge, die Eilzüge. Warum nicht in Metz. Das hört sich gut an, das kann aufs Papier. Metz. Die Lokomotivführer vollziehen den Austausch der Grüße punkt Mitternacht in Metz. Das ist falsch. Du sollst rechnen, nicht raten, Sorger. Sechs, setzen! Dein Ergebnis, Goldbach? Ein Uhr dreißig in Saarbrücken. Das ist zutreffend, aber antworte mir gefälligst in einem zusammenhängenden Satz! Unter der Bedingung absoluter Windstille grüßen sich die Lokomotivführer völkerverbindlich um ein Uhr dreißig zwischen Gleis vier und fünf auf dem Hauptbahnhof von Saarbrücken, Herr Lenders. Schön, Goldbach, du kannst dich setzen. Ja, Goldbach, schön. Schön öde. Saarbrücken ist öde. Goldbach ist öde. Aber geradlinig. Die Gerade ist die kürzeste Verbindung zwischen zwei Nullen. Goldbach hat keine Fettflecken im Heft. Goldbach läuft niemals der Füllfederhalter aus. Die Termiten könnten den Tisch aushöhlen, an dem er sitzt, unbeirrbar wird er die ihm gestellten Aufgaben einer Lösung zuführen. Bis zum Hals könnte ihm das Holzmehl stehen, und er wird nicht den Punkt am Ende des Besinnungsaufsatzes vergessen. Keine Frage, Goldbach wird es weit bringen im Leben. Vielleicht wird man ihm eines nicht allzu fernen Tages die Leitung eines Reisebüros antragen oder ihn mit der Abfassung des Kursbuches der Bundesbahn betrauen, oder wird er gar dereinst an die Stelle von Herrn Lenders treten, von ihm das Staffelholz der gymnasialen Rechenkunde übernehmen und vor einem leidlich interessierten Publikum den unvergeßlichen Dreisatz aufführen? Der macht seinen Weg und die anderen auch, da kann man Gift drauf nehmen. Surmann wird wohl in die gutgehende Praxis seines kinderlosen Onkels schlüpfen;

Schnittger wird in die Baustoffgroßhandlung Hoppe einheiraten; Dressel wird das Studium der Frauen abbrechen und sich wie der aus dem Ei gepellte Vater der gediegenen Herrenausstattung widmen. Heidenreichs Begabungen deuten auf eine Polizeikarriere hin. Und selbst der verhöhnte und von der mittleren Reife ausgeschlossene Traupe wird als Starkstromelektriker gutes Geld nach Hause tragen und sich selbständig machen, irgendwann.

Es ist ja längst nicht mehr der läppische Marschallstab, den die Buben im Tournister mit sich herumtragen. Nein, in der Tiefe des doppelt vernähten, rindsledernen Schulranzens, verborgen unter Brosamen und zerknülltem Löschpapier, verbirgt sich das blaue Wunder. Es ist dies das grenzenlose, von aller Welt bestaunte und gefürchtete Wunder der deutschen Wirtschaft, und jeder männliche Deutsche kann Teilhaber dieses Wirtschaftswunders werden, wenn er nur bereit ist, sich ein wenig auf den Hosenboden zu setzen. Was aber veranstaltet das Schicksal, oder wie einige schlecht umerzogene Volksgenossen fragen, die Vorsehung mit Jakob Sorger? Was führt das Schicksal mit einem durch und durch passiven, phlegmatischen Menschen wie Jakob Sorger im Schilde? Einem jungen Menschen, dem es nicht nur an Konzentrationsfähigkeit und Ausdauer, sondern vor allem an jenem strapazierfähigen Textil mangelt? Was ist die Bestimmung eines trägen Stück Sitzfleisches ohne Hosenboden? Wird Jakob Sorger, den Unkenrufen seiner Lotte folgend, auf dem schlüpfrigen Asphalt der Großstadt enden? Wird er unter Aufbietung seiner schwachen Kräfte in erfolgreiche Konkurrenz treten zu den ins Kraut schießenden italienischen Fremdarbeitern und als Handlanger der örtlichen Müllabfuhr seinen bescheidenen Beitrag zur Instandhaltung seiner im Kern intakten Vaterstadt leisten?

Ohne den für Jakobs Lebensfaden zuständigen Göttinnen ins undurchsichtige Handwerk pfuschen zu wollen, läßt sich eine Verwahrlosung zumindest im großen Stil ausschließen. Das erwähnte Elefantentrauma bewahrt ihn vor kunstgewerblichen Exzessen in der Manier des berüchtigten Anstreichers: Laubsägen, Pinsel und Ölfarben sind und bleiben ihm verhaßt. Wer Jakobs Qualen bei Ausflügen im Klassenverband beobachten durfte, wird die Vermutung seines freiwilligen Einsatzes als Meldegänger im Rahmen militärischer Auseinandersetzungen als absurd zurückweisen. An der Weserrenaissance, die ihn umgibt seit Kindesbeinen, geht er achtlos vorbei – wer wird ihm ernsthaft auch nur einen Funken von Interesse für neoklassizistische Monumentalarchitektur oder gar deren weitsichtige politisch-militärische Planung unterstellen? Die Fragestellung verfehlt die frühe Lebensgeschichte des Helden und führt in die Irre. Aber das ist wohl auch beabsichtigt, denn in der Takelage der Windjammer läßt es sich prächtiger fechten gegen Gott und die Welt als im Faltboot, und von der Mastspitze fällt ein mattgoldenes Licht von unverwechselbarer Einmaligkeit auf die unterbelichteten Verhältnisse in einer austauschbaren Stadt mit mittelmäßigen Straßen, auf denen mittelmäßige Fußgänger und Autofahrer in mittelmäßige Wohnungen streben, um in mittelmäßigen Küchen bis zur Unkenntlichkeit garnierte, aber gleichwohl mittelmäßige Bratkartoffeln zuzubereiten, die ein mittelmäßiger männlicher Jugendlicher mit gemeinem Genuß verzehrt und sich dabei einen Teufel um den mittelmäßigen Biographen schert, der alles schreiben will. »Zum Glück geht's dem Sommer entgegen« oder: »Das Drama des begabten Kindes« – alles, nur keine mittelmäßige Biographie. Jetzt sitzt er im Souffleurkasten, der Biograph, und gestikuliert wie ein Wilder, con forza, schreit er auf die Bühne und rauft sich die Haare. Aber der Hauptdarsteller wischt sich ungerührt die Fettfinger an der Hose ab, gähnt herzhaft und zufrieden, geht zum Radio und entblödet sich nicht, die Frankfurter Schlagerbörse anzudrehen. Ist das nicht zum Verrücktwerden, der grüne Junge läßt die Aufführung platzen, und was hat er nicht alles getan, um den Leser bei Laune zu halten. Ein Klavier hat er durch den engen Treppenaufgang hinaufgewuchtet, um ein bißchen bourgeoises Flair in den gänzlich unmusikalischen Haushalt zu tragen. Dem Requisiteur hat er den Raumteiler à la japonaise abgeschwatzt, um die karge Wohnung aufzumöbeln und der Verführungsszene innere Glaubwürdigkeit zu verleihen. Der Mutter hat er ein elegantes Modellkleid verpaßt, und treiben Sie mal ein Modellkleid in Konfektionsgröße 42 auf, wo gibt es denn so etwas? frage ich Sie. Mit dem Motorrad hat er das Bruderpaar auf die empfindsame Reise durch die junge Republik geschickt. Einen Verwandtenchor hat er auftreten lassen, von dem man ein Lied wird singen können, und einen kinderfeindlichen Lehrkörper dazu, durch die Bank von rechtem Schrot und Korn, versteht sich. Soll denn das alles für die Katz gewesen sein, der ganze dramaturgische Aufwand? Soll man denn seelenruhig zuschauen, wie sich Jakob im Mittelmaß einrichtet und demnächst eine Verwaltungslehre antritt, die ihn womöglich im dritten Akt zum Stadtinspektor in Hannoversch Münden adelt? Nein, das muß nicht sein, aber die Figur verdiente es, niedriger gehängt zu werden. Welche Figur, wer oder was sollte niedriger gehängt werden? Ihr Bild, mein Bild, unser aller Bild von uns selbst, Jakobs Bild am Ende. Denn die Tatsache, daß Jakob frühzeitig seinen Vater verliert und sich erfolglos seiner Mutter zuwendet, kann mühelos von fünf mal fünfhunderttausend Männern nachbuchstabiert werden. Daß er von der berufstätigen Mutter mit der Aufzucht eines Nachkömmlings betraut wird, ist ein Standardmotiv jedes besseren Lebenslaufes. Daß brutale Hände an ihm den Façonschnitt verbrechen und sein Gesicht entstellen über viele Jahre hinweg, daß die Klassenschule, die außen vorgenommene Behandlung seines Kopfes im inneren konsequent fortsetzt, wird mit Ausnahme der Friseurinnung und der im deutschen Philologenverband organisierten Studienoffiziere niemand bestreiten. Der Eindruck, daß Jakob in einem dumpfen Land aufwächst, in dem bis auf Kauwerkzeuge und Räder aller Art alles zum Stillstand gekommen zu sein scheint, wird von nachdenklichen Zeitgenossen geteilt. Das ist zusammengenommen nicht schön und gut für einen Menschen, und leicht läßt sich nachvollziehen, wie sich hier das Große im Kleinen und das Allgemeine im Besonderen seinen Weg bahnt.

Was die Verhältnisse aus einem Jakob machen, ist verständlich und einfühlsam zu beschreiben. Aber was macht ein Jakob aus den Verhältnissen? Und was macht ein Jakob aus sich selbst? Ginge der Jakob in den Verhältnissen auf, wäre er ein Opfer der Verhältnisse. Dann wäre er zwar immer traurig, aber er hätte seine Ruhe, weil seine Traurigkeit in den Verhältnissen aufginge.

Die Russen kommen

Schade, Soraya kriegt kein Kind, der Schah pfeift den River-Kwai-Marsch, und Jaqueline Kennedy ist tausendmal schöner als Margot Mende, und weil wir alle Berliner sind, dürfen wir zur Belohnung mit dem Präsidenten den Mond besteigen, versprochen ist versprochen. Und dabei hat er gelacht wie ein großer Junge, und diesseits und jenseits von Elbe und Stacheldraht schlagen die Herzen höher: Lieber John, laß die Sonne wieder scheinen. In den Nachmittagsstunden des zweiundzwanzigsten November neunzehnhundertdreiundsechzig verwende man zur Herstellung einer hellen Grundsoße fünfzig Gramm Biskin und füge dem zerlassenen Fett unter heftigem Rühren zwei gestrichene Eßlöffel Mondamin bei, und während in Dallas auf dem Rücksitz des schwarzen Chevrolets die Hoffnung der freien Welt verblutet, springen dem westdeutschen Jakob die Tränen aus dem Kopf und verderben die Mehlschwitze. Ratlos spielt der RIAS einen Mendelssohn nach dem andern, aber der Insulaner verliert die Ruhe nicht und blinzelt über die Schandmauer hinweg in den Warschauer Pakt hinein, wo der Russe sitzt und dem armen Lee Harvey Oswald das Gehirn wäscht. Im Winter pflegt sich der Russe die Brüder Karamasow von der unergründlich tiefen Seele zu schreiben, oder er liegt mit Kind und Kegel auf dem Küchenofen, tapeziert seine Wohnung mit mattgoldenen Heiligenbildchen, wärmt sich die Hände am bullernden Samowar, umwickelt seinen Machorka mit heimischen Presseerzeugnissen, trinkt Wodka aus dem Wasserglas, springt zum Klang der Balalaika vor Freude unter die Decke und ist als Donkosak ein kreuzbraver, wenngleich einfältiger Mann. Ost minus West gleich Null, das pfeifen seit »Zar und Zimmermann« die Spatzen von den Dächern, denn als sich in Bayern das

Wittelsbacher Weißwurstdekret bereits zum dreihundertsten Male jährte, wurde in der Tiefe des asiatischen Raums das rohe Fleisch noch immer auf dem ungesattelten Rücken der Pferde mürbe geritten. Die Deutschen haben dem Russen das Herdfeuer überlassen, St. Petersburg aus dem Sumpf gestampft, Eisenbahnschienen und Lesebücher verlegt und als schlechtbezahlte Minister Ordnung in den slawischen Saftladen gebracht. Die Mission rächt sich im Frühjahr, welches in Sibirien erst im Sommer beginnt, und mit dem einsetzenden Tauwetter zeigt der Russe sein wahres Gesicht. Dann holt er das Kommunistische Manifest und Ilja Ehrenburg aus dem Schrank, ölt die Kalaschnikow, metzelt seinen französisch parlierenden Hochadel nieder, klettert in seinen T-34 und steht im Morgengrauen vor Riga oder Budapest. Schneller noch als der Panzer, unter dessen Ketten die spiegelglatte Reichsautobahn zerbröselt wie ausgelaugte Ackerkrume, ist der schlechte Ruf, der dem Russen vorauseilt von Ort zu Ort: Dem Landser gerinnt das Blut in den Adern, wenn ihm das aus tausend Kehlen gebrüllte »Urääh« gegen die Trommelfelle schlägt. Wen das stumpfe »Stoj« im Rücken erwischt, der ist schon so gut wie tot, und der Befehl »Komm, Frau!« ist gleichbedeutend mit dem Ende eines blonden Blitzmädels. Außer seiner Uniform trägt der Rotarmist brutales Schuhwerk und an jedem Handgelenk mehrere Armbanduhren. Er klaut vom Fahrraddynamo bis zum kompletten Elektrizitätswerk alles, was niet- und nagelfest schien, und wenn er im Vollrausch ein Lazarett stürmt, wirft er die Schwerverwundeten aus dem Fenster und verwechselt bei der Benutzung der Sanitäreinrichtungen das Pissoir mit dem Waschbecken und umgekehrt.

Die Russen kommen! Der Russe, auch Zowjet oder Iwan genannt, entscheidet Wahlkämpfe, gewinnt Saalschlachten, formuliert Parteiprogramme und schreibt Bestsellerlisten. Der Zahnarzt setzt ihn in Form von braungehefteten Lesezirkelillustrierten zur örtlichen Betäubung ein, die Heimatvertriebenen schleifen ihn alle Jahre wieder zum Lastenausgleichsamt. Man sieht ihn an der Seite von Dr. Seebohm bei der Einweihung von Bundes- und

Landesstraßen. Herr Konsalik verarbeitet ihn zu wunderschönen Onanievorlagen für alte Kämpfer. Er beseelt die Memoiren der Anastasia Romanow und die Hirtenbriefe des zwölften Pius gleichermaßen. Wer dem Russen den kleinen Finger reicht, dem soll die Hand verdorren, singt der Hallstein-Chor auf allen Schulfunkwellen, lieber tot als rot, lautet das Beste aus Reader's Digest.

Ekelhaft! Das ist doch ekelhaft, da macht und tut man von morgens bis abends, um alles sauber und in Schuß zu halten, und dann fallen die dreckigen Kerle mit der Tür ins Haus und verrichten ihr großes Geschäft im Waschbecken! Das sind doch keine Menschen mehr, da kannst du mir sagen, was du willst, einfach widerlich ist das.

Ja, erlaube mal, ich weiß schon, daß das beim Essen kein Thema ist, natürlich ist das unappetitlich, aber mich regt das unbändig auf, zum Aus-der-Haut-Fahren ist das, allein der Gedanke macht mich ganz rabiat. Die Amis hätten damals gleich durchmarschieren sollen bis zum Ural, alles in einem Abwasch, mit Stumpf und Stiel, wenn du mich fragst, aber mich fragt ja keiner, und jetzt haben wir den Salat, und die haben die Bombe. Russe ist Russe. Die ändern sich nicht, niemals. Der Chruschtschow kommt zur UN-Vollversammlung, wie aus dem Ei gepellt, Schlips, Kragen, Hemd, Hose, wie es sich gehört, und dann ärgert er sich über irgendeine Rede, zieht sich die Schuhe aus und trommelt vor Wut damit auf die Tischplatte. Da sieht man doch gleich, wes Geistes Kind die sind. Oder dieser Eiskunstläufer mit der reizenden kleinen Frau, ein süßes Ding, wie heißt er doch gleich, Rappaport, Pawlow, nein, Propotopow, Oleg Propotopow, wunderbar dreht der seine Pirouetten und Rittberger, wie ein Herr bewegt er sich, vom Scheitel bis zur Sohle, aber wenn der Frau bei der Kür nur ein winziger Patzer unterläuft, schlägt er sie hinter den Kulissen windelweich. Man muß dem doch nur ins Gesicht sehen, die fliehende Stirn, die kleinen, frettchenhaften Augen über den hervorstehenden Backenknochen, da weißt du alles, da steht doch ganz Asien auf in dem verschlagenen Gesicht. Und Asien beginnt am Thüringer Wald, soweit ist es gekommen mit uns, und sie kommen immer näher, in Massen, ein Gewimmel und Gekrabbel ist das, in dem wir versinken, in dem wir verlorengehen und unauffindbar werden, wenn wir nicht bald die Notbremse ziehen.

Herrgott, da ist ja auch der Opa. Tach, Opa. Schön, daß du noch gekommen bist. Das Essen ist leider schon alle. Aber Kaffee ist noch da. Dem Opa geht es nicht besonders heute. Der Opa ist müde. Warum sich der Opa niemals wäscht? Der Opa braucht sich nicht mehr zu waschen. Der Opa macht es nicht mehr lange. Dem Opa kann es gleich sein, ob er gewaschen ist oder nicht. Der Opa ist der Opa. Dem Opa ist das Waschen lästig. Sag mal, Jakob, willst du Opa nicht mal eine Tasse holen, oder brauchst du dazu erst eine schriftliche Einladung? Na, das will ich meinen! Tja, ich kriege ja immer so ein Gefühl, wenn ich mich nicht wasche, da kriege ich was an mich, wenn ich mich nicht gründlich wasche. Man kann ja ruhig darüber reden, jetzt, wo wir so gemütlich zusammensitzen und unter uns sind. Ich sage euch, manchmal nützt das Waschen überhaupt nichts. Am Freitag treffe ich die alte Frau Fenske auf den Wallanlagen, die kam vom Wochenendeinkauf und war bepackt wie ein Maulesel, und ich sage gerade, Frau Fenske, sage ich, geben Sie mir sofort die Tasche her, das kann man ja gar nicht mitansehen, wie Sie sich abquälen. Da habe ich genau in diesem Moment, in dem ich ihr die Tasche abnehme, einen fürchterlichen Andrang, eine Blähung, ohne Vorwarnung war es da, und flutsch, ist es passiert. Nein, nicht, was ihr denkt, es war nichts zu hören und zu riechen nach dem Austritt. Es war nur so, daß ich nicht genau wußte, ob ich ganz trocken geblieben war im Schritt, ihr versteht, was ich meine, es fühlte sich ein klein wenig feucht an, es war eine leise Nässe, nur so eine Ahnung, daß etwas hineingegangen sein könnte in die Hose. Und ich habe gedacht: Wenn mir jetzt etwas zustößt, daß ich ohnmächtig werde oder mich der Schlag trifft oder ein Auto überfährt oder ich die Gewalt über mich verliere irgendwie, und dann finden mich wildfremde Leute, Sanitäter,

Ärzte, Erste Hilfe – was sollen die denken von mir, habe ich gedacht, wenn die meine Unterwäsche sehen? Die ganze Stadt sieht mich und meine verunreinigte Unterwäsche und denkt, daß ich nicht an mich halten kann, nicht auszudenken! Ich habe gesagt, Frau Fenske, nehmen sie es mir nicht übel, ein andermal gern, aber ich muß jetzt schleunigst nach Hause, ich habe vergessen, die Wohnungstür abzuschließen, glaube ich. Im Davonstürzen habe ich mich nach ihr umgesehen. Sie stand fassungslos da, neben sich die beiden Taschen, und der Kopf hüpfte zwischen den Schultern wie ein schlechtbefestigter, verschrumpelter Luftballon. Der armen Frau wackelt seit zwei Jahren der Kopf: Parkinson. Und es wird jeden Tag schlimmer. In Schweiß gebadet bin ich angekommen, die Leute haben so komisch geguckt, meine Kleider waren gläsern, und ich war nackt und völlig mit den Nerven runter, könnt ihr euch das vorstellen?

Dabei war reinweg gar nichts passiert, ein Wind, kein Tropfen, kein Fleck, die ganze Aufregung umsonst! Ich bin noch einmal davongekommen und habe vor lauter Dankbarkeit die Wohnung auf den Kopf gestellt, die Gardinen abgenommen, die Fenster geputzt, die Rahmen abgeseift, die Tischplatten abgestaubt und Möbelpolitur aufgetragen, Waschbecken und Fliesen geschrubbt, den Küchenboden gescheuert und das Treppenhaus feucht aufgewischt. Manchmal finde ich überhaupt kein Ende, keine Grenze. Da kann es geschehen, das ich das ganze Haus mit allen Mietparteien unter Wasser setze und weitermache wie in Trance, und auf einmal wache ich auf und stehe mit Besen und Kehrblech in der Hand auf dem Nachbargrundstück zwischen den Erdbeerrabatten. Hinterher bin ich immer fix und fertig und falle schlagkaputt ins Bett.

Nicht, daß es mich was angeht, aber ich finde es schon ein seltsames Betragen, das der Bengel da an den Tag legt! Sitzt da und liest, während sich die anderen unterhalten. Ja, was meinst du wohl, wen ich meine? Dich meine ich, Jakob. Wer hat ihm eigentlich das Rauchen erlaubt? Das sind ja ganz neue Moden, sind das ja. Na ja, ihr müßt ja wissen, was ihr tut. Also, wo war ich? Neulich habe ich bis Mitternacht wach gelegen und konnte nicht einschlafen und keine Ruhe finden. Da sind zwei Worte vor meinem geistigen Auge erschienen, wie man so schön sagt, und die Worte lauten: SCHLAGFEST HOCHGLANZVERSIEGELT. Sagt mal selbst, ist das nicht wunderbar? Schlagfest hochglanzversiegelt. Das zergeht auf der Zunge wie die Hostie, das klingt in mir nach wie das Deutschlandlied und kommt immer wieder. Ich kann euch sagen, das war mir ein innerer Reichsparteitag, daß ich am Ende eines gewöhnlichen Tages die richtigen Worte gefunden habe, Worte, die mich überfielen in flammenden Großbuchstaben, hell wie der lichte Tag. Hinausbrüllen wollte ich sie in die verschlampte, verlotterte, verluderte, verwahrloste Welt als meine Botschaft an die putzende Nation: Geliebte Mütter, Schwestern, Tanten, Basen, einmal noch, ein endgültig letztes Mal rufe ich euch auf zum universellen Großreinemachen. Tragt tonnenweise Ata und Imi an die unsichtbare Front, bündelt die besudelte Kleidung zum finalen Kochwaschgang, taucht eure schmutzstarrenden Kinder in Sagrotan und salbt sie mit Ajax. Holt aus zur Vollreinigung eurer Männer, gebt euch nicht zufrieden mit dem Abzupfen der Staubpartikel von ihren Jackettaufschlägen, bemächtigt euch ihrer Schwachstellen, setzt ihnen nach bis unter die sekretverklebten Vorhäute, und wenn diese bebende, schaudernde Haut fort möchte und sich wasserscheu nach innen verkriecht, verstellt ihr mit dampfenden Waschlappen und festem Griff den Fluchtweg, und habt kein Ohr für das übliche Greinen und Wimmern, denn ihr müßt wissen: In jedem Mann wohnt ein stinkender, wilder Eber, und es steht in eurem Belieben, ihn in ein zufrieden grunzendes, rosig schimmerndes Marzipanferkel zu verwandeln. Nur keine Halbheiten in der Stunde der Entscheidung! Wenn ihr den Schmutz an der Wurzel packen wollt, so hilft es nichts, ihn hinwegzureden. Ihr müßt ihn fernhalten und seine Erzeugung und Wiederkehr mit Umsicht vermeiden. Es nützt einen Dreck, im Innern des Hauses Verhältnisse zu schaffen, die es für einen Augenblick erlauben, ein hervorragend desinfiziertes Geschlecht zu genießen, Bedingungen, die es gestatten, aus der Kloschüssel zu trinken und vom Fußboden zu essen. Solange die rastlose Hausfrau sich damit begnügt, das häusliche Schmutzaufkommen vor die eigene Tür zu kehren, und ihre Zuständigkeit auf die engen Grenzen ihres sechzig Quadratmeter umfassenden Bezirks beschränkt, sickert das Unten und Übel, das Häßlich und Anderswo, das alles in allem Schmutzige wieder ein, unterwandert dreist Scherengitter und Scherbenmauer, überspringt als Gilb, Dunst, Fett und Staub das tesamollgedämmte Doppelfenster und den mühselig gesponnenen Fliegendraht; erhebt sein Sudelhaupt dreist über Dranofix und Unkrautex, und am nächsten Morgen fängt die emsige Rackerei wieder von neuem an. So geht es nicht weiter. Sauber ist hell, brav und lieb, und sauber ist schön und gut. Aber von nichts kommt nichts außer Rost, der niemals schläft, und deshalb muß die Sauberkeit am Tag X schlagartig überall im Land ausbrechen, hinter den Ohren, in den Kniekehlen, im Hosenstall, auf der Gardinenleiste, in der Tiefgarage, im Wolkenkratzer, auf dem platten Lande nicht weniger als in den Falten des Hochgebirges. Von den Düppeler Schanzen bis zum Alpenhauptkamm muß eine einzige gleißende, in die Augen stechende Sauberkeit her, die an den Rändern des Territoriums weiß glüht und abstrahlt bis tief in die faulige, vermoderte, verseuchte Fremde hinein. Und in dieser klinisch reinen, lautlosen, geruchlosen, rückstandlosen Sekunde der vollkommenen Keimfreiheit melden die im Karree angetretenen Putzkolonnen aller Gaue und Dialekte den Vollzug: Wir werden sauber sein, oder wir werden nicht sein.

Das Paradies, wie ich es male, hat zwar unbestreitbare Nachteile. So wird die versiegelte Kuh keinen Gefallen finden an versiegeltem Klee, das schlagfeste Pferd wird schwerlich wie ehedem in den Galopp fallen, die Ähren werden nicht schwingen auf starren Halmen, die fixierten Tannen werden nicht nadeln, die Flaneure werden nicht flanieren, weil die Röcke der Mädchen nicht wehen, und kaum ein Baum wird ausschlagen wollen wie einst im Mai, als die Säfte ungezügelt stiegen im

Stamm. Aber die Geschmäcker sind verschieden, und wenn dem einen der gepflegte Stillstand als Eule erscheint, hört der andere den Gesang der Nachtigall: Das hinreißende Lächeln, das die Passantin dem Passanten schenkt im Vorübergehen, wird womöglich einfrieren im Fortgang der Zeit, aber verlöschen nimmermehr. Wie denn überhaupt mit dem Lufteinsatz des Konservierungsmittels nicht nur die Stunde des gepflegten Parketts, sondern auch die Stunde der Liebenden schlägt: Eine flüchtige Berührung im Warenhaus mündet unvermutet in Seßhaftigkeit, beiläufige Umarmungen dauern Jahre, Zungenküsse währen Jahrzehnte. Von generationsübergreifenden Erektionen wird die Rede sein, die der Ausdauer des Mannes schmeicheln, Wollüste, die sich des Vergleichs mit uferlosen Flüssen nicht schämen müssen, werden an der Tagesordnung sein, alle bleiben über die Folie miteinander verhaftet, und einige werden den Zustand Treue nennen. Wie auch immer, ich als Hausfrau, Mutter, Raumpflegerin sehne den Tag des endgültigen Abwurfs herbei und werde bei der nächsten Wahl dem Mann meine Stimme geben, der meine Sache zu der seinen macht. Für einen Tag in der schönen neuen Welt würde ich zwei Jahre Rente opfern, da nehme ich jeden Eid drauf. Wenn ich das erleben dürfte: Eingeschweißt in der zweiten Haut, tut mir nichts mehr weh, muß ich mich nicht mehr bewegen, und weil ich mich nicht mehr bewegen muß, muß ich nicht mehr essen, und weil ich nicht mehr essen muß, muß ich nicht mehr verdauen, und wenn ich nicht mehr verdauen muß, muß ich nicht mehr aufs Klo, und wenn ich nicht mehr aufs Klo muß, mache ich keinen Dreck mehr. Der Dreck geht immer vom Menschen aus, aber dann nicht mehr. Mein lieber Scholli, wenn es endlich soweit ist, lasse ich den Feudel Feudel und das Kehrblech Kehrblech sein, werfe mich in Schale, suche mir eine Parkbank mit erhebender Aussicht, lege für immer die Füße hoch und die Hände in den Schoß und betrachte bei unveränderlichem Zwischenlicht den geronnenen Tag danach. Stehende Pfeile und Raubvögel in der Luft, Flugasche und Rauchsäulen an den Himmel genagelt, Tränen,

Bäche und Flüsse im Lauf erstarrt. Verschieden sind die Schwalben im Äther, die Pferde im Stall, die Hunde im Hof, die Tauben auf dem Dach, die Spinnen an der Wand, und das Herdfeuer ist erloschen. Der Wind legt sich, ohne sich je wieder zu erheben, hundert mal hundert Jahre währender traumloser Schlaf über Norddeich und Anhalt, und kein sabbermäuliger Prinz scharwenzelt um den plexiverglasten Sarg des tiefengereinigten Dornröschens. Ja, ja, es ist schon gut.

An dieser Stelle müßt ihr natürlich dazwischenplappern und bemerken, daß ihr sonst für vieles Verständnis habt, aber hier beim besten Willen nicht mehr ganz folgen könnt. Ich habe das einfache Leben nach dem Schmutz ja nur geträumt, ohne Grind, Rotz und Schmier, keine bohrenden Milben mehr, keine Spring- und Borstenschwänze, Ohrwürmer, Schaben, Flechtlinge, Läuse, Blasenfüßler, Bronsenschlozzer und vor allem keine Fliegen mehr. Und wo kein Gewimmel und Gekrabbel, kein Matsch und Dreck mehr ist, da möchte ich doch mal den Russen sehen, der es noch wagt, seine stinkenden Unterwanderstiefel gegen uns in Marsch zu setzen, wenn das letzte Loch, wenn alle Fugen, Ritzen, Abflüsse, Trichter, Röhren verstopft und überhaupt alle Zweideutigkeiten abgeschafft sind.

Da lach' ich mich kaputt, denke ich gerade, kaputt lache ich mich, und guck' zum Fenster raus, und bei Frau Kurzenknab im Erdgeschoß ist noch Licht. Frau Kurzenknab, ruf ich, die Russen kommen und rutschen auf unserem spiegelglatten, neuen Bodenbelag nach dem ersten Schritt gleich durch von Torgau bis zum Niederwalddenkmal. Wenn das nicht komisch ist, soll niemand mehr lachen, die Rote Armee bricht sich am Ende doch noch das Genick, und wir haben den Krieg gewonnen. Wenn das der Führer wüßte! Und wenn das nicht zum Lachen ist, dann weiß ich auch nicht.

Du mußt natürlich überhaupt nicht lachen, Jakob; das hätte mich auch gewundert, wenn du gelacht hättest über das, was deine Tante so erzählt. Du guckst über deinen Brillenrand und mimst den Überlegenen. Ich weiß überhaupt nicht, worauf du dir was einbilden könntest. Deine Mutter hat sich krummgelegt für dich und deinen Bruder, all die Jahre hindurch, und was ist dabei herausgekommen? Nicht einmal das Abitur. Laß mal, Lotte, was gesagt werden muß, muß gesagt werden. Jetzt lernst du Buchhändler und liest Bücher. Na und? Der Karl-Heinz studiert im zweiten Semester Betriebswirtschaft, und Peter ist Offiziersanwärter. Von denen solltest du dir eine Scheibe abschneiden. Wenn du soviel Grips im Kopf hättest wie die beiden, dann könntest du von mir aus so arrogant aus der Wäsche gucken, wie du willst. Was heißt, ich soll mich nicht aufregen? Ich rege mich überhaupt nicht auf, aber ich lass' mir doch nicht von so einem Schnösel auf den Teller spucken.

Na, Jakob, willst du deiner Tante noch eine Tasse Kaffee nachschenken, falls du ihr nicht böse bist? Das ist aber lieb von dir, danke. Sag mal, ganz im Ernst, findest du das eigentlich schön, bei diesem Brutwetter andauernd mit schwarzen Klamotten rumzulaufen? Vom Brillengestell bis zu den Socken, alles in Schwarz, tagaus, tagein? Es ist doch niemand gestorben, oder? Bleich wie ein Korbkäse, Ringe unter den Augen und dazu noch dieser Aufzug: Das kleidet dich wirklich nicht. Ein junger Mensch läuft doch nicht rum wie das Leiden Christi. In deinem Alter hatten wir weiß Gott nichts zu lachen, aber doch immer unseren Spaß, das kannst du mir glauben!

Jakob wäre bereit, alles zu glauben, wenn man ihn nur in Ruhe ließe, besser noch: ihn nie mehr anspräche oder womöglich das Sprechen überhaupt einstellte in seiner Gegenwart. Sein Blick sieht die anderen von oben.

Das gibt es ja wirklich, und er sitzt auch in Wirklichkeit da, eingeklemmt und aufgerieben zwischen Windbeuteln, kaltem Kakao und roter Gefahr. Einer von vielen, einer von denen da, heranwachsender Teil des größeren Ganzen, angenommen und zuvorkommend, nach allen Seiten freundlich grüßend, bedächtig mit dem Kopf nickend, gemessenen Tons um Nachschlag bittend an dem Tisch, unter dem seine Füße stehen seit achtzehn Jahren und mehr. Ich will nicht werden wie die, ich will nicht werden, wie ich bin. Der Wirrkopf fällt auf den Tortenheber. Da sickert ein Gehirn heraus und tropft leise auf die Serviette. Oder ist es Tränenwasser?

Wer lehrt mich den Unterschied, und wo gehe ich hin? Irgendwohin, aber mein Platz ist nirgendwo. Ich bin mir zugleich zuviel und zuwenig, und das hält keiner auf die Dauer aus.

Also bitte, lassen Sie sich nicht so gehen. Reißen Sie sich zusammen, und unterlassen Sie das Affentheater. Hallo, hallo, können Sie mich erkennen? Mein Name ist Schröder, Doktor Schröder. Ich bin der Vorsitzende der Musterungskommission. Das ist typisch bei dieser Symptomatik. Er schweigt. Das ist typisch für ihn. Sagen Sie mal, junger Mann, können Sie mich hören? Fraglich, ob er uns überhaupt zuhört. Vor lauter Grübeln hört der Grübler nichts. Das kommt vor bei Grüblern. Es kann auch umgekehrt sein, daß der Grübler extrem geräuschempfindlich ist. Der hier ist eher einer von der stumpfen Sorte, dieser Sorger. Wie war doch gleich der Vorname? Das hilft manchmal. Jakob Sorger, können Sie mich hören? Können Sie mich sehen? Also los! Wer sind Sie? Welchen Wochentag haben wir? Lieben Sie Blumen? Was verstehen Sie unter dem Sprichwort: Früh krümmt sich, was ein Häkchen werden will? Wieviel ist acht mal acht? Was ist der Unterschied zwischen einem Gesandten und einem Geschickten? Was will Ihre vegetative Dystonie ausdrükken? Kann es sein, daß Sie mich mit Ihrem Vater verwechseln? Es ist zu sehen, daß er nichts sagt. Er grübelt. Der Kopf hängt, die Schultern hängen, die Hände hängen, das Gesicht hängt, der ganze Mensch hängt durch, und selbst die schwarze Montur hängt irgendwie an ihm herab. Er grübelt. Das bedeutet: Er denkt immer dasselbe und kommt nicht vom Fleck. Was er denkt? Daß er grübelt und nicht vom Fleck kommt. Er denkt an sein Versagen, und da er mit dem Sagen immer danebenliegt, sagt er nichts mehr, um nicht zu versagen.

Das sagt sich so einfach, aber so einfach ist es doch auch in Wirklichkeit mit Jakob. Alles geht seinen gebundenen Gang, und Sorger wird ausgemustert. Leise schließt er die Tür hinter sich, geht den grauen Korridor der Behörde hinunter, und in den Wandelhallen des Kopfinnern, dunkel verschlungen und ungeheuer, brüllt ein Jakob vor sich hin. Gegen die Leere brüllt er an, und er hält sich den Mund zu mit aller Kraft, damit das infernalische Gebrüll nicht aus ihm herauskommt und den Leuten den Schlaf raubt oder den letzten Nerv tötet. Es ist besser, sich das Gebrüll zu verbeißen, als die Leute auf den Plan zu rufen. Anders als die brüllenden, atmenden, verwundbaren Menschen sind die Leute nicht aus Fleisch und Blut. Die Leute sind nur das, was sie denken, nur das, was sie denken, was die anderen Leute über sie denken könnten, was sie denken könnten über einen, der nicht so ist, wie die Leute sind, und einfach so durch die Gegend brüllt.

Unter die Erde gebracht, können die Leute dem Jakob nichts mehr tun, und er muß fürderhin nicht mehr denken, wer die Leute sind, nicht mehr fürchten, was die Leute denken könnten, was sie denken könnten von ihm und über ihn, weil sie tot und begraben und vergessen sind und der Jakob durch die allerwunderbarste Fügung des Schicksals von der gewöhnlichen, abgehackt eckigen Leutewerdung verschont bleibt und nun darauf hoffen darf, zum allseitig entfalteten Menschen emporzuranken? Nennt er nicht die immer wieder drollige Aufmüpfigkeit und die bekannte Frische der Jugend sein eigen? Ist da nicht diese halbstarke Liebe, die abrufbereit in ihm hockt und nur auf ein klitzekleines Zeichen wartet, um sich über die ganze Welt oder zumindest ihre weibliche Hälfte zu ergießen? Verfügt er nicht über den gottvoll überhimmelten Traum, der ihn weit hinausträgt, über die tiefschwarzen Klappmessernächte der Mischpoke hinweg in ein glitzerndes, in allen Farben pulsierendes Leben? Ist es nicht überhaupt an der Zeit, in Windeseile den lebensgeschichtlich überfälligen Ausbruch des Jakob Sorger zu organisieren, aufzuschreiben und anzuzeigen? Wird er nicht gleich mit einer ungeduldig-kühnen Handbewegung das Tischtuch zerreißen, das letzte pubertäre Grün hinter den Ohrmuscheln wegkratzen und lässig in den kalten Kaffe schnippen? Wird er in diesem Augenblick vor den Augen der erschrockenen Verwandtschaft kraftstrotzend in den Ring treten, die Kette der Kleinstadtkonventionen sprengen und in Siebenmeilenstiefeln frech federnd und leicht die ganze dumme verquaste Provinz durchqueren, hinter sich lassen, um abzuheben nach *Ultima Thule* als Schwertträger des feingezeichneten, pagenköpfigen Prinzen Eisenherz? Werden wir Zeugen des aus Presse, Fernsehen und autobiografischer Reihenliteratur sattsam bekannten, jedoch immer wieder erregenden Schauspiels der Geburt eines neuen Linken. Eines auserwählten, angekotzten Kindes, dem kreisenden Becken des Graceland-Truckers entsprungen, dem vollplissierten und hoffmansgestärkten Schwarzwaldmädel mit knapper Not entkommen, hinein in den großen Beat, hinein ins stampfende Awopbopuloobob Alopbamboom, Saturdaynight heavypetting, in Papas Auto durch die Vorstadtnässe die Loneley Street hinunter bis zum Heartbreak Hotel?

It feels so right now, und der silberflankige Greyhound is still waiting for anyone, und ab geht der Länger-als-man-dachte-Marsch über die Route 66 rauf und runter und ohne amtliches Kursbuch nach Arlington, Monterey, Orangeburg, Woodstock, Altamont mit einem Abstecher in den chronischen Liebessommer über Haight Ashbury, und Jakob heißt Keith und kaut bibbernd an den Fingernägeln, weil er sich nicht entscheiden kann zwischen Sexy Sadie, Lovely Rita und einem gewissen Weltgeist Superstar, aber das braucht er ja auch gar nicht, weil sie unter den gut vibrierenden Elektrogitarren mitten auf der Straße einen wahnsinnig lockeren Vierer hinlegen, der eine outerspacemäßige Satisfaction über die Rampe hebt, von der so ein schläfriger Postpunk dieser Tage nicht einmal zu träumen wagte.

Beim heiligen Hendrix, wenn ich daran denke, und heute steht uns das Brackwasser bis zum Hals. Weißt du noch, damals? Aber sprich nur ein Wort, und meine Seele pumpt Stärke & Sehnsucht & Triumph zurück ins blutende Herz.

Halt! Nun machen Sie aber bitte mal einen Punkt. Was glauben Sie eigentlich, wo wir sind. Nein, wir sind nicht in Memphis.

Geschweige denn in Liverpool. Auch nicht in Hamburg. Nicht einmal in Wanne-Eickel. Oder in Hannover-Laatzen. Oder in Kassel-Wilhelmshöhe. Wir sind immer noch in Hannoversch Münden, leider. Und es ist immer noch Sonntag. Wir schreiben, glaube ich, den dreißigsten August neunzehnhundertfünfund-sechzig, es kann aber auch der fünfzehnte September neunzehn-hundertsechsundsechzig sein, und Jakob Sorger hält immer noch die Rechtsaußenposition auf dem Dreiersofa. Das Kinn im rechten Winkel zwischen Daumen und Zeigefinger plaziert, blickt Jakob durchs dunkle Gitter seiner Hornbrille nach draußen, und ob dieser Blick als gedankenvoll oder gedankenverloren zu charakterisieren ist, muß offenbleiben, weil die Brillengläser nicht entspiegelt sind und somit die Aufdringlichkeit des ewig glotzenden Chronisten hemmen.

Jakob trägt die Haare wie James Dean, auch die Mundwinkel hat er dem Giganten abgeschaut. Ein wenig verächtlich formt sich in ihnen ein ständiges ›Pah‹ oder besser ein ›Bah‹ mit weichem ›B‹. Sonst sucht man die Ähnlichkeit mit dem Leinwandrebellen an ihm vergeblich. Er raucht ›Peer de Luxe‹ und stößt den Rauch durch die Nase aus. Das Goldmundstück verhindert das Abreißen der dünnen Lippenhaut und sieht zudem gut und teuer aus. Allerdings verhindert die metallische Glätte des Filters die verwegene und publikumswirksame Aufbewahrung der brennenden Zigarette im Mundwinkel.

Vor Beginn der ersten Tanzstunde hat er festgestellt, daß bei ihm das Haupthaar unmittelbar über den Augenbrauen wuchert; seither rasiert er sich Geheimratsecken in den Haaransatz. Die Übung bewährt sich im Kampf gegen das äffische Gesicht, sie verleiht dem Tänzer menschenähnliche Gesichtszüge, sie verschafft ihm eine hohe Stirn und läßt ihn älter und seriöser erscheinen als im Naturzustand. Der positive Eindruck wird zerstört, wenn er die kosmetische Dauerkorrektur unterläßt. Binnen achtundvierzig Stunden sprießen stachelige Büschel aus der Stirn, die sich nach dem verzweifelten Einsatz von Haarcreme zu hornähnlichen Gebilden ballen. Jakobs Gesichtsausdruck verwandelt sich ins Satyrhafte. Mit seinen Lippen ist er auch nicht zufrieden, sie sind aufgeworfen und wirken beim Lachen fett und weibisch wie bei einem Eunuchen. Anläßlich der ›Entführung aus dem Serail‹ im Kasseler Stadttheater hat Jakob solche Lippen an einem dunkelhäutigen Haremswächter beobachtet. Deshalb zieht er seine negroiden, unmännlichen Lippen mit den Zähnen nach innen und spricht, lacht und singt in weiblicher Gesellschaft möglichst wenig. Diese Prozedur läßt sich nicht lange durchhalten und führt unweigerlich zur krampfartigen Versteifung der Mund- und Backenmuskulatur. Danach fallen die Lippen und mit ihnen das ganze Gesicht ins äffische Frühstadium der Menschheit zurück. Jakob hat diese Verwandlung im Badezimmerspiegel mehrfach verfolgt. Im Grunde bleiben nur die Augen übrig. Er könnte seine Augen in die Waagschale werfen. Sie schauen so schön und schimmern so warm. Jakob hat anziehende, große Augen, braune Augen. Leider sind diese Augen extrem kurzsichtig. Wenn er die Brille absetzt, um auf seine Augen aufmerksam zu machen, löst sich sein Gegenüber auf. Wenn er die Brille aufsetzt, schrumpfen die Augen hinter den starken Linsen auf Knöpfchengröße. Wer will sich schon in solche Äuglein vergaffen? Die Augen machen ihn wehruntauglich: Ersatzreserve zwo. Zivilschutz, Landsturm, Etappe, letztes Aufgebot. Das Gesicht vergessen und die Augen dazu.

Draußen vor der Taxushecke, kauert Frau Deneke und verfüttert welke Löwenzahnblätter an den grauen Stallhasen. Über den Birnbaum streift ein Tiefausläufer. In Frankreich regnet es häufig. Vor allem an der Atlantikküste. Barbara, o Barbara, weißt du, was damals in Brest geschah? Jakob liebt Barbara und Jaques Préverts Gedichte, in denen Menschen im Regen stehen und irgendwann verschwinden im Meer. Guten Tag, Traurigkeit: Ingrid Bergman sitzt im Auto, umklammert das Lenkrad und weint einem jungen Mann nach. Die Tränen sammeln sich in den Augenwinkeln und laufen über. Sie betätigt den Scheibenwischer. Aber der Asphalt ist trocken. Der Regen findet lediglich auf der Netzhaut statt. Sun-for-rain. Day-for-night. Die Entstehung des Bildes hängt von der Aufnahmetechnik ab. Und sonntags Kino. Panorama der Erinnerung. Die Farben der Erinnerung. Das richtige Blau. Das tiefste Blau. Brüderlein fein im tiefen See, wie tut mir doch das Herz so weh. Der Druck der Fingerkuppen treibt die Farben hervor, und ich zähle auf, was blau war: Lakmuspapier nach dem Eintauchen in Lauge, Amethyste und Lapislazuli, Peter Pans Nachthimmel, die Provinzen des Römischen Reiches im Geschichtsatlas, der kalte Weiher im Reinhardtswald, die Innenseite des Madonnenmantels in der Sakristei der katholischen Kirche, der Kragenspiegel des Luftwaffenoffiziers, Kornblumen, Adelsblut, Kleidung für männliche Säuglinge, Prügelflecken, deutscher Stahl, Heidelbeeren, Hundezungen, die Alkoholflammen auf der Feuerzangenbowle, Blaukehlchen, Preußischblau, Königsblau, Meerblau, Marineblau, der Glaube, die Treue, die Ferne, die Tiefe und die Wahrheit. Die Wahrheit und nichts als die Wahrheit.

In Wirklichkeit ist die Wahrheit farblos. In Wirklichkeit ist die Kindheit längst vorbei. In Wirklichkeit ist heute Sonntag und morgen Montag.

Baton Rouge

Heute ist Sonntag. Jakob Sorger bringt seine Tante an die Haustür und reicht ihr zum Abschied die Hand. Auf Wiedersehen, sagt er, und anschließend trägt er das Kaffeegeschirr in die Küche und wäscht ab.

Morgen ist Montag, und von Montag bis Samstag fährt Jakob Sorger regelmäßig mit dem Frühzug von Hannoversch Münden nach Göttingen, um eine kaufmännische Lehre zu absolvieren. Er arbeitet in einer Buchhandlung. Die Buchhandlung, in der er arbeitet, ist eine akademische Buchhandlung, und weil Jakob es in der Schule nur bis zur mittleren Reife gebracht hat, ist er froh, in einer Buchhandlung untergekommen zu sein, die sich akademische Buchhandlung nennen darf.

Das kaufmännische Rechnen zählt nicht zu Jakobs Stärken, in der Buchführung ist er ein bißchen schusselig, und anläßlich der vierteljährlichen Zwischeninventur verzählt er sich immer bei der Aufnahme der Reclamhefte. Im großen und ganzen macht Jakob die Arbeit Spaß. Da er das erste Lehrjahr hinter sich gebracht hat, muß er auch nicht mehr die Regale abstauben, und während nun ein jüngerer Lehrling im Keller steht und die Bücher auspackt, sitzt Jakob auf einem bequemen Bürostuhl im ersten Stock, stellt Rechnungen aus und erledigt die einfache Korrespondenz. Dabei schaut ihm Herr Brückmann auf die Finger. Er trägt einen grauen Anzug, eine randlose Brille und glättet sein dunkles, kurzgeschnittenes Haar mit Pomade. Einmal ist es passiert, daß Herrn Brückmann die Pomade ausgegangen ist. Da standen ihm die Haare vom Kopf ab, und Frau Zeiß-Othmer, Herrn Brückmanns rechte Hand, hat gesagt: Lassen Sie doch die Haare so, wie sie sind, Herr Brückmann. Diese Frisur steht Ihnen viel besser zu Gesicht. Herr Brückmann hat ein verschämtes Buchhändlerlachen gelacht, aber am nächsten Tag sah er wieder genauso aus wie vorher.

Anfang der Sechziger ist Herr Brückmann mit seiner Familie aus der sogenannten DDR geflüchtet, und er tut sich immer noch ein bißchen schwer im Umgang mit Respektspersonen. Herr Professor Dr. Paridam von Krokken ist eine solche Respektsperson. Jakob weiß, daß er Inhaber eines Lehrstuhls für theoretische Physik ist und mit fünftausend Mark in der Kreide steht. Wenn es für Herrn Brückmann unumgänglich geworden ist, Herrn von Krokken darum zu bitten, bei Gelegenheit doch einmal einen Blick auf den Stand seines Privatkontos zu werfen, hat er hinterher beschlagene Brillengläser und tupft seine feuchte Stirn mit dem Taschentuch ab. Da Jakob glaubt, als Lehrling in Herrn von Krokkens Augen nicht mehr zu sein als eine auf zwei Beinen wandelnde Büchersendung, in die man in Anfällen von Großzügigkeit ein Trinkgeld von fünfzig Pfennig stecken kann, aber nicht muß, ergreift er bei den qualvoll ablaufenden Mahnverfahren stets Partei für Herrn Brückmann.

Auch aus einem anderen Grund empfindet Jakob Sympathie für Herrn Brückmann. Da Jakob in der Mittagspause nicht nach Hause fahren kann, hat Herr Brückmann ihm erlaubt, diese Zeit in der Buchhandlung zu verbringen. Dort schließt er ihn um dreizehn Uhr ein, und Jakob ist mit den Büchern allein. Jakob ist gern mit den Büchern allein. Er liest viel. Nach den schriftlichen Empfehlungen des Berufsverbandes sollte Jakob in drei Jahren sechshundert Bücher von weltliterarischer Geltung gelesen haben. Die Broschüre reicht von Aeschylos bis Heinrich Böll. Jakob folgt den Empfehlungen und hakt die gelesenen Autoren mit dem Rotstift ab. Er befindet sich auf der Vorstufe des Minnesangs. Obwohl Jakob die Liebeslieder eines gewissen Dietmar von Eist weniger galant, sinnlich und vital erscheinen als die seiner französischen Zeitgenossen, gefallen sie ihm besser, weil in ihnen die Liebeswerbung von der Frau ausgeht. Jakob wüßte es sehr zu schätzen, wenn sich sein Leben auf einer solchen Vorstufe des Gesangs bewegte, wenn in seinem Leben die Liebeswerbung von einer Frau ausginge, beispielsweise von Fräulein Werhahn.

Fräulein Werhahn steht kurz vor der Kaufmanngehilfenprüfung, und Jakob liebt sie aus der Ferne. Sie trägt ein die Figur betonendes moosgrünes Musselinkleid und lacht gern und viel. Wenn sie lacht, bildet ihre glatte Haut zwischen Kinnspitze und Hals ein kleines dreieckiges Segel, ein schneeweißes Segel, das Jakob entgegenleuchtet und das Jakob so gern mit Küssen bedekken wollte. Aber wie geht das, küssen? Selbst wenn Jakob es wüßte, wäre da immer noch Andreas Werketin. Er geht auf die Dreißig zu, dient Herrn von Krokken als Assistent und sieht nach Meinung von Fräulein Werhahn blendend aus. Wenn sie ihm nach Geschäftsschluß entgegenrennt, reißt er sie in seine unproportioniert langen Arme und nennt sie: Mein Mädel. Jakob findet diese Anrede in ihrer Antiquiertheit empörend. Würde sie ihm, Jakob Sorger, in die Arme rennen, würde ihm sicher etwas Schöneres, Anmutigeres einfallen als diesem blasierten Beau. Aber in diese Verlegenheit wird Jakob nicht geraten. Bei Fräulein Treppel hingegen hätte Jakob unter Umständen eine Chance – seit ihrer Entlobung hält sie sich gern in Jakobs Nähe auf, bringt ihm unaufgefordert eine Tasse Tee an seinen Arbeitsplatz, angelt über ihn hinweg ein Buch aus dem Regal und stützt sich dabei auf seine Schulter. Aber was Jakob besonders auffällt, ist die Tatsache, daß sie ihren Verlobten mit keinem Wort mehr erwähnt. In den Monaten vorher begann eigentlich jeder Satz, den sie von sich gab, mit dem Hinweis auf ihren Verlobten. Alle ihre Äußerungen über Belletristik, Kochkunst, Zeitgeschehen und Wohnkultur, ob Worte der Wertschätzung oder der Mißbilligung, waren getränkt und unterfüttert mit der Autorität ihres Verlobten, der immer schon zu diesem jenes und zu jenem dieses gesagt und gemeint hatte. Daß Jakob der scheuen Werbung von Fräulein Treppel widerstehen kann, ist jedoch nicht auf die Erinnerung an ihren redseligen Verlobten zurückzuführen. Jakob kann die Jungbuchhändlerin einfach deshalb nicht ausstehen, weil sie allzusehr den von seiner Mutter mit dem Prädikat

»natürlich« ausgezeichneten Mädchen ähnelt, die an den langen südhannoverschen Sonntagen wie zufällig zum Kaffee hereinschneien und gebeten werden, doch bis zum Abendbrot zu bleiben: flache Absätze, Steckkragenpullover, Schottenrock, aus der Stirn gekämmte kurze oder zum Knoten gebundene lange Haare, ländlich-gesunde Gesichtsfarbe und allzeit offener Blick. Die Vorstellung, daß Fräulein Natürlich auch von ihm einmal als ihrem Verlobten sprechen könnte, verscheucht Jakob Sorger aus den Gefilden der Minne und führt ihn zurück auf die lichten Höhen der Literatur. Ihrem Studium ergeben, sitzt er Tag für Tag zwischen dreizehn und fünfzehn Uhr in dem menschenleeren Geschäftslokal und verzehrt das von seiner Mutter reichbelegte Pausenbrot mit Messer und Gabel, um in den Büchern keine Fettfingerabdrücke zu hinterlassen. Von Zeit zu Zeit zieht Jakob ein Notizbuch aus der Innentasche seines knitterfreien Trevirajacketts und hält dort die Gedanken fest, die sich andere, größere als er, über Gott, die Welt und die Einsamkeit des Menschen gemacht haben. Wenn er beispielsweise, kauend über die Lektüre gebeugt, etwas liest über die existentielle Geworfenheit des einzelnen in der modernen Massengesellschaft, drängt es ihn, diese bedeutende Formulierung zu notieren. Denn zweifellos gehört auch er, Jakob Sorger, zu jener aussterbenden Spezies der geworfenen Einzelwesen, die es, von Physikprofessoren verkannt und von liebreizenden Jungbuchhändlerinnen übersehen, inmitten des gemeinen Pöbels nach der Wahrheit dürstet. Die tiefsten und wesentlichsten Wahrheiten sind nach Jakobs Meinung solche, die nur einen Satz in seinem Notizbuch beanspruchen. Von allen dort zusammengetragenen Wahrheiten ragt die von Gottfried Benn übernommene Definition des Glücks besonders prägnant und schneidend auf: GLÜCK IST: DUMM SEIN UND ARBEIT HABEN. Dieser Satz spricht Jakob aus der Seele. Er weiß sich dem aristokratischen Lebensgefühl seines Verfassers nahe. Er ist in gewisser Weise genauso unglücklich wie Gottfried Benn, und weil er zu den wenigen gehört, die die Tragweite des heroisch-pessimistischen Lamentos nachempfinden können, kann er daraus schließen, daß er nicht zu den Dummen im Lande gehört. Jakob muß sich allerdings eingestehen, daß er Arbeit hat und Arbeit tut.

Aber was für eine Tätigkeit ist das? Er ist ja nicht irgendein Ladenschwengel, der Heringe oder Hosen über den Tresen schiebt. Und wenn ein ahnungsloser Passant die Buchhandlung betritt und einen Kugelschreiber kaufen will oder nach einem grünen Formular für die Meldebehörde fragt, dann trifft ihn die geballte, am deutschen Geistesadel geschulte Verachtung des Jakob Sorger in einem einzigen Satz: Dies ist kein Schreibwarengeschäft. Jakob hat im Sprachrohr seines Berufsstandes gelesen, daß nahezu die Hälfte der Bevölkerung keine Buchhandlung betritt, weil sie unter Schwellenangst leidet. Dieser von den Redakteuren des Börsenblatts bedauerte Zustand wird von Jakob begrüßt. Er findet den Umgang mit den verbleibenden fünfzig Prozent schon anstrengend genug. Da gibt es das vergeßliche Schulkind, das nach einem Buch verlangt, von dem es nur noch weiß, daß es einen schönen roten Umschlag hat mit einem Ritterbild vorne drauf; ein Kind, das er dann ganz höflich fragen muß, ob es sich bei dem Ritter vielleicht um Perikles und bei dem Buch um die Geschichtslektüre für die sechste Klasse handelt. Da gibt es den Liebhaber des wirklich guten Buches, vor dem er eine Stunde lang die Schätze der Weltliteratur ausbreitet und der dann schließlich mit Hildegard Knefs geschenktem Gaul den Laden verläßt. Da gibt es den schnellen Kunden auf der Jagd nach dem neuesten Simmel und dem letzten Kishon, und dann gibt es schließlich die Gruppe der Unsicheren, der Zaudernden, der offensichtlich Unbelesenen. Zu diesen Menschen fühlt Jakob sich hingezogen, zu ihnen läßt er sich herab, an ihnen erfüllt er seine geheime volkspädagogische Mission. Händeringende Männer, die mit gesenkter Stimme um die unauffällige Aushändigung eines gewissen Na-Sie-wissen-schon-was-ich-meine bitten, läßt er einen Augenblick zappeln und schiebt ihnen dann mit Verschwörermiene den »Ulysses« als saftiges Stück Pornographie in die halbgeöffnete Aktentasche. Rentnerinnen, die nach etwas

Leichtem für einen Kranken verlangen, verkauft er das »Schloß« als unterhaltsames Melodram aus dem Hochadel. Hausfrauen, die ihrer Nachbarin etwas mitbringen wollen, was ruhig anspruchsvoll sein darf, aber nicht langweilig, verlassen mit dem »Zauberberg« im Einkaufsnetz die Buchhandlung, und da Jakob von den ohnmächtigen Untertanen seiner kleinen Erziehungsdiktatur keine Reklamationen zu befürchten hat, ist er am Ende eines solchen Tages sehr zufrieden mit sich.

Auch Herr Brückmann, der von diesem Sendungsbewußtsein und den daraus sich ergebenden Verkaufsmethoden nichts ahnt, ist sehr zufrieden mit dem ihm anvertrauten Lehrling, weil er sich in anderer Weise um die akademische Buchhandlung verdient gemacht hat. Wenn in Herrn Brückmanns Umgebung die Meinung laut wird, bei einem Ladendiebstahl handle es sich um ein Delikt, das dem Bereich der Kleinkriminalität zuzuordnen sei, gerät der gewöhnlich moderate und tolerante Mann in Rage. Ihm erscheint der Diebstahl eines Buches als Kapitalverbrechen, das er entsprechend geahndet wissen will, und Jakob schließt sich der Auffassung seines Vorgesetzten an. Herr Brückmann beobachtet einen der potentiellen Zuchthäusler bei der Arbeit: Ein teurer und voluminöser Atlas der menschlichen Anatomie verschwindet unter einem geräumigen grauen Kleppermantel und wird zum Ausgang des Geschäftslokals getragen. Mit einem unauffälligen Wink bedeutet Herr Brückmann seinem loyalen Lehrling, dem Täter zu folgen. Hallo, ruft Jakob Sorger, bleiben Sie sofort stehen. Aber der Dieb beschleunigt seine Schritte, und Jakob jagt ihm laut schreiend nach, kreuz und quer durch die sonst so ruhig und beschaulich daliegenden Straßen des Universitätsviertels. Am Gänseliesel, dem Wahrzeichen der Stadt, bekommt er den Kleppermantel endlich zu fassen, und wie seine Hände noch Halt suchen an dem gummierten Stoff, saust das geballte medizinische Wissen mit voller Wucht auf seinen Kopf nieder, und plötzlich wird es Nacht um Jakob Sorger. Die Bewußtseinstrübung hat weitreichende Folgen. Der herbeigeeilte Herr Brückmann richtet den benommenen Kämpfer auf, er entfernt mit sanften Schlägen den Staub von dem dreiteiligen braunen Treviraanzug, er reicht Jakob seinen pomadisierten Kamm und lädt ihn zum Besuch der Konditorei »Cron & Lanz« ein. Dort spricht er ihm Dank und Anerkennung für diesen selbstlosen Einsatz aus und eröffnet ihm, daß er mit Zustimmung der Geschäftsinhaber schon seit geraumer Zeit beschlossen habe, ihm, Jakob Sorger, am Ende seiner Lehrzeit den Besuch der Deutschen Buchhändlerschule in Frankfurt zu ermöglichen. Na, was sagen Sie dazu, fragt Herr Brückmann. Vielen Dank, sagt Jakob Sorger, herzlichen Dank, stammelt Jakob Sorger. Aber kommen Sie mir nur nicht als Revoluzzer aus Frankfurt zurück, sagt Herr Brückmann und lacht sein verschämtes Buchhändlerlachen dazu.

Die Arme ziehen sich in die Länge. Die Koffer sind so schwer. Sie enthalten sechs Stofftaschentücher, fünf Garnituren Herrenunterwäsche, fünf Oberhemden mit der schwarzen Rose, drei Frotteehandtücher, drei Paar Socken, zwei Gabardinehosen, zwei Hosenspanner, zwei Kleiderbügel, zwei Waschlappen, ein Reisenecessaire, eine Kleiderbürste, eine Schuhbürste, einen Übergangsmantel, einen Bademantel, eine Dose Landleberwurst, ein Päckchen Hansaplast, eine Tüte Hustenbonbons, eine Kulturgeschichte der Neuzeit, ein Sachwörterbuch der Literatur, ein Buch vom mönchischen Leben, einen frankierten Briefumschlag und diverse mütterliche Ermahnungen. Die Bahnhofshalle ist sehr groß und überspannt fünfundzwanzig Gleise. Der Gepäckträger ist Sizilianer und verweigert jede Auskunft. Alle reden vom Wetter. Wir nicht. Viele Fußgänger überqueren den Zebrastreifen, bevor die Ampel auf Grün springt. Darunter befinden sich auch einige Neger und Chinesen.

Ein kleiner rotlockiger Mann setzt über die Absperrung und stört den Friedenspreis. Der Schlag ins Gesicht der nationalen Erneuerung hinterläßt einen bleibenden Eindruck und ersetzt Vatis Argumente. Oh, wie herrlich weit wird fliegen der Kopf von Carrero Blanco, singen die spanischen Exilanten, und die deutschen Dichter fallen aus allen Wolken. Plötzlich beginnt die Lesung mit einer Schußwunde, und Wondratschek hat einen Geschmack auf der Zunge, als hätten dort Mäuse gevögelt. Der Osten ist rot, und Baton Rouge liegt in Bockenheim, im Keller kocht ein Saxophon über, schwarze Militärkadetten in Ausgehuniformen swingen fingerschnippend zu The Bad Rappings of Marquis de Sade, im Halbdunkel blitzen schneeweiße Kragenspiegel und Zahnreihen auf, und nur Screaming Lord Sutch weiß, daß die Soldaten zu stoned sind, um morgen das Mekongdelta zu entlauben. Im Waldstadion grüßt die Frankfurter Eintracht den tapferen Vietkong, und während im Club Voltaire zwischen zwei Gläsern Bier die dritte Periode liquidiert und die Nato zerschlagen wird, gilt im Café Laumer die reine Tathandlung als eine auf den gestirnten Himmel über uns projizierte Schändung. Auf der Kaiserstraße sieht der SDS anders aus, als in der Zeitung zu lesen war: Er trägt einen bunten quergestreiften Pullover und predigt mit tausend Zungen. Die Rede sagt: Man ist mit sich allein, mit den anderen zusammen sind es die meisten auch, das ist zuwenig, wir müssen aus beidem heraus. Die Rede sagt: Habt keine Angst vor Unordnung, werdet wild, und tut schöne Sachen. Die Rede sagt: Vertraut den Massen, stützt euch auf sie, und achtet ihre Initiative. Die Rede sagt: Asiatische Produktionsweise, Internationalismus und Solidarität, die Rede sagt: Großer Sprung und Langer Marsch: Ich bin der Bote der guten Nachricht, ich bin Alpha und Omega, ich bin der heilige Zorn, ich bin die große charismatische Sendung. Wo das Licht des großen Asketen hinfällt, erwachen die Nachkriegskinder aus dem Wiederaufbauschlaf, strecken die Glieder unter der schlechtsitzenden Haut und reiben sich die Augen. RISING UP ANGRY. Alle reiben sich die Augen, alle wachen auf, alle wollen der Wut eine Richtung geben.

Aber wo ist Jakob Sorger? Wo ist er abgeblieben nach seiner Ankunft in Frankfurt, der Nesthocker Jakob Sorger, der Grübler, der Ersatzreservist, der Abbrecher, der Leisetreter, der Bescheidwisser, der Klugschwätzer, der Menschenfeind, der Eintopfesser, der mittelgroße, mittelblonde, zu Arroganz und Übergewicht neigende junge Mann aus dem akademischen Buchhandel, der sich in seinem geborgten Unglück so bequem einzurichten wußte? Jakob hat Glück gehabt. Jakob hat seinen Koffer verloren. Alles fängt damit an, daß alles weg ist: das Diolenhemd, die Leberwurst, der Waschlappen, der Hosenspanner, der auswendig gelernte Rilke und der frankierte Rückumschlag. Jakob ist erleichtert und geht einfach vom Rand der Straße in die Mitte, dorthin, wo die andern sind. Nicht mehr vom Rande aus zusehen müssen, weil es keine Ränder mehr gibt, ich und du und wir, alle unterwegs, und alle wissen plötzlich, worum es geht. Im WIR erlebt Jakob sein blaues Wunder, und die anderen Sorger erleben es ebenso. Der graue Klumpen löst sich auf in schnellen Bewegungen, Innen und Außen, Gestern und Heute treten sich gegenüber in klaren Fronten, es ist ganz und gar unverständlich, warum wir es so lange übersehen haben. Die allmähliche Verfertigung der Gedanken beim Reden, der Gedanke bewegt sich so ruhig und selbstverständlich auf die Wirklichkeit zu, wie die Wirklichkeit auf den Gedanken: Der Regenbogen überspannt die Beatles und Mao Tse-tung, er reicht von den Bauernkriegen bis zum Häuserkampf, vom langen Blick einer wortlosen Einigung bis zur Öffnung des zu eng gewordenen Hemdkragens, vom Niedersausen des Polizeiknüppels bis zur unaufhaltsamen Verwilderung des gescheitelten Haupthaars, von der großen Verweigerung bis zur Verweigerung des männlichen Handschlags. Im Sturmlauf die Straßen hinauf und immer weiter die Straßen hinauf, eingehakt in Zehnerketten, und rechts von Jakob läuft ein Mann, und links von Jakob läuft eine Frau die Straße hinauf, und Jakob sieht, daß die Frau neben ihm eine schöne Frau ist, und das Gesicht der Frau ist erhitzt vom Lauf, und ihre Brüste wippen so leicht unter dem dünnen Hemd, und Jakob spürt ihre Brüste unter dem dünnen Hemd, und Jakob kann seinen Blick nicht abwenden von der Frau, die da läuft neben ihm, und wie Jakob so dahinläuft neben ihr, wie er so läuft und schaut und schaut und läuft, da merkt er plötzlich, daß er doch nicht alles in seinem Koffer hat zurücklassen können, daß ihm etwas geblieben ist aus dem verfluchten Koffer, und was ihm geblieben ist, ist die Angst, die Angst vor der Angst, die große Angst vor der Frau, die neben ihm läuft, und wie Jakob so läuft und schaut und denkt, daß er Angst hat, schaut die Frau ihn an und fragt, woran denkst du, und Jakob sagt ganz schnell, ich denke an die Revolution, und die Frau sagt, das glaube ich dir sofort, daß du an die Revolution denkst, und dann laufen sie eine Weile stumm nebeneinander her die Straße hinauf, und Jakob schaut tapfer nach vorn, wo er die Revolution vermutet, und dann sagt die Frau, ich heiße Gabriele, und Jakob sagt, ohne sie dabei anzuschauen, ich heiße Jakob, und dann laufen sie wieder eine Weile stumm nebeneinander her, bis die Frau fragt, hast du Lust, mit mir zu schlafen, und da Jakob die Frage überhört, weil er in diesem Augenblick am liebsten den Demonstrationszug links überholen oder besser noch im Boden verschwinden würde, fragt die Frau noch einmal, hast du Lust, mit mir zu schlafen, aber noch mal frage ich nicht, und Jakob läuft immer weiter und sagt ganz leise ja und rennt immer weiter, und die Frau fragt, Jakob, warum rennst du immer weiter, wenn du mit mir schlafen willst, und Jakob schert stolpernd aus dem Zug aus und stammelt: Ja, aber ich habe noch nie . . . Und: Vielleicht sollten wir uns doch erst einmal . . . Und: Ich müßte dir noch sagen . . . Und während Jakob noch redet, um seine große Angst abzutragen, zieht ihn die Frau einfach hinter sich her durch die Straßen wie einen störrischen Köter, durch die Straßen zu einem Haus und durch eine Wohnung hinter sich her in ein Zimmer hinein, und in dem lichtdurchfluteten Zimmer rahmen wildwuchernde Grünpflanzen eine mit buntem Patchwork bedeckte Matratze, und Jakob kauert mit angezogenen Beinen auf der äußersten Kante der Matratze, und er blickt unter sich, und er redet pausenlos weiter und flüchtet beim Reden vom Hundertsten ins Tausendste: von der Größe des Demonstrationszuges zu den langfristigen Perspektiven des antiimperialistischen Kampfes, von der konnubialen Aufstiegsstrategie Göttinger Jungbuchhändlerinnen zur gegenwärtigen Melancholie der Germanistik, von Orgasmusproblemen im allgemeinen und von der Bigotterie des Kleinstadtlebens im besonderen. Endlich fragt die Frau, die neben Jakob auf der Matratze sitzt: Bist du fertig? Und endlich schaut Jakob der Frau ins Gesicht und sagt: Ja, Gabriele. Und indem er sich ihr zuwendet und sie berührt, ganz leicht und vorsichtig berührt, so, als könnte sie sich auflösen und plötzlich verschwinden unter seiner Berührung, und indem er ihren weichen, halbgeöffneten Mund spürt, auf seinem Mund und überall auf seinem Körper diesen weichen, halbgeöffneten Mund, dieses schwarz rieselnde Haar, dieses zärtliche Fingerspiel und diese warme, atmende Haut, da fällt mit einemmal das Grübeln und die Angst von ihm ab. Jakob Sorger läßt sich fallen in die Fremde, es ist ein jauchzendes, schwindelerregendes Fallen, aber ist es überhaupt ein Fall? Ist es nicht eher ein Steigen, ein Aufstieg, ein von leichten Winden getragener Flug? Jakob schwingt sich auf, er schwingt sich auf über niemanden außer sich selbst, er ist ein sirrender, flirrender Kolibri, und weit unten im Fachwerkgemäuer bleibt ein achtzig Kilo schwerer Sorger zurück. Adieu, Sorger, ruft Jakob, und Gabriele schlägt die Augen auf und sagt: Du bist schön, Jakob. Einfach nur so: Du bist schön, Jakob. Da wird Jakob rot, über und über rot, und weil Jakob nackt ist, ist zu sehen, daß das Rot über den ganzen Jakob schießt, von Kopf bis Fuß ist er errötet, ganz und gar, und das Rot will nicht weniger werden. Aber das muß es auch nicht, weil es kein stockiges, fleckiges, verschämtes, geducktes, verängstigtes Rot ist, sondern ein helles, lichtes, befreites, kurz: ein gutes Rot. So bin ich rot geworden damals in Frankfurt, sagt Jakob Sorger.

Die Erde ist ein Puppenstube und der Weltgeist eine Kette von Dominosteinen in Kinderhänden. Eine Armada von siebzig Marinehubschraubern bringt in achtzehn Stunden, ununterbrochen zwischen den Flugzeugträgern und der Stadt hin und her fliegend, tausend Amerikaner und sechstausend Vietnamesen aus Saigon heraus. Auf dem Dach des Botschaftsgebäudes besteigen nachts die letzten Ledernacken den letzten Helikopter. In der Dämmerung des dreißigsten April sind die Straßen der Stadt menschenleer, und Saigon erwartet die Kommunisten. Wenn Saigon fällt, fällt Manila, fällt Seoul, fällt Port-au-Prince, fällt Maputo, fällt Pretoria, fällt Salisbury und morgen die ganze Welt. Aber plötzlich stockt alles, da will auch das Wünschen nicht mehr helfen, und unvermutet kommt das Böse von innen: Die Khmer rouge treiben den Angehörigen der Intelligenz Eßstäbchen in die Gehörgänge, den Gulag-Häftlingen brennt der Davidstern auf der Stirn, die Kubaner treiben die Homosexuellen in Umerziehungslager, die Kulturrevolution frißt ihre eigenen Kinder und verbietet die Zucht von Grillen und Kanarienvögeln, und die europäische Linke wendet sich von der Geschichte ab. Mißratene Pfarrerskinder laden die Gewehre zum letzten Gefecht. Die Avantgarde sieht sich getäuscht, und zur Strafe geht die Arbeiterklasse nicht über Los, zieht keine zweitausend Mark ein, muß direkt in den Supermarkt und wird vom Spielbrett getilgt.

Laß mich mal überlegen, wie lange das her ist. Warte mal, daß ich nicht lüge, im Dezember sechsundsiebzig, so um den Dreh herum, bin ich endgültig ausgestiegen. Eines abends kam Hogmann rein, mit dem ich damals in der Drogenberatung war, und nachdem er eine Weile so konspirativ rumgedruckst hat, sagt er mir plötzlich, er wisse jetzt, was zu tun sei, er ginge in ein Ausbildungslager der Fatah in den Libanon, er habe sich lange genug mitangesehen, wie die Bullen vom Rauschgiftdezernat den bei den Razzien beschlagnahmten Stoff nach kurzer Zeit wieder in Umlauf brächten, und er habe einfach keinen Nerv mehr, einen toten Junkie nach dem andern aus dem Pissoir zu ziehen. Dieses Schweinesystem sei von innen nicht zu knakken, und ich habe ihn gefragt, was er denn von mir wolle. Da hat er gesagt: Geh mit. Und ich habe gesagt: Wie stellst du dir das vor? Ich will in drei Wochen mein Examen machen, und in zwei Monaten erwarten wir das Kind und überhaupt: Das hat doch alles keine Perspektive, was du da vorhast. Da hat er gesagt: Get lost, und ist rausgegangen. Danach habe ich ihn nie mehr gesehen.

Nein, Jakob, für mich nichts mehr. Heute abend werde ich mal relativ trocken bleiben, denn gestern abend und vorgestern abend und, soweit ich mich erinnern kann, auch am Abend vorher habe ich beim Abrauchen von zwei Päckchen Schwarzem und unter gewaltigem Wortaufwand wieder einen üblen Absturz erlitten. Wahnsinn. Das war doch alles größenwahnsinnig und lustfeindlich damals, all diese hochgestochenen Ansprüche: »Nieder mit der Kindheit«, »Tod der Familie«, »Weg mit der Klassenschule« und was weiß ich alles. Mittlerweile geht alles wieder seinen normalen Gang. Das Haus ist halb abbezahlt, Hedi und ich haben unsere Beziehung renovieren lassen und nach zehn Jahren endlich geheiratet, Jenny geht zum Ballettunterricht, Thorsten kommt aufs humanistische Gymnasium, und die Kleine wird nach dem Urlaub getauft. Warum? Warum? Warum nicht? Was wir uns gestern verboten haben, ist heute erlaubt. Das machen zur Zeit alle so, die ich kenne, alles andere sind pubertäre Spätausläufer. Wir müssen doch endlich mal erwachsen werden. Hedi hat gesagt, daß du an einem Roman schreibst, aber das bringt doch kaum was, finanziell gesehen, oder? Ich stehe ja mehr auf diesen kurzen, schnellen Sachen, die man so runterlesen kann. Warum schreibst du nicht mal so kleine Geschichten für die »Bäckerblume«, ganz im Ernst, die drucken die Sachen in einer Auflage von fünfhunderttausend Stück, das geht weg wie warme Semmeln, und bei dir rollt endlich mal der Rubel. Na komm, nun sei mal nicht gleich eingeschnappt, ich wollte dir nicht an deine Schreiberehre. Jeder kann es sich so schwermachen, wie er will, ist doch klar. Eigentlich ist es hier ganz schön, findest du nicht auch? Na gut, ich kann mir auch einen attraktiveren Ferienort vorstellen als ein Nudistenzentrum in Aquitanien. Aber sag doch mal selbst, nach dem Desaster mit diesem Schrottreaktor waren wir doch alle ganz froh, daß wir uns an die Atlantikküste absetzen konnten und für ein paar Wochen wieder unbesorgt essen können, was Felder und Bäume hergeben. Thorsten hätten wir ruhig zu Hause lassen können. Thorsten ißt sowieso nur Pommes. Jenny stochert lustlos im überbackenen Fenchel und will unbedingt ein Pony haben, weil Tina auch ein Pony hat. Tommi ist in die Brennesseln gefallen und will nicht aufhören zu brüllen. Ich habe ihnen mein ganzes Kleingeld gegeben und sie in die Spielhalle gescheucht. Jetzt haben wir Ruhe vor allen Kindern. Morgens ist der Sand weiß und abends violett. Guck mal, da drüben, der Single: Es ist doch wirklich kein Spaß, immer allein zu sein, einsam zu schwimmen und essen zu gehen, solo zu schlafen und aufzuwachen, oder? Heute habe ich mir den Walkman über die Ohren geklappt und ein Orgelkonzert gehört, morgen gehe ich Muscheln suchen, aber niemand zwingt mich dazu, Orgelkonzerte zu hören oder Muscheln zu suchen. Das ist das Schöne am Urlaub, daß man es sich leisten kann, ganz ungezwungen zu sein. Neben uns auf dem Stellplatz hockt eine Malocherfamilie aus Offenbach aufeinander: Mama, Papa, Kind wie aus einer Wahlkampfbroschüre der SPD. Opel-Kadett, Steilwandzelt im Schwarzwaldlook und vor dem ambulanten Eigenheim ein giftgrüner Kunstrasen, den die dicke Frau jeden Morgen mit dem Staubsauger bearbeitet. Unterdessen inspiziert das Familienoberhaupt das Auto und poliert die Chromspoiler. Die sind noch nicht am Strand gewesen, weil sie den ganzen Tag damit beschäftigt sind, ihre kleine Welt im Lot zu halten. Abends sitzen sie zufrieden unter ihrem Vorzelt, trinken Offenbacher Dosenbier und spielen Mikado. Es ist nicht zu fassen. Warte mal, was habe ich neulich irgendwo dazu gelesen? Ja, jetzt fällt es mir wieder ein. GLÜCK IST: DUMM SEIN UND ARBEIT HABEN. Ist das nicht witzig? Wenn das nicht witzig ist, soll niemand mehr lachen.

Sag mal, was ist denn mit dir los, Jakob? Was denn, wie denn? Warum wirfst du die Weinflasche nach mir? Das hätte ins Auge gehen können, du Idiot. Bei dir ist wohl ein Rad ab, was? Tommi, Hedi, Jenny, kommt mal ganz schnell her! Mit Jakob scheint irgendwas nicht in Ordnung zu sein.

Jakob Sorger sieht rot, und über den hellen Sand weht der Fetzen einer alten Melodie: RISING UP ANGRY.

Drei nach neun

Hin und wieder kommt es vor, daß ein Oberbürgermeister anläßlich der Insepktion seines Kulturbeutels ein Déjà-vu erleidet: Er findet eine Gesichtsmake vor, ein After-shave, ein offenes Luftkonzert, einen Roncalli, einen Theaterskandal, eine metallisch funkelnde Skyline, eine allerliebste kleine Fachwerkzeile und ein schneeweißes Museumsufer. Das stets gepflegte Haupthaar steht ihm zu Berge, weil ihm etwas Unwiderbringliches abhanden gekommen ist, und beim Zähneputzen weht ihn eine Sinnfrage an, die eine uralte Loreley zum Klingen bringt, und plötzlich vermag er dem Knabengemüt die stolze Zeile zu entlocken: OFTMALS, WENN UNS DANN DIE HEILIGE WOLK' UMSCHWEBT, DA STAUNEN WIR UND WISSEN'S NICHT ZU DEUTEN.

Da es ihm beliebt, klingelt Mister Frankfurt seinen Kultus aus dem Bett und behauptet: Auch ich war früher mal gut in Hölderlin. Was ist aus dem eigentlich geworden? Wir sollten so etwas nächste Woche auch einmal wieder machen, blattgoldisch und gediegen, eben klassisch, aber nicht zu teuer, gelle, Herr Dezernent? Und eine Beeilung, wenn ich bitten darf!

Neunzehn Uhr dreißig, sine tempore, Aula des Ina-Seidel-Gymnasiums. Im Vorspiel kommt die Germanistik der frühen Sechziger in Gestalt von Herrn Professor Dr. phil. Dr. h.c. Benno von Wiese zur Aufblähung: Des großen Friedrich Werk und Wesen im Lichte des deutschen Strafrechts. Ein Räusperle verdampft. Wissenschlafft oder Spekulatius. Titanisch oder französisch, das ist hier die Frage. Unterlassen Sie diese Anzüglichkeit. Die Damen sind pikiert und führen ein kleines Schwarzes aus. Böse verbellt es die dekolletierte Rohseide und wedelt sich der hochgeschlossenen Gesellschaft zu. Frau Renate Thyssen verbirgt das giftige Hündlein unter einer chirurgischen Plastik. Sie schaut heuer sehr schlicht und straff. Gestern Oma, heute Lola. Huh is huh? In den ersten Kreisen schwimmt ein gutgefülltes Mieder. Die letzte Reihe wird von protestantischen Grobstricknadeln bewohnt. Die Herren stehen im halblinken Mittelfeld. Sie halten sich bedeckt und tragen sich mit Gedanken. Das steht ihnen gut zu Gesicht und hinterläßt einen tiefen Eindruck.

Um drei nach neun werden die geladenen Zuschauer gebeten, zwischen den Sternen Platz zu nehmen, die sich zwanglos geben und wie immer zum Anfassen sind. Der Proporz ist abgeschafft: Alle sind dunkelgrün und einer Koalition nicht abgeneigt. Nur die Augenränder sind ein wenig gerötet – das kommt von der leidigen Qualmerei. Wir sind jetzt auf Sendung und stellen unsere Gäste vor: Ingrid van Bergen, Evelyn Künnecke, Simon Salomon, Iring Fetscher und als Vertreter der ersten Generation der außerparlamentarischen Opposition konnten wir Tilman Fichter als Gesprächspartner gewinnen. Leider kreist Herr Fichter wegen der ungünstigen Sichtverhältnisse immer noch über dem Rhein-Main-Gebiet. Deshalb ist ein weithin unbekannter Mitläufer der APO für ihn eingesprungen und hier zu uns auf den Römerberg geeilt – es ist schön, daß Sie sich kurzfristig freimachen konnten, Herr Sorger. Nun zum Thema des heutigen Abends: Von der Sprache der Eifersucht zur Sucht des Spracheifers. Weißt du noch, wie wir auf dieses Thema gekommen sind, Wolfgang? Nein. Schade. Mir ist es leider auch entfallen. Vor der Sendung haben wir von Iring Fetscher zum hunderstenmal erfahren, daß Bonn nicht Weimar ist. Aber nun einmal mit der Sprache raus. Was sagt Ihre Frau dazu, daß Sie so einfach hingehen und Dornröschen wachküssen? Wo liegen die Chancen der offenen Dreierbeziehung?

Lieber etwas dümmer als ewig diskutieren, sagt meine Frau, das können Sie mir glauben. Wir stecken unsere Freizeit in die Sinnproduktion. Kein Beziehungsknatsch. Wir halten den Harmonierekord. Während sie der Arbeitsgemeinschaft sozialdemokratischer Frauen angehört, bediene ich am Wochenende die Geschirrspülmaschine. Zum neuen Mann gehören immer zwei, sozusagen.

Sie hingegen sind allein, Ingrid van Bergen. Vor dreißig Jahren waren Sie gut im Geschäft: Rosen für den Staatsanwalt, Berliner Lippe, hellblond und männermordend. Heute ist dieser Typ von Barfrau ausgestorben, und Sie sehen alt aus: keine Engagements, der Blumenladen ist eingegangen, und dann haben Sie zu allem Überfluß ihrem Lebensgefährten in den Kopf geschossen. Was haben Sie sich eigentlich dabei gedacht? War es Eifersucht?

Keine Spur. Ich wollte einfach noch mal ausgehen, da hat der Mann mich an den Haaren zurück in die Wohnung geschleift und verlangt, daß ich was auf den Tisch bringe, weil er Hunger hatte. Da habe ich ihm gesagt, wenn du nachts um zwölf noch eine Suppe haben willst, heb deinen faulen Arsch aus dem Bett, und dann gehste rüber in die Küche und rührst dir selber deinen Haferschleim. Ausgerastet ist er, hat mich unter den Spülstein geprügelt und das kalte Wasser laufen lassen. Ich war noch nicht ganz wieder bei mir, da kommt der doch mit so 'nem Reueständer ins Bett gekrochen und will mich mit seiner Wiedergutmachungspenetration versalben. Unter ihm weggetaucht bin ich, mit einer Hand in die Nachttischschublade, und dann habe ich das ganze Magazin in ihn reingetan. Plopp, plopp, plopp, ganz cool wie mit der Schweinebolzentöte. Ich hab mit meiner Tochter den Boden aufgewischt, mich angezogen und bin zur Polizei gegangen. Das war's. Und ansonsten hängt mir die Vergangenheit meilenweit aus dem Hals raus, ich kann es einfach nicht mehr hören. Andere Leute haben doch viel mehr Dreck am Stecken. Denken Sie an Bubi Scholz oder Gunnar Möller. Die erschießen ihre Frauen mit der Elefantenbüchse durch die geschlossene Klotür, Paragraph einundfuffzig plus böse Mama gehabt, und nach vierzehn Tagen U-Haft ist alles wieder in Butter. Es darf wieder gesoffen und geprügelt werden, und die neuen Bräute holen sich dann die Psychotante von der Fürsorge ins Haus. Die wohnt als Schiedsrichter im Gästezimmer, zieht nach jeder Körperverletzung die Trillerpfeife und dreht den ganzen Kack durch die Familienberatung. Die Schwestern sind so verdammt verstaatlicht und kriegen dabei immer mehr auf die Schnauze, nur daß sie dann wissen, warum – familiendynamisch und so. Mit mir nicht mehr, Freundchen, dann lieber eine saubere Lösung und fünf Jahre JVA Aichach.

Frau Künneke, und Sie, sind Sie eifersüchtig?

Nicht mehr. Das wird in der Presse alles so aufgebauscht. Daß ich tausend Männer gehabt hätte, ja? Dazu habe ich gar keine Zeit gehabt. Mein Papa hat immer gesagt: Sing, Evelyn, sing aus vollem Hals. Und das mache ich jetzt seit der Währungsreform. Ach, Egon, ich bin vor lauter Liebe zu dir so tief gesunken – das habe ich doch immer nur gesungen. Ein braves Mädchen bin ich gewesen, und nach der Trennung von Rosa von Praunheim bin ich bescheiden geworden. Ich hab' meine Kleinkunst, ein treues Publikum, zwei Yorkshireterrier, eine Etagenheizung und eine Erinnerung. Der Bäcker um die Ecke nennt mich beim Vornamen, und manchmal steckt eine Rose im Briefkasten. Im Grunde ihres Herzens sind alle Männer freie Wildbahn, und wir sollten sie ziehen lassen, weil an der nächsten Ecke ja ein andrer steht, wie schon die Alten sungen, haha.

Danke. Bevor wir die Gruppe ›Eating Alive‹ an den Synthesizer lassen, gebe ich noch einmal rüber zu einem Wortbeitrag. Nur zu, Herr Salomon. Nur nicht schüchtern. Das Knöpfchen müssen Sie da stecken lassen, das macht, daß wir alle Sie hören können.

Entschuldigen Sie bitte, ich kann dazu gar nichts sagen, glaube ich. Wir hatten keine Eifersucht, meine Frau und ich. Wir hatten nur uns und unser Kind nach dem Krieg und dem Ende der Naziherrschaft. Wir kamen mit unserem Mädchen – Ruth war damals sechs Jahre alt – zurück nach Wien, wo wir beide geboren und aufgewachsen sind. Wir sind zurückgekommen, weil wir in den uns fremden Sprachen, Englisch und Hebräisch nicht heimisch werden konnten, obwohl wir es versuchten. So sind wir zurückgekommen, und Esther war in der Schule das einzige jüdische Mädchen, verstehen Sie? Sie war das einzige jüdische Kind in der Schule, im ganzen Bezirk, und ausnahmslos alle, Lehrer, Schüler, Eltern waren rührend um sie bemüht. Sie wurde zu Kindergeburtstagen und Familienfeirn eingeladen, und wir ließen sie zu diesen Menschen gehen, ohne uns die Furcht anmerken zu lassen. Ich wachte mitten in der Nacht auf, verfolgt von der Vorstellung, daß Ruth diese Familienfeiern nicht überlebt haben könnte. Warum sollte man ausgerechnet sie schonen und entrinnen lassen? Aber wenn ich nach ihr schaute, lag sie ruhig atmend im Bett, und alles war gut. Gegen Ende des ersten Schuljahrs kam sie eines Tages weinend von einer Spielgefährtin zurück und beklagte, daß sie keine Verwandten habe, keinen Großvater, keine Oma, Tanten, Onkel, Cousinen. Und warum das eigentlich so sei. Nun wäre es vielleicht an der Zeit gewesen, sie darüber aufzuklären, daß all ihre Angehörigen in den Lagern des Ostens umgebracht worden waren, ihr zu sagen, daß es womöglich die Angehörigen ihrer Mitschülerinnen waren, die die Abwesenheit ihrer eigenen Angehörigen verursacht hatten. Aber was war an der Zeit? Wir haben es nicht übers Herz gebracht, unserem Kind zu sagen, daß es am Tisch der Mörder saß. Sie war doch erst sieben Jahre alt, wenn Sie verstehen, was ich sagen will damit. Statt dessen bin ich mein Adreßbuch durchgegangen, ein Buch mit vielen durchgestrichenen und verblaßten Namen, und dann habe ich die verbliebenen Freunde und entfernten Bekannten angeschrieben und sie gebeten, unserer Tochter eine Verwandtschaft zu sein. Es war wunderbar, eine Antwort zu bekommen. Viele von denen, an die ich diese Bitte herantrug, waren ihrerseits mutterseelenallein auf der Welt und versicherten sich ihrer Familie nur noch im Selbstgespräch. Plötzlich kamen von überall her Namen, Grüße, Briefe, Fotos. Und auch Besucher klopften an die Tür. Ein ehemaliger Studienkollege aus München avancierte zum Onkel und reiste mit einer Tante an, die es als Kunstmalerin nach Triest verschlagen hatte. Ohne sich je zuvor begegnet zu sein, beherrschten sie sich und ihre Rollen so gut, daß sie sich im Kreis der künstlichen Sippe so gut zu zanken wußten wie ein richtiges Ehepaar. Die Großmutter war nach unserer Version eines natürlichen Todes gestorben, und der Großvater galt als zu gebrechlich, um die lange Bahnfahrt von Kopenhagen nach Wien auf sich zu nehmen. Er war ein Emeritus der Mathematik und schrieb unserer Ruth ausführliche und zarte Briefe. Sie hat ihn nie gesehen und berührt, aber sie trug das Bild des Großvaters in ihrer Brust wie einen Schatz. Sie zitierte ihn und die anderen Angehörigen mit großer Geläufigkeit in ihren Spielen und Reden und vermißte niemanden in jenen Jahren, bis endlich sich die Wahrheit nicht mehr verbergen ließ. Es war ja eine Lüge, aus der Not geboren, aus dem Tod. Eine Sünde war es. Eine läßliche Sünde? Weil es ja die vielen Augen gab, die vielen gebrochenen Augen. Bitte, wenn Sie jetzt bitte Abstand nehmen wollen, nicht weiter ...

Aber was haben Sie denn, Herr Salomon? Sie weinen ja ... Aber Sie müssen doch nicht weinen. Oder doch, weinen Sie ruhig. Na los, fahrt doch mal den Zoom an diese Betroffenheit hier ran. Ja, so, vorsichtig. Das war doch goldrichtig, was Sie da gemacht haben, Herr Salomon. Sie haben sich in puncto Vergangenheit nichts vorzuwerfen, Sie doch nicht. Ich kann mich gut in Sie hineinversetzen, absolut, ja? Mir geht manchmal auch alles so nah, vor allem die Vergangenheit. Mir ist, als sei es gestern gewesen: die erste Bombe, die erste Liebe, die ersten Autos, die ersten Nylonstrümpfe, die ersten Kopfwehtabletten. Und heute? Heute ist morgen schon der letzte Schrei von vorgestern. Da liegt doch eine dicke Chance drin, daß man einfach mal das Getriebe blockiert und sich ausheult. Ich mach' das hin und wieder auch. Danach fühle ich mich der Welt und meinem Partner wieder sehr nah – alles ist wieder wie neu, und ich gehe aus mir heraus und kann wieder bedingungslos offen sein. Selbst die Tatsache, daß ich meinem Partner auf den Kopf zu sage, daß ich ihn für einen Langweiler halte, bringt uns dann einander noch näher. Dann bin ich viel eher bereit, meine Gefühle auszubreiten und etwas von mir rauszugeben. Verstehen Sie, ich will mich geben und nicht nur etwas besitzen, vom Haben zum Sein, wie Erich Fromm es sagt, Ende des Raffens und Aufstieg der Gelassenheit. Dinge, die mich früher an meinem Partner aus der Fassung brachten, machen mir jetzt eigentlich nicht mehr viel aus. Auch die Phase, in der man einen Menschen in- und auswendig kennt und dann das Interesse an ihm verliert, habe ich endgültig hinter mir gelassen. Unsere Sexualität läuft auch sehr gut, weil wir sie gemeinsam erleben. Ich fühle mich intensiver beim Akt und empfinde einen echten Genuß. Ich bin in unserem Zusammenleben kein Gefangener mehr und fühle mich irgendwie erwachsener. So oder so, schön geduldig miteinander langsam alt und verrückt werden, andererseits geht es allein natürlich viel schneller ... Und jetzt bekomme ich ein Zeichen, daß ich einen Punkt machen und an die Musik abgeben soll: I feel fine in der Bearbeitung von Kool and the Gang. Wunderbar.

So, Herr Sorger, nun zu Ihnen und der großen Wut zum Langen Marsch. Sie haben dieser Tage ihre Autobiographie auf den Markt geworfen, und ich frage Sie: Wie sind Sie zum Schreiben gekommen?

Es war an einem Tag im November. Da habe ich in einem unbeschäftigten Augenblick in die Welt hinausgehört und habe mich sehr gewundert, daß eine so auffällige Stimme war in der Welt. Und da habe ich den Kopf erhoben und die Augen geöffnet und mich umgeschaut in der Welt. Ich habe gesehen, daß alle Welt schreibt. Und weil alle um mich herum schrieben, bin ich vor mich hingetreten und habe mich gefragt: Warum nicht auch du? Warum solltest du nicht auch etwas schreiben? Und wenn du schon einmal dabei bist, warum nicht gleich ein großes und dickes Buch? Da bin ich aufgestanden und habe meine Buchhandlung um die Ecke besucht, um einmal nachzuschauen, was die Angehörigen meiner Generation von ihrem Leben und ihrer Zeit zu sagen wissen, weil ich Wiederholungen vermeiden wollte und weil ich Vorbilder gesucht habe. Seltsame Bücher habe ich gefunden bei meinem Streifzug durch die Regale. Eines hieß: »Brief an meine Erzieher. Versuch einer Abrechnung in vier Bänden.« Ein zweites hieß: »Vom Fettfleck zum Fernaufklärer.

Memoiren eines bösen Buben.« Ein drittes hieß: »Vorhaut und Vorschein. Notate im vierzigsten Jahr der Phimose.« Da habe ich gemerkt, daß sich in meinem Hinterkopf eine schwere Migräne ankündigte, und ich wollte den Laden gerade fluchtartig verlassen, als sich mir ein freundlicher junger Mann in den Weg stellte und mich auf einen Titel aufmerksam machte, den ich übersehen hatte. »Nachkriegskinder« war da zu lesen, und der Verfasser war Thomas von Freyberg. Und weil ich den Thomas als einen gediegenen Genossen kannte, der über ein präzise funktionierendes Gehirn verfügte, war ich ganz erleichtert und habe mich in seinen Text begeben. Wohnhaft in Frankfurt, las ich da, ausspioniert, angeschmiert und arbeitslos. Steht auf der Sachsenhäuser Seite der Mainbrücke und denkt sich zurück über den vergifteten Fluß, wo er im Westend einmal die rote Nahkampfspange trug und sein Name die Fahndungslisten des Landeskriminalamts zierte. Im Bermudadreieck zwischen Café Laumer, Dr. Flotte und Hörsaal IV hat er eines Tages alles verloren, was uns lieb und teuer war: das erkenntnisleitende Interesse, den Klassenstandpunkt und das Bewußtsein, das letztinstanzlich vom gesellschaftlichen Sein bestimmt wird. Sein eigen nennt er zwei Kinder, Natascha und Natalie. Seine Frau ist Lehrerin, er ist Diplomhausmann und Spaziergänger. Wenn die Kinder im Bett sind, überfällt ihn ein schwerer Blues. Er muß viele Zigaretten und Pfeifen rauchen, immerzu zum Kühlschrank rennen und Fleischwurst mit Brot essen und noch einmal Fleischwurst mit Brot essen, bis er auf einmal dick und fett ist und gar nicht mehr leben mag mit seiner dicken Wampe. Bevor es jedoch zum Äußersten kommt, fällt ihm gerade noch ein, daß er seit Kindesbeinen immer ein großer Junge sein mußte, weil sein Vater im Krieg gefallen ist und seine Mutter ganz allein war mit ihm auf der Welt und auch auf der Flucht vor den Siegern. Unablässig hat er sich in seine Mutter einfühlen müssen, die ihn unbewußt an Vaters Statt angenommen hatte und ihn damit von einem Trauma ins andere trieb. Schmerz durfte er niemals zeigen und eine Träne auch nicht. Da ist der Thomas schon sehr froh gewesen, als er der Mutter nicht mehr schöntun mußte und sie nicht mehr in Schutz zu nehmen brauchte vor der bösen Welt. Ganz, ganz klein durfte er wieder sein, und geweint hat er viel. Die frühen Tränen hat er geweint und die alte Angst, und den tiefen Schmerz hat er rausgelassen aus sich. Er hat so doll weinen müssen, daß es ihm sogar den in der Frankfurter Schule mühselig erworbenen Verstand weggeschwemmt hat, denn als er plötzlich merkte, was er bis dato nicht merken sollte, nämlich daß er ein schwaches, minderbemitteltes Kind war, hat er im tränenseligen Gefühlsrausch festgestellt, daß auch Manfred Wörner, Heiner Geißler, ja selbst Adolf Hitler im Grunde nur als schwache Kinder zu betrachten sind, die ihre Eltern schonen und haßerfüllt das gute Kind in sich verfolgen und dabei vor Völkermord, Schwulenhatz und Demagogie nicht zurückschrecken. So gnadenlos simpel ist das also mit dem Faschismus, habe ich gedacht, und mit der Geschichte und mit dem Drama des begabten Kindes. So dumpf und einfach ist alles, wenn man dem Kind im Manne die Lektüre der Alice Miller überläßt. Und so blitzeblank einfach ist es für den Thomas hernach auch gewesen. Er hat sich im Spiegel betrachtet und konnte sich wieder liebhaben. Die Nase hat er sich geputzt, das Rauchen hat er sich abgewöhnt und das Trinken auch. Nur aufs Essen mochte er nicht gänzlich verzichten, sonst wäre er ja Hungers gestorben und hätte nicht diese gefühlsgesättigte Geschichte schreiben können.

Aber Herr Sorger! Hier ist nun doch ein Einwurf fällig. Sie wollen den Zuschauern und mir doch wohl nicht weismachen, daß dieser Erguß repräsentativ sei für die autobiographischen Schriften der Gegenwart?

Da stimme ich Ihnen vorbehaltlos zu, Frau Pratsch-Umber. Ich weiß zwar nicht, was für dieses Genre repräsentativ ist, aber ich kenne andere Titel, die nicht so billig daherschwadronieren. Der Thomas schickt ja nur eine schlichte Träne auf Reisen und schreibt authentisch, während eine gehobene Literatur mit dem gemeinen Wasserlassen nichts am Hut hat und beispielsweise die Frage aufwirft: »Wie kommt das Salz ins Meer?« Das ist ökologisch und methaporisch und bedeutet einen anspruchsvollen Tränenfluß und ist zudem eine Kunst, weil aus dem deutschsprachigen Ausland. Wo dem Thomas eine schlichte Mutter im Nacken sitzt, ist es bei der Brigitte ein Halbgott in Weiß, der behauptet, ihr Vater zu sein. In Österreich essen die Prinzessinnen auf der Erbse auch keine Fleischwurst mit Brot, sondern Faschiertes, das meint in der reichsdeutschen Übersetzung Hackfleisch halb und halb, und die Brigitte, welcher der Thomas nicht das Wasser reichen kann, fragt sich, während sie nach dem Liebesspiel weinend neben ihrem Gemahl im Bette liegt, ob sie ihrem Mann, der sie in fataler Weise an ihren Vater erinnert, ob sie diesem Mann soeben Filet oder nur Faschiertes gewesen sei. Und während sie so daliegt und fragt und fragt, will ich nicht weiter stören und stelle mir selbst, Jakob Sorger, die Frage, ob ich als solche Schwaigerin gelten kann oder als Fleischwurst. Bin ich eine Kunst oder ein greinender Linksüberholer, bin ich eine ästhetische Anstrengung oder ein Bettnässer, bin ich eine Talk-Show oder eine Axt im Kopf des Lesers? Und kaum ist diese Frage verklungen, da springt der Klassenprimus in mir auf und schreit: Bitte, bitte, Frau Oberstudienkultur, nehmen Sie mich doch dran, erkennen Sie mich denn nicht? Ich bin doch eine Wahrheit und kein falscher Thomas und kein billiger Jakob. Man sieht mir doch auf Anhieb an, daß ich ein beherrschter Roman sein will und nicht so haltlos und meanstreamig daherschwestere wie diese Svende Merian oder jene Karin Struck, die nur einen breitgetretenen Therapiejargon draufhaben und einen hohlen Bauch, aus dem sie alles abschreiben. Ich hingegen bin doch ein Aufbruch und eine Plötzlichkeit. Ich bin so wach, ich bin so wach, so überwach wie das reinste Kokain. Es hüpft mich über die Berge, daß es eine wahre Freude ist. Mund, Augen und Ohren sind ein einziger gieriger Schlund: Durch alle Sinne stürzt das Draußen in mein Innerstes, und ich bin ab sofort ein ganz neuer Mensch. In einer Woge von Glück und Dankbarkeit schaffe ich ein Leben im Überfluß nicht nur für mich, sondern für jeden Mitmenschen, der das frühkindliche Geschnuddel überhat und zurück ins Leben will. Verstehen Sie mich, Frau Pratsch-Umber?

Ja, ich will Sie ja gar nicht aufhalten, Herr Sorger, aber Sie müssen sich schon die Frage gefallen lassen, warum Sie an Ihren schreibenden Zeitgenossen kein gutes Haar lassen. Solch einem vergleichenden Wettbewerb haftet ja immer ein gewisser Hautgout an, und ich werde den Verdacht nicht los, daß Sie Ihren Konkurrenten den Erfolg neiden, daß Sie eigentlich auch recht gern Geschichten erzählen und Erkenntnisse vermitteln wollten, die den Leser nachhaltig betroffen machen.

Der von Ihnen empfundene Beigeschmack interessiert mich nicht. Als Personen sind mir Thomas von Freyberg, Karin Struck, Brigitte Schwaiger oder Alice Miller gleichgültig. Wenn ich lese, richten sich meine Gefühle und Gedanken nicht auf den Autor, sondern auf die Sprache, die in seinem Text Gestalt annimmt. Die Sprache kann mich anziehen, abstoßen, erregen, langweilen, ermutigen oder deprimieren. Die Sprache der zitierten Zeitgenossen soll, wie Sie meinen, betroffen machen. Betroffen macht mich, was mich betrifft. Auf eine Sprache, die ich liebe, reagiere ich mit Nachdenklichkeit, auf die Sprache der ungehemmten Mitteilungslust reagiere ich mit Wut. Das aufregende Versprechen des Themas »Komm mit ins weißt du noch« wird durch den ungebrochenen Behauptungswillen der Sprache und die Standardisierung der Orte gebrochen. Ich gehe in einen Text und finde: Wir kommen alle von rechts unten, das heißt global: kalter Krieg, national: Rrrrestaurration, kulturell: grün ist die Heide, familial: große Mutter, kleiner Vater, schulisch: unterm Rad, Teil zwei, Sexualklima (weiblich): an den bewußten Tagen und darüber hinaus durchweg cameliatrocken, Sexualklima (männlich): mit tauber Birne und blanken Nüssen eingesperrt im Kohlenkeller. Ich krieche aus dem tiefen Keller und den geschwätzigen Geschichten genauso heraus, wie ich hineingegangen bin, ich finde bestätigt, was ich schon immer wußte: daß es genauso war, wie ich es mir vorgestellt habe. Ich will nach draußen gehen, weg von der matten Frühkindlichkeit, den Unpäßlichkeiten, den Ehezerwürfnissen, den Fehlgeburten, Dammrissen und Hausfrauenpsychosen, hinein in den medialen Wahnsinn, und der spielt sich hier ab, in der Talk-Show: wo der Politikwissenschaftler, die Gattenmörderin, die Skandalnudel und der APO-Veteran vor aller Augen ein bißchen was unter sich lassen und der Auschwitzüberlebende am Ende in den Zoom gerät. Der Zoom garantiert die Betroffenheit und die Betroffenheit die Einschaltquote und die Einschaltquote einen bunten Abend für die ganze Familie. Stehe ich drüber? Gehe ich unter? Ich bin mittendrin. Meinem Kanzler ist wichtig, was hinten rauskommt, mein Walkman spielt einen Gottlieb-Fischer-Chor, mein Coiffeur heißt Jürgen Möllemann, meine Maniküre Gisela Schlüter, nebenan wird Herr Wendriner von Dieter-Thomas Heck rasiert, und mein Lieblingsautor heißt Walter Kempowski: Uns geht's ja noch Gold, und Reden ist die halbe Miete. Die Geschichte ist vorbei. Es gibt ein Bäng und ein Crash und dazwischen ein Gewimmel, von dem ich nicht lassen kann. Dort gibt es ein DA DA DA, einen Otto Graf Schenk, einen Blauen Bock, ein Porzellanschweinderl, einen Gottlieb Wendehals, eine Madonna Summer, und ein Rambo Schwarzenegger ist auch vorrätig sowie ein tiefer Klagenfurter Kopfschnitt, ein toter Rolf-Dieter Brinkmann und eine wirklich schöne Literatur, aber die heißt Robert Walser, und die ist sanft und weich und behutsam und absichtslos und tut niemandem weh außer sich selbst. So eine Literatur darf ich nicht denken und schon gar nicht schreiben, weil ich dann zum Tütenkleben nach Herisau muß und noch nicht einmal einen Carl Seelig kenne, der sonntags mit mir spazierengeht. Vor die Wahl zwischen Homme de lettre und Duisburg-Ruhrort gestellt, entscheide ich mich glatt für Schimanski. Mit dem treibe ich mich dann nachts auf den Straßen herum und schaue meinen Mitmenschen aufs Maul. Da gibt es Landsleute, bei denen ist alles in Butter, solange der Schornstein raucht. Da gibt es Menschen, die wieder loben, was hart macht, die sich am Riemen reißen oder davon berichten, wie sie ihren inneren Schweinehund überwanden. Und dann setzen wir uns in eine Kneipe, und neben uns sitzen zwei Gäste wie du und ich, und der eine fragt den anderen, ob er über genügend Standvermögen für einen zweiten Zug durch die Gemeinde habe, und der Befragte gibt lachend zur Antwort: »Bis zur Vergasung.« Da gehe ich auf ihn zu und frage: »Was haben Sie da gesagt?« Warte aber keine Antwort ab, sondern schlage ihm die geballte Faust ins Gesicht. Das Zitat hat eine Absicht und am Ende ein Merke. Hier liegt es auf der Hand, ist es die Hand selbst, die sich zur Faust ballt und zwanglos die Distanzen und Differenzen überbrückt, die in der Literatur vorgeschrieben sind. Das Distanzhalten und Differenzierenlernen hat in der Kindererziehung, in der Schule und in der Universität seinen Sinn. Aber in der Literatur sind die Gebote keinen Pfifferling wert, weil sich die Dummheit zunächst gegen keinen Menschen richtet, sondern gegen die Sprache selbst. Wenn es ernst wird, muß die Sprache sich wehren und darf nicht schöngeistig herumgründeln, bis der Henker kommt. Wer auf einer hohen Schule das Differenzieren gelernt hat, wird den Passanten verstehen wollen und fragen, ob es sich bei dem Zusatz »bis zur Vergasung« wirklich um eine heute in Deutschland immer noch gebräuchliche Redensart oder um einen alkoholbedingten Ausrutscher handelt. Der eine wird letzteres bestätigen, der andere wird bemerken, daß die hiesigen Gaststättenbesucher kein politisches Bewußtsein haben, ein dritter wird entgegnen, daß man kein politisches, sondern ein einfaches moralisches Bewußtsein brauche, um bestimmte Wörter zu vermeiden. All diese differenzierungsgesättigten Formen der Konversation werden immer noch gern von feinsinnigen Reisenden gepflegt, die immer noch nicht glauben wollen, wo sie sich befinden und was ihnen geschieht, während sie unter ihrer fragilen Rede bereits hastig ihr Bündel schnüren, die Bücher vergraben und die Fahrkarten lösen, um sich vor den harmlosen Stammtischlern in die Fremde zu retten. An dieser Stelle danke ich ganz herzlich Herrn Götz George und meiner humanistischen Halbbildung und meinen antiautoritären Restinstinkten für die Aufforderung, keine Tiefschläge, Kalauer, Geschmacklosigkeiten, Formverstöße und Plagiate zu fürchten und im Fall des Falles zuzuschlagen ohne Wenn und Aber, Sowohl-Als-auch, Einerseits und Andrerseits, weil der präzise geführte Schlag eine Menge Ärger, Exil und Depression erspart.

Das war's, liebe Frau Pratsch-Umber, und nun darf ich Sie bitten, mir das Honorar für meinen Redebeitrag auszuhändigen und dann ganz schnell nach Hambach umzuschalten, weil wir doch alle noch die Übertragung des Deutschlandlieds erleben wollen.

Schauinsland

Der Zusammenstoß mit dem Medium ist nicht spurlos an mir vorbeigegangen. Chaos und Lärm hinter meinen Augen, die linke Gesichtshälfte ist taub, und ich brauche eine Ewigkeit, bis ich nach Verlassen des Taxis den Hausschlüssel aus der Tasche gefischt und das Schloß getroffen habe. In der dunklen Küche flackert das rote Auge des Kaffeeautomaten. Einen Moment lang schaut es warm und mitfühlend, dann erlischt es. Was hat das zu bedeuten? Ich knipse die Deckenbeleuchtung an und sehe eine verhärmte Gestalt auf der Eckbank hocken. Stumpfes, schütteres Haar, matte Augen und das müde Gesicht ein einziger Vorwurf. Es ist die Pädagogik. Das hat mir gerade noch gefehlt. Wer hat dich hier reingelassen, frage ich.

Red dich ja nicht raus, sagt sie. Und ihre abgearbeiteten Hände umklammern die Tischkante, seit fünfzehn Jahren hängen wir zusammen wie Pech und Schwefel. Alles, was du bist, bist du durch mich, und überall habe ich dich hingeschleppt: in die Randgruppen, in die Familienfürsorge, in den Bildungsurlaub, in den Kinderladen, in die Alternativschule, in die Universität. Seit fünfzehn Jahren liegen wir zusammen in den Sielen einer dem Menschen zugewandten Erziehung – und nun dieser Fernsehauftritt. Von Summerhill zum Tatort, vom exemplarischen Lernen zur Prügelstrafe – eine feine Karriere, das muß ich schon sagen! Ich weiche ihrem Blick aus und sage: Bitte geh jetzt. Das hat mit meinem Brotberuf nichts zu tun, das fällt überhaupt nicht in dein Fach.

Schwätz nicht einen solchen Unsinn, sagt sie, du weißt ganz genau, daß die Pädagogik keine Wissenschaftsdisziplin ist, sondern ein Zustand, entweder verschreibt man sich diesem Zustand mit Haut und Haar, oder man läßt es bleiben.

Das ist eine gute Idee, sage ich und dränge sie zur Tür hinaus, eine Trennung auf Zeit wird uns beiden guttun und gibt uns Gelegenheit, unsere Beziehung in aller Ruhe zu überdenken.

Das könnte dir so passen, ruft sie mit überkippender Stimme, so einfach kannst du es dir nicht machen, mit mir nicht, wir hören noch voneinander, und sei es über den Anwalt.

Szenen einer Ehe. Ich schlage die Tür zu, damit Ruhe ist. Die wiedergewonnene Eindeutigkeit ist verflogen. Das Medium ist die Botschaft, das Medium ist die Massage. Atomisierte Wörter, Buchstabenkonfetti ohne Zusammenhang und Sinn. Natürlich habe ich eine Geschichte. Aber welche? Die Jahre in den Büchern kann ich zählen und die Jahre in der allgemeinen Fürsorge auch. Ein Menschenfischer wollte ich sein. Die Zahl der Schoppen an einem Abend im Weinkontor kann ich zählen, die Zahl der Menschen, denen ich auf die Beine geholfen habe, die Zahl der Menschen, die mich von den Beinen gerissen haben, ließe sich ermitteln. Ich sammle Zeugnisse, Zitate, Gasrechnungen, Schnappschüsse, ich sammle die Milchzähne meiner Tochter, und in einem winzig kleinen Pappkarton bewahre ich ihre ersten Laufschuhe auf. Ein Graffito blitzt durch den Raum: Schon gelebt heute? Logo, Mann. Ich müßte es nur aufschreiben: Soll und Haben, Outfit und Input, Grundumsatz und Kalorienverbrauch. Wenn nur der Kopf mitspielen würde. Er wird immer schwerer und dumpfer.

Gut, daß ich meinen Freund Eddie habe. Eddie kenne ich seit der Währungsreform, das will etwas heißen. Eddie hat breite Schultern, er ist voll geerdet, und zudem ist er ein ordentlicher Medizinmann. Die Axt im Haus ersetzt den Krankenschein, und ich wähle den Notruf siebenzweifünfneunachtacht: Hallo, lieber Eddie, hier spricht Jakob. Ich habe einen maladen Kopf. Könntest du mir eine kalte Kompresse anlegen und mir mit ein bißchen Speed aushelfen? Aha, dröhnt es aus der Leitung, unser Fernsehgewaltiger wendet sich an den gewöhnlichen Gebührenzahler. Du arroganter, rachsüchtiger, sentimentaler Hirnwichser, du! Was willst du eigentlich noch hier, wenn dir alles auf den

Keks geht? Mach's dir doch selber, hau doch endlich ab, geh hin, wo der Pfeffer wächst, und laß mich in Ruhe. Ende der Durchsage. Aufgelegt. Danke für die Empfehlung. Im Pfeffer kenne ich mich aus. Ich war mehrmals weit weg. Die Luftveränderung hat nicht geschadet. Aber ich muß immer wieder zurückkehren, weil ich unter einem Mangel leide in den Fremdsprachen. Afrikaans scheuert meinen Rachen. Englisch kommt mir nur dickflüssig über die Lippen. Ich werde nicht warm mit dem Lateinamerikanischen, selbst im Französischen bin ich schlecht bewandert. In der meanwhile ik sprekke broken duits, aba lieba in stammel end mit blood in die goschen als ohn muttelsprak sein. Untergepflugt in mine brustkasten sind ak zwei seelen. Slagt in die ein kammer die left fellow traveller from heart, is in die anner äuschen die typical altdeutsch brainstorm an bohren end bellen untiring. Das right wing friedsiegt in show down, weil ik never ever will aus mine beloved stadele hinaus end du mine schatz bleibst here under die red zipfelmutzendakker end by die swart-brown hazelnuß end die stille nakt holige nakt oh tannenbaum candlelight engelhair christkindle christmas end icebloomgebind in deep wehmutswinterschnee, when die alm-ohi zu mik stapft end sprekt das heidi kann ewig stehen auf die alm end in die backwoods end muß nikt zuruck nak bloody frankfurt, wo es den hohen berg nikt showen kann und die moonshinesonate nikt horen mit mine cher maman am brunnlein vor die ture, da ein lindenwurm steht end ik das balmung zucke end den bosen drakken in ein furktbar bloodbad tot makke end den kopp von den ollen beast mine cuddlesome mutterlein vor die zierlikken fuße schmeiße. Im ersten spring, when die bodensee lugt nok ganz still end starr, brekke ik ihr mit frozene fingers ein fruhes himmelschlusselken aus den ubersternten wiesengrund und erlaube mik, all die gelben bluten in ihr gulden hair zu flekten wie ein riktiger minnesanger. Aba annken von tharau kriegt eine verknotigung im gesikt end will von himmel kein schlussel end aus die hide kein erika but ein blaues blumken wundersam soll ik ihr suken in finsterwalde. From nowon ik darf kein hansken klein mehr sein end fall in ein nervous break down, while ik die gemutlickkeit lassen must end auk den international kindergarden mit sein childish gebabbel, von dem der Kopf platzt, aus dem endlich ein Mann hervorbricht, der seiner Zunge mächtig ist und seine Heimat liebt aus der Ferne mit der großen Zärtlichkeit des Giordano Bruno: So lebt wohl, ihr Wälder. Wie manche Stunde habe ich unter eurem Laubgewölbe verträumt! Euch, ihr Faune, Satyrn und Göttern des Waldes, euch allen rufe ich zu: Behütet diese Äcker, segnet diese Felder, bewacht diese Herden, damit der an gottbegnadeten Geistern so fruchtbare deutsche Boden das glückliche Campanien nicht ferner zu beneiden brauche. Und du, geliebte deutsche Erde, du Auge der Welt, du Fackel des Universums: Sooft du auch im Umschwunge des Planeten dich noch der Nacht zuwenden magst, kehre immer wieder zum Licht zurück, und bring diesem Vaterland so vieler Heroen immer glücklichere Tage, Monate, Jahre, Jahrhunderte.

In den höchsten Tönen besingt der Wanderer zwischen den Welten die schwere Scholle immer dann, wenn er im Ausland etwas sucht, und der Auslandsdeutsche sucht immer etwas: im Exil das Dach über dem Kopf, im Schützengraben den Landgewinn, in Arkadien die Griechenseele, in Bologna ein rotes Rathaus und in Arecife eine Lücke auf dem Teutonengrill. Ob Thomas Mann oder Winckelmann oder Neckermann: Das Heimweh tritt immer im Süden auf. Der Süden ist warm. Sein Blau ist wolkenlos. Sein Sand ist weiß. Der Süden ist: der Kälte entronnen auf dem Wasser liegen und friedlich in den Himmel schauen. Der Süden ist: nacktes Dasein, sonst nichts ohne alle weitere Bestimmung und Erfüllung. Der Süden ist: in einem Augenblick alles durchschauen und sehen, daß nichts dahinter ist. Der Süden ist: schattenlose Körper unter der Sonne im Zenit. Alles ruht, auch die Luft. Was soll ich mit diesem Überfluß beginnen. Schweißperlen sammeln sich auf der Oberlippe, im Mundwinkel nistet ein Sandkorn. Blau, leicht, lau: Homo faber verdunstet auf einer Ansichtspostkarte. Ewige Siesta, ozeanische Fremde, saugende Leere. Zur Abwendung einer Implosion sammeln wir Strandgut, bauen eine Sandburg oder besichtigen eine Trattoria. Das hilft nicht gegen den Strudel des Südens. Der Norden ist wie auch die Armut ein großer Glanz von innen her. Dort wird es des Nachts noch richtig dunkel, und wir preisen die Schönheit der gelben Hundeblume in der verlöschenden Dämmerung. Der Norden ist: Allerseelen und Kartoffelkuchen und Besenginster an Bahndämmen, goldene Flammen und Bündel im wilden ungezügelten Herbstlicht. Der Norden ist: Großer Gott, wir loben dich, und vor der Kirche sammeln sich weiße Atemfahnen zur Prozession durch das frostige Wintermoor, Eis auf den tiefen Treckerspuren im Weg. Und oben die irisierende Mondhelle. Prima eingemummelt durch ein Brandenburgisches Konzert. Frau Holle steht im Stall. Der Hund verbellt den Fliegenden Holländer. Der gestiefelte Kater jagt nach Mäusen und schnurrt sich eins. Da sei einer, sagt der Kater, als junger Gesell in die Welt gezogen, um sein Glück zu machen, sei auch mit vielen Riesen fertig geworden, habe aber doch in Port Bou ein Gift schlucken müssen. Eine sei durch die Wildnis der Stadt gegangen wie Rotkäppchen und habe der Großmutter ein Stück Kuchen und eine Flasche Klosterfrau Melissengeist gebracht. Wieder eine andere habe sich bei der Liebe so dämlich angestellt wie die Verlobte des Königs Drosselbart.

Der kluge Köter erinnert sich seiner Zähne, mag mit seinen Freunden nicht zugrunde gehen, führt die Bremer Stadtmusikanten in die Räuberhöhle, überlistet die Mörder, will aber trotzdem wieder nach Haus. So spricht der Kater in mir. Die Königin blickt durchs Fenster in den Schnee und wünscht sich ihre Tochter nach der leblos-lebendigen Schönheit der Flocken, der schwarzen Trauer des Fensterrahmens, dem Stich des Verblutens. Ich geleite Schneewittchen nach drinnen. An preußischen Kaminen flüstern wir uns ein erdabgewandtes Glück. Dafür kann mir der ganze Süden gestohlen bleiben. Gerdauen ist schöner. Und Vechta auch. Die Mördergrube ist vergessen. Die Kälte hält uns zusammen im Norden. Nie wieder Süden. Mit der nächsten Post werde ich in die Heimat reiten, und wenn die

Pferde zusammenbrechen im rasenden Galopp, werde ich barfüßig den Weg fortsetzen durch das Elend und demütig am Schlagbaum um Einlaß bitten mit der Bescheidenheit des verlorenen Sohnes. Hier bin ich, du vielgeschmähtes teures Vaterland, reden will ich, was klar, und trinken, was wahr ist, dem geisttötenden Fernsehkonsum und der welschen Tändelei will ich fürderhin entsagen und ganz und gar der bescheidenen Chronistenpflicht mich ergeben in deinen Diensten. Statt haltlos herumzuschreien, den Passanten Prügel anzubieten und jeden öffentlichen Sprachschnitzer mit einem ellenlangen Lamento zu überziehen, werde ich in asketischer Stille Zeitkerne, Schauplätze und Charaktere anlegen, die des Abdrucks in einem Lesebuch würdig sind. Was werde ich dem grünberockten Grenzschutzbeamten sagen, der mit freundlichem Nachdruck und modischem Stewardessenlächeln die Heimkehr des Dissidenten zu ergründen sucht? Ich will einfach dorthin zurück, wo ich meine Kindheit verbracht habe, wodurch mein Eigenes bis ins Innerste vermittelt ist, Herr Hauptkommissar. Spüren will ich, daß, was man im Leben realisiert, wenig anders ist als der Versuch, die Kindheit einzuholen, Euer Ehren. Darum fühle ich mich berechtigt, von der Stärke der Motive zu sprechen, die mich heimziehen: Ohne in den Verdacht von Schwäche oder Sentimentalität zu geraten oder gar dem Mißverständnis mich auszusetzen, ich unterschriebe den fatalen Gegensatz von Beethoven und Heino, von Alexander Kluge und Beate Uhse, von Kultur und Kappes. Nein, alle sind unser, die Großen und die Kleinen, die Schwierigen und die Schmierigen, das Hohe und das Gemeine, und wenn ich für mein Rückkehrbegehren die deutschen Markenartikel reklamiere, dann nenne ich nicht nur Kant, Goethe und Hölderlin, sondern auch Audi und Adidas, Grundig und Grönemeyer. Hier bedarf es der nötigen Souveränität und Freiheit, um den wahren Gestaltenreichtum, die Mannigfaltigkeit, die Umschlaggeschwindigkeit und das spielerische Vermögen der stromlinienförmigen Gegenwart zu erkennen. Westlich von Palermo rührte ich gestern noch lustlos in meinem Cappucino, als mich über die Klänge eines von Landsleuten mitgeführten Kassettenrecorders der Einberufungsbefehl der Heimat traf. Der bereits erwähnte Herbert versuchte sich an einem Abgesang auf die schlichte deutsche Currywurst, und als er zur Hymne auf den Bundesligisten VfL Bochum anhob – mit deinem Doppelpaß machst du alle Gegner naß –, war es um mich geschehen. Plötzlich kam Netzer aus der Tiefe des Raumes über das Mittelfeld in den Strafraum der Azzurris, und flach und bitter schmeckte der mediterrane Kaffee. Herr Zollnehmer, werde ich sagen, wie alle Angehörigen der schreibenden Zunft hat auch dieser geläuterte Heimkehrer keinen Pfennig auf der Naht, aber was er hat, ist die Fülle des Wissens und Empfindens, der Begegnungen und Lebensformen, wie er sie in einem politisch freien Gemeinwesen, in einer letztlich doch glücklichen Periode deutscher Geschichte vorfindet und mitzuerleben hofft. Wo mancher cholerischen Natur, ich will keine Namen nennen, das tiefe Gefühl von Genugtuung und Zugehörigkeit völlig abgeht, weil sie immer nur den beschleunigten Zerfall im Auge hat, sehe ich viele Übergänge und Verwandlungen, einen verschwenderischen Markt der Möglichkeiten, der aus der Unsicherheit und Offenheit dieser Gesellschaft hervorgeht. Vielfalt und Differenz aber gewähren allem Seienden den besten Schutz vor Tod und Verwüstung. Nachdem ich diese Confessio sehr schön aufgesagt habe, ist der Beamte ganz weich geworden im Gesicht, hat gerührt seinen Schnauzer gezwirbelt und wollte mich gar nicht mehr gehen lassen. Etwas derart Erhabenes, Gediegenes und Erbauliches habe er seit dem Grenzübertritt von Botho Strauß nicht mehr gehört. Freies Geleit hat er mir angeboten und mich im Dienstwagen bis zum Münchner Hauptbahnhof chauffiert. Die dreitausend Mark für die Netzkarte müssen Sie in zwölf Monatsraten an den Repatriierungsfonds des Bundesministeriums für Auswärtige Angelegenheiten überweisen, hat er mir zum Abschied zugerufen, und ich bin auf den fahrenden Zug gesprungen.

Er heißt ›Germanicus‹ und verbindet den Süden und den

Norden des Landes im Stundentakt. Das Bespringen in Bewegung befindlicher Gegenstände ist untersagt. Ich rechne mit einer Haftstrafe wegen groben Unfugs und schwerer Transportgefährdung. Atemlos stehe ich im Gang und erwarte den Schuldspruch des uniformierten Zugführers. Statt dessen eilt mir eine junge Dame in blaurotem Chanelkostüm entgegen und gibt sich durch ein weißes Namensschildchen auf dem Revers als Zivilistin zu erkennen: Renate Göltenpott, IC-Hostess. »Das dürfen Sie nie wieder tun«, sagt Frau Göltenpott, »Sie hätten sich sehr, sehr weh tun können bei diesem halsbrecherischen Unternehmen!« Sie entnimmt ihrer ledernen Schultertasche eine Kleiderbürste und tilgt mit sicheren Bewegungen die Staubpartikel der Fremde von meinen Beinkleidern. Ich bin ein bißchen verlegen, trete einen Schritt zurück und sage: »Sie sind sehr freundlich zu mir, Frau Göltenpott.« Und sie antwortet: »Ein Herz für Kinder.« Während ich noch den Service genieße und mein Blick auf dem blonden Nacken der Zugbegleiterin verweilt, denke ich im stillen, daß die grün- und blauberockten Bundesbediensteten während meines Auslandsaufenthalts an Schärfe verloren und an Manieren gewonnen haben. »So«, lacht Frau Göltenpott, »jetzt sehen Sie ja wieder ganz proper aus, und wir können Sie in die erste Klasse entlassen.« Ich folge der Naht ihrer schwarzen Nylonstrümpfe und gehe wie auf Watte. Es handelt sich jedoch um einen Hochflorteppich. Auf dem Gang leuchten linker Hand im Abstand von fünf Metern weiße Pfeile auf. Unter dem Pfeil kreuzen sich Messer und Gabel. Ich frage Frau Göltenpott nach der Bedeutung des Zeichens. »Dies ist ein neuer Zug der Bahn«, gibt sie bereitwillig Auskunft. »Alle Wege führen zum Speisewagen.«

»Muß man diesen Weg beschreiten?« erkundige ich mich behutsam.

»Nein, aber man sollte doch, weil wir uns ohnehin in dieser Richtung bewegen.«

Sie bedauert meinen Verzicht und bietet mir ein leeres Abteil an, das ich freudig betrete. Nach allerlei Danksagungen und

Komplimenten lasse ich mich in den weichen Fauteuil fallen und entzünde eine Zigarette. Zufrieden mit mir und der lieben Heimat, lehne ich mich zurück, blicke den aufsteigenden Rauchkringeln nach und denke nichts Böses. Über dem Platz Nummer 64 lädt der familienfreundliche Pfaffenwinkel zum Wassertreten ein, über dem Platz Nummer 65 entdecke ich mein friedvolles Spiegelbild, über dem Platz Nummer 66 streckt mir ein gewisser Ed von Schleck seine weit aus dem Mund herausragende Zunge entgegen, die sich um einen zylindrischen Fruchteisbehälter der Firma Langnese windet. Ich soll mir einen noggern, aber ich weiß nicht, was das ist. War ich vielleicht doch zu lange abwesend? Habe ich mich dem deutschen Wortschatz entfremdet, einen Duden übersprungen, im Süden einen Sonnenstich erlitten? Unter meine bangen Fragen mischt sich das fröhliche Geläut eines herannahenden gummibereiften Wägelchens, ein dunkelhäutiger junger Mensch in orangefarbenem Kittel reißt die Abteiltür auf und will mir eine Erfrischung verkaufen. Unter Hinweis auf meine derzeit ausgezeichnete Gemüts- und Körperverfassung lehne ich das Angebot dankend ab, kann mich jedoch dem Anbieter nicht verständlich machen. »Du kennst noch nicht unsere Schokomakrönchen oder unseren Pausensnäck, mußt versuchen«, setzt der Mann nach, der mich für einen Türken hält oder selbst ein Jugoslawe ist. »Nix Schappi«, sage ich, und der Mann zieht lächelnd und lärmend weiter den Gang hinunter. Erleichtert über den glücklichen Verlauf der Begebenheit, befreie ich meine Füße vom schweren Schuhwerk und lege sie auf die Polsterung. Draußen ist soeben die verhopfte Holledau vorübergeflogen, und ich bedaure, wieder keinen Blick auf diesen gesegneten Landstrich geworfen zu haben. Über den in der Deckenverschalung verborgenen Lautsprecher werde ich von einem Vertreter des DSG-Teams zum zweiten Male herzlich begrüßt und in ultimativem Tonfall ersucht, in den Speisewagen zu kommen und eine Mahlzeit einzunehmen. Ich erinnere mich der Mahnung von Frau Göltenpott und bin mir nicht mehr sicher: Kann, soll oder muß ich mich der allgemeinen

Nahrungsaufnahme anschließen? Meinem Gelübde folgend, will ich ja nicht länger auffallen, herummäkeln und in die Abseitsfalle tappen. Nach jedem Einsatzbefehl hat sich eine Schar offenbar hungriger Menschen in Pfeilrichtung zum Zentrum des Massentransportmittels hinbewegt. Nur ich bin ein unentschlossener Sitzenbleiber.

»Allerwerteste Deutsche Schlaf- und Speisewagen-Gesellschaft«, flehe ich die über mir schwebende Elektronik an und ziehe mich dabei mit einem anstrengenden Klimmzug bis zum Rand der Gepäckablage, »bitte habe ein Nachsehen mit mir, und laß mich bis zum nächsten Aufruf hierbleiben in der kargen Abgeschiedenheit meines Kopfes, bis endlich der Magen sein Recht verlangt.« Aber bis auf ein winziges atmosphärisches Knacken bleibt die Leitung tot, und keine Stimme gewährt mir die erbetene Stundung. Welcher Eigensinn fesselt mich an meinen Platz? Warum plagt mich nicht jene Bedürftigkeit, die die anderen Passagiere zwanglos befriedigen in dieser rollenden Volksküche? Warum kann ich mich dem geselligen Treiben nicht hingeben und einfach mittrinken und mitessen, mich einreihen, in der Hoffnung, daß sich der Hunger bei Tisch von selbst einstellt?

Im Wendebahnhof von Stuttgart verliere ich den Gedankenfaden und meine bequeme Fußbank. Eine grämlich dreinblickende, androgyn wirkende Hosenträgerin, die einen prall gefüllten Hundertliterrucksack sowie zwei kleine verrotzte Menschen hinter sich herzieht, bemächtigt sich des Abteils, und gleich darauf verwandelt sich mein Refugium in ein Legoland. »Das ist ja wohl das Mutter-Kind-Abteil«, wird mir mit beleidigter Stimme bedeutet, und bereits halb auf dem Rückzug erwidere ich trotzig: »Sehe ich so aus?« Während ich mich noch unter dem haßsprühenden Blick der Bezugsperson drehe und wende, stürmt ein rüstiger Greis in Lodenanzug und Haferlschuhen herein. In der drangvollen Enge reißen die hervorragenden Hirschhornknöpfe Löcher in mein mürbes T-Shirt. Ohne eine Entschuldigung abzuwarten, murmele ich: »Keine Ursache.« Eine schwarzledrige Schöne folgt dem rabiaten Jägermeister, und ich bin sehr galant: »Das Boot ist voll, gnädige Frau, aber Sie sind ein Lichtblick. Es entzückt mich, wie sich die moosgrünen Stiefel Ihren zierlichen Füßen und die schwarze Lederhaut Ihren Beinen anschmiegen. Wie gern wäre ich in diesem Augenblick Ihr linkes oder auch rechtes Bein, nur um zu fühlen, wie es ist, von einer solch weichen Kostbarkeit umschlossen zu sein. Man mag zu Hosen stehen, wie man will, aber das Hosentragen hat zweifellos das Gute, daß die Frauen Geist und Sprache in ihren Gang legen, der, unter dem Rock verborgen, sich weniger beachtet und beurteilt fühlt. Fühlen Sie es auch so?« Die Schöne verweigert die Antwort und unterbricht den plätschernden Fluß der Komplimente mit einem gepreßten: »Blush!« Gleichzeitig führt sie die Handkante über den Kehlkopf. Noch ein Wort, drohen ihre gleichfalls moosgrünen Augen, und ich durchtrenne deine Stimmbänder. Ich verstehe. Nimmer will ich konversieren, nur noch schauen und staunen, liebe Frau.

Bis Heilbronn hat sich die Ellenbogengesellschaft durchgesetzt. Der Kampf um die Armlehnen ist entschieden. Für mich ist keine abgefallen. Ich halte an mich. Stopp auf freier Strecke. Am Fuße des Bahndamms lockt die Dorfschenke: »Futtern wie bei Muttern«, fordert die Leuchtschrift auf. Alle Parkplätze sind besetzt. Die Schöne nestelt an den Reißverschlüssen. Die Jacke ist übersät mit Reißverschlüssen. Nach und nach fördert sie fünf längliche, metallisch glänzende Päckchen zutage und legt sie in ihren Nappaschoß. Sie führt eines der Päckchen zum Mund und reißt mit den Eckzähnen die Aluminiumfolie auf. Unter der Folie wird ein feuchtbeschichteter Kondom sichtbar. Einen Lidschlag lang senke ich meinen Blick. Mit spitzen Fingern rollt sie die zweite Schicht der Verpackung auf. Zart schließen sich ihre vollen Lippen um ein fettglänzendes Würstchen. Ich erröte. Sie beißt zu und ab. Mal um mal. Die Kinder hören auf die Vornamen Mike und Clarissa, die Bezugsperson heißt abwechselnd Mama und Christel. Ich wage kaum, über den Familiennamen nachzudenken. Womöglich Hinzpeter oder Brettschneider? Mike knibbelt mit kleinen Fingern an Christels Ohrläppchen.

Die andere Hand wandert über den mütterlichen Oberkörper, entblößt eine Brust und saugt. Clarissa spult Lakritzschnecken auf und zieht einen kilometerlangen schwarzen Faden durch den zum Knöpfchen geformten Mund ins Leibesinnere. Der Mund der Mutter ist trocken. Die Lippenpomade verleiht ihm einen feuchten Glanz. Mike ist voll und läßt die Brust fallen wie einen leeren Plastikbecher. Christel ist mißbraucht. Ihre Bluse ist überzogen von Speichelflecken. Die Lakritze ist alle. Auf dem Grund der Tüte befinden sich Geleebananen. Mike nimmt den Daumen. Unter halbgeschlossenen Lidern döst das Trio seinem Ziel entgegen. Wer mag sich das dazugehörige Familienoberhaupt vorstellen? Der Trachtler schätzt Soleier und spült mit Flaschenbier. Die mürbe Schale zerplatzt auf der Resopalablage. Graugrüne Dotter passieren die Drittzähne. Hinter den dickwandigen Brillengläsern schwimmen rote Kaulquappen. Schwaden von siebenjähriger Salzlake und hochfliegende Deotücher mit Zitrusgeruch verstopfen die Klimaanlage. Atemnot. Die Heimat hat mich wieder.

Ich liebe dieses Land mit seinen blassen Farben und Flächen. Ich fürchte die Einwohner. Ich bin kein Tourist. Ich bin ein Einwohner und habe ein Loch im Kopf. Ich habe Angst, daß mein Kopf ausläuft. Ich stopfe das Loch mit Regeln, befolge die Regeln, unterwerfe mich den Regeln. Ich lerne die Namen von Pflanzen und Stämmen auswendig, die Geschichte, das Kursbuch, den Fahrplan, um endlich die Liebe der Einwohner zu erringen. Ich trage die Angst ab durch das Zählen von Fußbodenplatten, Stockwerken, Tapetenblumen, Erbsen und Hautporen. Wenn ich tausendmal das Wort Cetylpyridiniumchlorid fehlerfrei hergesagt habe, ohne zu stocken, bin ich erlöst und einer von euch. Es hilft aber nichts. Nach wie vor tropft die Salzsäure aus dem Schädel und sammelt sich in den Augenwinkeln. Die Anerkennung der Regeln schließt die Lücke nicht. Dann lasse ich einfach alles laufen, lasse einfach fünf gerade sein, gehe meinen eigenen Weg und führe Selbstgespräche, in denen ich die Umstände der Entstehung des Kopflochs beschreibe.

Aber die Beschreibung läßt den klaffenden Riß nur tiefer werden. Annäherung an die Bewohner des Landes. Über mir lacht ein rotlackierter Handgriff. Ich spiele in Gedanken eine Notbremsung durch. Von hundertachtzig auf Null in fünf Sekunden. Das abrupte Verharren des Exterieurs bringt Bewegung in die stehenden Wasser. Die trägen Reiseleiber werden aus den Sitzen gerissen, fliegen im hohen Bogen durch das Abteil und kollidieren mit den bunten Werbeflächen. Es regnet Kinder, Jäger und Damen. Den Schrei und das Blut nähme ich als Beweis ihrer Lebendigkeit. Liebevoll wollte ich ihre Wunden lecken und verbinden, und wie ich über den verletzten Menschen kauere, tritt ein Stück Darm aus mir aus, und ich bemerke, daß er nicht aufhört, aus mir auszutreten. Und während sich der Darm Windung um Windung zum Haufen schichtet, hebt er mich empor, und ich steige höher und höher auf meinem Gedärm, das eine geschlängelte Säule aus grauem Granit bildet, steige höher als die Trassen, die Zipfelmützendächer und die schrundigen Bergflanken, ohne mich je von meinem Darm zu trennen, der weiterhin aus mir austritt und über die Äcker streift wie ein Schleppseil. Endlich verwandle auch ich mich in Darm, und dieses Darm gewordene Ich auf der aus sich selbst gebildeten Säule wird von einer inneren Explosion zerrissen und stürzt in tausend Sternen herab wie die Funken einer Wunderkerze.

Unter dem leuchtenden Pfeil mit dem gekreuzten Besteck kratze ich meine Asche zusammen. Mein Rachen ist trocken wie Pergament, und der Kellner nennt mich Germanicus. In der Pufferzone, wo die Waggons durch einen Metallsteg mit Gummiwülsten zu beiden Seiten verbunden sind, kommt mir eine Blondine entgegen. Wir werden uns liebeseinig, aber sie hat Freikarten und will vorher in ein Museum. Sie nimmt mich bei der Hand und führt mich über das aus Sandsteinquadern gefügte Aquädukt. Als ich mich bücke, um Wasser zu schöpfen, sehe ich, daß es königsblaue Tinte ist, und verliere das Gleichgewicht. Unter meinen weißen Flügeln hängend, gleite ich hinab auf die Steinwelt zu. Die Blondine ist mein guter alter Schmuseteddybär und hält meine Brust umklammert. Der freie Flug durch den Raum des Vergessens wird begrenzt von einer zerrissenen Oberfläche, die mir entgegenstürzt, die sich mit schwindelerregender Schnelle unter mir erhebt, bis sie hart gegen meine sprungbereiten Füße schlägt. Ich wälze mich zwischen Stein und Stahl, erhebe mich, schnalle den Fallschirm ab, beruhige den Atem und mache mich vertraut mit der Umgebung. Ich bitte das Kuscheltier um Rückverwandlung und nenne meine wiedergewonnene Gefährtin Persephone. Hinter dem Regenvorhang erhebt sich die schwarze Masse des Berges. Am Eingang des unterirdischen Gewölbes steht der Sarotti-Mohr, der uns zu erwarten scheint. Ich lege einen Groschen auf seine lachsfarbene Zunge. Er wakkelt dankend mit dem Kopf, der über eine Spiralfeder mit dem Rumpf verbunden ist. Wir bilden eine Kette, und der Neger führt uns hinunter in eine monotone Folge von miteinander verbundenen Zimmern. Ich tappe hinter den beiden her mit wachsender Besorgnis über dieses verrückte Weitergehen. Sie machen in einem sehr niedrigen Raum mit gezackten Wänden und Decken aus Drachenfels halt, wo sich ein großes Bett befindet. Sie entkleiden und lieben sich. Ich komme aus dem Staunen nicht heraus und wundere mich trotzdem nicht. Danach ist er der schwarzheilige König aus dem Morgenland und fordert uns freundlich auf, in das chinesische Zimmer zu gehen. Weiteres, beunruhigendes Gehen durch die unterirdische Suite bis zum chinesischen Zimmer, einem dunkel verhangenen, bürgerlichen Wohnraum der Gründerzeit, angefüllt mit chinesischem Kitsch, mit Gegenständen aus Nippes und Jade in kleinen Lackregalen. Ich trete näher heran und entdecke den Bacchus des Pietro Barbino auf einer Schildkröte, er sieht aus wie mein Doktorvater. Mit der Handfläche streiche ich über den mächtigen, glänzenden Marmorbauch und spüre eine glückliche Geschichtsepoche auf den Fingerkuppen. Aber warum duften in einem chinesischen Zimmer indianische Jakarandablüten? Der Mohr aus dem Tintenfaß bleibt draußen, und ich befürchte, daß er uns einschließen wird. In diesem Augenblick höre ich, wie die

Tür zuschlägt und sich der Schlüssel im Schloß dreht. Ich laufe zur zweiten Tür, doch sie führt zu einer Wand aus gebrannten und lasierten Tontafeln: Das chinesische Zimmer ist das Ziel. Wir versuchen, unter einer ungeheuren geistigen Anstrengung dort wegzukommen, und kriechen als Maikäfer in den Boboli-Garten zurück. Auf der weißen Spargelspitze des Bacchus pumpen wir uns auf, und die Flucht gelingt. Persephone fliegt neben mir und ruft mir einen chinesischen Zweifel zu: Und wenn wir noch in dem chinesischen Zimmer eingeschlossen wären und träumten, herausgekommen zu sein? Ich zerstreue ihre Zweifel durch einen kräftigen Biß in ihren blonden Nacken und weise auf das Band der unter uns schimmernden Gleise. Häufig durchgehauen, aufgerichtet oder hineingebohrt in die Erde, führen sie zu dem großen dunklen Bahnhof. Ich trete in das Dornengewölbe der Halle, wo Glaszacken aus geborstenen Stahltrossen brechen. Hier ist kein Jakarandablühen, nur Naphthalin. Schwimmendes, milchiges Tageslicht wabert, durchzuckt von lautlosen Schatten. Im Hirnfluß treibe ich an gekippten, rohen T-Trägern entlang, die kein Dach mehr tragen müssen. Milane nisten am Rand des Bombentrichters, von dessen Grund Löschkalkwolken und stechender Uringeruch aufsteigen. Vor uns steht der Zug mit seinen vielen aufgerissenen Mäulern, durch die die Schatten sich nach innen ergießen. Das Heer der Verlierer drängt in die kahlen Wagen und nimmt Gestalt an in deren trübem Licht. Ich sehe die verblichene Farbe ihrer Kleidung, die Bündel mit den Habseligkeiten, die stumpfen Augen in hohlwangigen Gesichtern. Am Boden begleiten flüsternde Stimmen den Tausch: die Ehre gegen ein nasses Kommißbrot, die Unschuld gegen eine eiserne Ration, die Kinder zurückgelassen um einer dünnen Suppe willen. Der Zug fährt an, die Käfigtüren schlagen zu, und immer noch ziehen dünne Arme schmächtige Körper nach sich durch die Fensterhöhlen, Münder keuchen und stöhnen und bitten um Einlaß. Schwankende Gestalten auf den Trittbrettern, drinnen der Dunst von Schweiß und nassen Kleidern. Aus dem Gewirr von fremden Schultern, Beinen,

Köpfen setze ich mir einen Menschen zusammen, der meiner blonden Begleiterin sehr ähnlich sieht, und der Traum entgleitet mir. Zustimmend steckt sie ihre Nase in meine Nackenbeuge und bringt mich unwillkürlich zum Lachen: Vor vierzig Jahren bestiegen wir hochgemut den Trans-Europa-Expreß, und jetzt hocken wir unter den Verlierern im Hamsterzug. Flacher Atem. Einer rülpst, einer hustet. Der Geruch von Karbidfunzeln, Schimmel und kaltem Knaster der Marke Eigenbau breitet sich aus zwischen uns mit einem Stich ins Süßliche. Unter der hölzernen Sitzbank, umgeben von leeren Patronenhülsen, Uniformteilen und einem zerschossenen, rostzerfressenen Stahlhelm, verwest ein Toter. Eine Erkennungsmarke ragt aus den stockfleckigen Zahnreihen. Ich arbeite mich durch den schweißverklebten Haufen und entdecke ein in Lumpen gehülltes Paar in zärtlicher Umarmung. Ich stoße sie mit der Stiefelspitze an, und sie fallen auseinander wie Schaufensterpuppen. Es sind meine Eltern, die dieses Zusammentreffen nicht zu überraschen scheint. Ich entsetze mich. In diesem Leiberklumpen habt ihr euch kennengelernt? Seid ihr auf dieser Bank für einander entflammt? Ihr habt es gewagt, mich unter dieser Bank zu zeugen. Was habt ihr euch eigentlich dabei gedacht? War es die Brunst, die Liebe, die Leidenschaft oder die Gier nach Wärme ohne Ansehen des Gesichts? Nun bin ich ein Schnuddelbuddelsuddelbaby und starre empört durchs Schlüsselloch. Das ausgemergelte Paar schaut stumm zurück auf den Erstgeborenen wie auf den vermeintlichen Sieger. Was willst du eigentlich, sagt ihr Blick, hast doch alles, behüteten Kopf, gepflegte Haut, ausgeruhtes Gesicht, Insignien der entsorgten Gegenwart, Butterberge, Milchseen, Apfelhalden, und wir? So sagt der geduckte Blick, und der Blick ist der Hamsterblick im Hamsterzug: voller Mißtrauen, Kriechertum, Bettlerhochmut, kratzfüßiger Sühne, knopfäugiger Ergebenheit und domestizierten Hasses, und ganz unten, auf dem Grund der Augen, wo die Farben sich zu verlieren beginnen, steht der Futterneid. Mama und Papa laden mich zum Essen ein, um das Gegenteil zu beweisen. Weil ich nicht gefressen werden will, gebe ich ihnen den Laufpaß.

Ich schaue in den Spiegel und sehe einen Nager, der die Vorräte in den Backentaschen hortet. Derweil tummelt sich meine Gespielin unter den Krümeln, die aus dem CARE-Paket rieseln und zu Boden fallen. Sie sieht sehr possierlich aus, frißt aus der Hand und ist eine etruskische Zwergmaus. Von Kopf bis Fuß mißt sie einen Zentimeter. Seit ihrer Geburt muß sie fressen, um ihrem Körper die Temperatur von siebenunddreißig Grad zu erhalten. Bis an ihr Lebensende verdammt, zu fressen, kann sie nicht ein Stündchen innehalten, ohne zu erfrieren. So hat sie nicht einmal Gelegenheit, ein Haarkleid anzulegen. Weil sie mich dauert und ich sie liebe, lege ich ihr mein Hamsterjäckchen um. Wie wir so am Boden kriechen zwischen den olivgrünen Besatzerbeinen, erinnere ich aus dem Märchen, daß nur die hohe Frau den Alptraum des Mannes wenden kann, und ich sage ein bewährtes Zaubersprüchlein auf: Mein Nam ist Milchsack Nummer vier / Ich saufe Schmieröl, du saufst Bier / Ich fresse Kohlen, du frißt Brot / Du lebst noch nicht, ich bin noch tot / Ich mache täglich meine Tour / Ich war vor dir hier an der Ruhr / Bist du's nicht mehr, bin ich's noch lang / Ich kenne dich an deinem Gang. Nach der letzten Zeile werfe ich die Maus mit aller Kraft gegen die Wand des Zeittunnels, und es fällt eine blonde Prinzessin herab – dachte ich's mir doch. Ich verspreche ihr, fortan die Faxen zu unterlassen und kein Frosch zu sein. Sie hingegen will in Zukunft nie mehr mit morgenländischen Mohren verkehren. Wir bilden eine elegante Verbindung und sind froh, daß wir die Geschichte heil überstanden haben. Draußen fliegt Mannheim vorbei, drinnen sitzen wir beim Schein von Nachttischlampen und sind uns gut. Ihr Busen und die feinen Flimmerhärchen auf ihrer Oberlippe rufen meine Bewunderung und Anbetung hervor. Schmeichlerische Koseworte flüstere ich in ihr dünnwandiges, feinziseliertes Ohr, und sie nennt mich bereits »Liebster« und nimmt meine Hände in eine der schönen ihrigen.

Das filigrane Fingerspiel will gerade beginnen, ein wenig Freude in die bewegte Szene zu tragen, da gibt sie dem Gespräch mit der behutsam vorgetragenen Frage nach meinem Gesundheitszustand eine prosaische Wendung. Ob ich magenkrank sei, will sie wissen, oder ob eine frühkindliche Fleischvergiftung meine arme Seele plage. Seit Beginn unserer jäh keimenden Liebschaft habe sie feststellen müssen, daß ich mich unablässig auf der Flucht vor allen Lebensmitteln befände. Sie bange nicht nur um mich, sondern auch um die zukünftige Frucht ihres Leibes angesichts der wahnhaften Umtriebigkeit des Erzeugers. Du bist unmöglich, spricht die Geliebte zu mir, und was du willst, ist undenkbar. Alles, was du denkst, geht über die alltägliche Notdurft hinaus, und alles, was du sprichst, zerreißt das Erreichbare und zielt auf Mond und Manna. Du willst und kannst nicht wohl sein in der alltäglichen Brotzeit, die Leib und Magen zusammenhält. Warum hast du die Annahme der Makrone verweigert, das Solei des Rentners verhöhnt, den Kindern die Leckereien und die volle Brust der Mutter madig gemacht und deine lieben Eltern in gefügige Nachkriegstiere verwandelt? Damit nicht genug: Am Ende hättest du uns beide um ein Haar verhamstert, wenn uns nicht der Einsatz der Zeitmaschine gerettet hätte. Die Bockwurst in der Hand der Reisenden ist dir zu schmierig und das leibliche Bedürfnis der Menschen im Lande zu gemein. Alles ist und wird dir zum grenzenlosen Freßverdacht. Die Welt und dein Kopf sind ein Meer. Du weist alles Behagen als etwas Verachtenswertes von dir. Die Enge und Kleinheit des Reisezuges verwirrt dein Gemüt. Zwischen zwei Bahnhöfen tritt dir der Angstschweiß auf die Stirn, und du steigst um in ein zerbrechliches Fluggerät. Das Weite und Ungeschiedene reißt den Luftschiffer hinauf ins luzide Blau – aber in einer Höhe von zwanzigtausend Fuß ist kein Bleiben und kein Genuß. Die Geduld trittst du mit Füßen, und die Ungeduld zerreißt dich in Stücke. Du liebst mich? Sei so lieb und hör auf, es mich glauben zu machen. Du liebst den Zustand, den ich in dir hervorrufe, ein süßes, verzehrendes Ziehen, die autarke Verliebtheit, in der bekanntlich der Bedarf an Speise und Trank sich verflüchtigt. Du bist schlank, du wirst dünn, noch dünner, am dünnsten, kannst noch dünner werden, wirst noch weiter abnehmen in deiner Liebe, bis du auf leichten Schwingen aus dem Fenster davonfliegst. Der keusche Erotomane küßt den Mondentau und sucht dabei mit den Augen die Frau, die ihm aus der Ferne zulächelt. Ja, das würde dir gefallen, du ein teilnahmslos leuchtender Himmelskörper am Firmament und ich ein Appetitzügler auf zwei Beinen, der des Nachts vor die Kemenate tritt und jede Erdumkreisung mit einem großen Liebeslamento anfeuert. Ich möchte ein Gewicht auf der Erde haben, einen Mann mit breiter Schulter und meinetwegen Schuhgröße vierundvierzig. Er darf ruhig ein ordinärer Biertrinker und Fleischfresser sein, wenn er mir nur ein bißchen Bodenhaftung verspricht. Wie soll ich mit einem Überflieger, wie du einer bist, in die Familienplanung eintreten? Du brauchst keine Lebensgefährtin, sondern eine Diätassistentin. Schau mich gefälligst an, wenn ich mit dir rede!

Schau ja schon in die graugrüne Iris. So sprichst du zu mir! Alles ist schmerzlich. Luftikus, Wendelin oder Werwolf, das ist hier die Frage. Struppiges Fell, bleiches Gesicht, die Augen trocken und in den Kopf eingesunken, nachlassende Sehkraft, keine Tränen, die Zunge rauh, extremer Mangel an Speichel. Ich bitte den vorbeifliegenden Kellner um ein Glas Mineralwasser: Hallo, Herr Ober. Er bringt mir eine Flasche Escorial grün, ohne Glas. Auch recht. Aus deutschen Landen direkt in den Schlund. Achtundsechzig Volumenprozent schlagen im leeren Magen auf und bringen den Kreislauf zum Tanzen. In der Halsschlagader pulsieren fünfzehn handverlesene Naturkräuter. Im Almrausch ist alles klar, die Träume werden rabiater. Lieben und lieben lassen. Du kannst es dir überlegen. Frauen gibt's wie Sand am Meer. Mich übrigens auch. Ich bin kein Flieger, kein Wechselbalg. Ein Briefbeschwerer mag ich auch nicht sein, noch weniger ein Hausmann. Sagen wir, ein Landvermessungsgehilfe und freier Liebhaber. Ich liebe die Frauen, die Kinder, die alten und die jungen Leute, die Wege, die Häuser. Vor allem liebe ich das Schöne. Ich habe Heimweh nach dem Schönen. Es steht sogar in meinem Paß. Wie ich so vor dir sitze und glotze, mittelgroß und mittelblond, bringe ich zweiundsiebzig Komma fünf Kilo pures Heimweh auf die Waage. Ich bin von Kopf bis Fuß ein einziger Liebesüberschuß, das Schöne, das Schöne, das Schöne, schreit es aus mir heraus, aber niemand will es. Das Land ist anderweitig beschäftigt, das Volk lebt außerhalb der Schönheit, landauf, landab wird in drei Schichten gefressen, gestopft, geschlungen.

Ich, der Sorger, stolpere mit meinem Juniorpartner, dem kleinen Jakob, durch die Kapitel, und wir fragen uns in einem fort: Aus welchen Wunden bluten wir, was macht uns so gottserbärmlich traurig? Was reißt an der Haut, der Erinnerung, der Geschichte? Vom Endogenen ins Exogene sind wir getaumelt, beim übermächtigen Weiblichen haben wir angeklopft, beim abwesenden Männlichen vorgesprochen, auf den Koreakrieg habe ich getippt, die toten Kennedys, die rote Gefahr, den Putzfimmel, die Nibelungen, den Brudermord und das Alpenveilchen auf der Fensterbank. Alles daneben. Oder knapp vorbei. Oh, Persephone, meine Schwester, der Schattenwelt entronnen, dir sitze ich gegenüber, und meine Augen streicheln deinen zarten Mund. In deine Blöße will ich einkehren, schön, warm und gelassen neben dir liegen und glücklich treiben durch die lichtgeänderte Nacht. Wenn nur dieses häßliche Geräusch nicht wäre: dieses unverzüglich und unabwendbar einsetzende Schmatzen, dieses elefantenrüsselige, schweinschnäuzige Grunzen, Fressen, Stopfen, Schlingen, Saugen, dieses gnadenlos schwere, behäbige Ziehen, von dem ich nicht weiß, woher es kommt: aus der Nähe, aus der Ferne, aus dem Gestern, aus dem Heute, aus dem Gully, aus dem U-Bahn-Schacht, aus den Umwälzpumpen der Kläranlagen, aus den Wärmeschranken der Warenhäuser, aus den grinsenden Fensterhöhlen und Portalen der hundertfach durchgepausten Fachwerkbutzenscheibenkunstgewerbetiefe, aus den sperrangelweit geöffneten Passantenmäulern, die sich bewegen wie Fischkiemen auf dem Trockenen, die nach dem umherfliegenden Gesottenen und Gebratenen schnappen und besinnungslos durch einen vierzigjährigen Frieden taumeln, der kein Ende nehmen will.

Vor dem Frieden war ein Krieg. Im Krieg erzählte man sich Märchen. Eines der Märchen hieß: Adolf Hitler und die sieben Geislein oder: Wie konnte der Führer in die Küche gelangen? Er ist überaus galant. Er bedarf keiner Verstellung durch Kreidestimme oder Mehlpfote. Solange er am heimischen Herd steht, darf er Wolf genannt werden und begrüßt die anwesenden Damen mit Handkuß. Die formvollendete Vorführung des völkischen Eintopfs öffnet das verrammelte Gehäuse und führt zum Lebensborn. Der Beikoch sieht auch nicht aus wie der Feind und heißt Himmler. Laut Befehl vom 8. September 1943 fängt die Aufnordung des Blutes mit der Reformkost an: Verfüge die tägliche Ausgabe von Rohkost, zum Beispiel rohes Sauerkraut und rohe gelbe Rüben, an jedes Kind. Ich bitte darauf zu achten, daß der Haferbrei den Müttern wirklich in der genügend schmackhaften Form gegeben wird, also lediglich gekocht, und dann die Zusätze, also Zucker, Milch, Butter, roh geschabter Apfel, der besonders zu empfehlen ist. In einem kleinen Apfel, da sieht es lustig aus, und der kurz nach Ultimo zerbissene Kern schmeckt intensiv nach Bittermandel. Der heuchlerische Wolf verpufft in einer Benzinwolke. Teller und Suppenterrinen bleiben zurück. Das siebente Geislein springt aus dem Uhrenkasten und behauptet, es sei in der inneren Emigration gewesen: Der Wolf ist tot, der Wolf ist tot. Die Zicklein ziehen zur Kommandantur, waren schon immer Mitglieder der Bekennenden Kirche und werden als nicht belastet eingestuft. Der Bischof im Gemäuer speist Säulenungeheuer, das Kind spielt: Ich bin klein, und fällt in den Brunnen. Manchmal ist der Wolf eine alte Geiß, manchmal ist die Mutter ein Wolf, von Fall zu Fall hockt das Unglück am Herd oder kommt aus Österreich, und ob die Tür zum Hereinlassen oder zum Aussperren da ist, wird entschieden, wenn jemand an die Tür klopft. Die Biene ist keine Ziege und die Orchidee kein Schlachthaus. Die Orchidee blüht, und wenn das Kind die Orchidee berührt, wird es verschlungen. Ich will mit dem gehen, den ich liebe, jubeln die Ziegen, und will nicht fragen, wer die Zeche bezahlt. Sicher ist nur dies: Die Liebe geht durch den Magen, wes Brot ich ess', des Lied ich sing', böse Menschen haben kein Corned beef, und bei Licht besehen ist auch der Negerkuß genießbar. Die zentrale Gulaschkanone wird demontiert, die Esbezet schiebt Kohldampf, Olmützer Quargeln geraten unter polnische Verwaltung, der Kaiserschmarren verfällt dem Neutralitätsdiktat, im Rumpfreich gewinnen die Regionen die Küchenhoheit zurück: im Norden Pökel, Rogen, Matjes, Brägen, im Süden Haspel, Preßsack, Solber und Geselchtes. Die Weißwurstlinie lädt zur Überschreitung ein. Die Amerikaner sind schon da. Frankfurter, Nürnberger und Berliner folgen. Krakauer, Thüringer und Debrecziner sind auch nicht schlecht. In Kaldaunen könnte ich mich reinsetzen, sagt der Volksmund. Die Westöffnung findet vor dem Kölner Dom statt. Vive la France. Der Polizeioffizier meldet dem Präsidenten den Antritt der Schutzstaffel. Der unterwürfige Gruß endet in Bodennähe. Unter dem schwarzlackierten Rand des Tschakos glänzt das ausrasierte Nackenstück und bittet um einen kurzen Prozeß. Aber der Erbfeind ist kein Kannibale und überrascht die Pressefotografen mit einer Beißhemmung. Zum Dank wirft die deutsche Landwirtschaft das gestreckte Europaschwein auf den Markt. Es ist mastfreundlich, infarktgefährdet, hat kurze Beine und wirft mehr Rippchen ab. In dieser Verfassung finden wir zurück in die Gemeinschaft der zivilisierten Völker.

Wohin treibt die Bundesrepublik? fragen die Oberländer. Globke badet in Vichy-Wasser, Johannes Heesters hockt seit Ausbruch der Operette im Maxime, die junge Bundeswehr paradiert mit Stangenweißbrot, Alfred Grosser legt Wert auf die Betonung der zweiten Silbe seines Namens, sensible Naturen rauchen Gitane, Beaujolais heißt das dazugehörige Getränk, Chanel No. 5 ist das Nachthemd der leichten Mädchen, das Wort Chanson kann man mit Edith Piaf übersetzen, Béarnaise ist eine Soße, Béchamel auch, Roquefort gilt als Käse und Rochefoucauld als Dichter.

Der große Simmel tritt Dr. Oetkers Nachfolge an und schreibt ein Kochbuch: Es muß nicht immer Kaviar sein. Savoir-vivre pauschal. Das schmeckt nach mehr. Capri kann im Oktober noch sehr schön sein, man muß den Italienern nur auf die Finger sehen. Ohne Skorzeny säße der Duce noch heute im Gran Sasso. Sie sind unsichere Kantonisten, essen unsere Zugvögel, trinken Olivenöl und fischen mit Dynamit. Von Knoblauch wird man hundert Jahre alt, wenn nur der schlechte Atem nicht wäre. Der Papagallo ist ein Lackaffe, der auf erotische Abenteuer aus ist und sich dafür bezahlen läßt und zum Süden hin immer kleiner wird. Bei untergehender Sonne ist die Armut wie gemalt, fröhliche Menschen sitzen auf dem Marktplatz und lassen sich auf den Teller gucken. Die Frauen sind sehr laut und heißen Mama. Caldo bedeutet heiß, freddo kalt, al dente ist nicht ganz durch und macht stumpfe Zähne. Bei denen sind die ›Vier Jahreszeiten‹ kein Hotel, sondern ein Pizzabelag. Manchmal ist die Pizza so groß, daß man sie nicht aufkriegt. Lieber den Magen verrenken als dem Wirt was schenken.

Der Zug fliegt durch die Nacht. Germanicus im Kräuterrausch. Ein Mitreisender wünscht Platz zu nehmen. Ich bitte ihn, davon abzusehen. Im lichtzugewandten Auge meiner Nachtbegleitung funkelt ein goldenes Pünktchen. Ich beuge mich dem feinen Glimmer entgegen, das Beben wird intensiver. Sie blickt aufmerksam auf meinen Mund, der sich unter Wortzwang bewegt. Andere Männer legen Hand an die Geliebte, ich rede wie ein Buch. Die einen lieben, die anderen machen nur Geschichten. Selten genug wird daraus eine Liebesgeschichte. Da ihr Mund die Entfernung zu meinem überbrückt, bin ich glücklich. Sag mal, sagt ihr Mund, als sich die Wirtschaftswundertische bogen, hast du doch nicht nur von Luft und Liebe gelebt? Wer die gestrigen Speisekarten herunterbeten kann wie gläubige Menschen das Vaterunser, der muß doch ein besonders inniges Verhältnis zu ihrem Inhalt haben, oder?

Soll ich das bestreiten? Kann ich das in Abrede stellen? So ist es, liebste Freundin, ich kann es nicht, ich kann überhaupt niemandem etwas abschlagen. Von gedeckten Tischen erhebe ich mich erst, wenn sie leer sind. Nein, danke, murmelt der

Kostverächter in mir, ja, bitte, schallt es laut und höflich aus mir heraus und in die Wirtschaft hinein. Ehe ich mich mit der Gastgeberin auseinandersetze und sie durch mein Zaudern beleidige, esse ich sie lieber auf. Dann versinke ich im tiefsten Sonntagsfrieden und träume vom Geruch der Frühe, von der Süße der Heimat, von der Haut der Frauen, vom Nachgeschmack der verlorenen Dinge, nur so auf dem Rücken liegend, strampelnd und schnaddelnd. Ich hänge am Kreuz der Vergangenheit, eine Himmelsnacht hat mich an den Kühlschrank gekettet oder, weniger pathetisch: Ich kann den tieffliegenden Cremeschnitten meiner Kindheit nicht ausweichen, weil ich selbst ein Tortenheber bin, der unter dem Bann des Ungeschiedenen steht. Alles soll stillstehen und so werden, wie es nie gewesen ist. An diesem Wahn werde ich irgendwann zugrunde gehen, aber die intime Kenntnis meiner unheilbaren Liebe zum Uferlosen ist der Schlüssel zum Verständnis meiner mitessenden Umgebung. Weil ich kein Suppenkaspar bin, sondern ein Hinlanger, ein Reinbeißer, ein namenloser Mund unter Millionen Mündern, kann ich mich zu der Prognose versteigen: Auf dem goldgelben Butterkreuzer volle Fahrt vollfett voraus in den Untergang mit einem kleinen Blubber hinterher. Nichts Bombastisches, keine Götterdämmerung, kein Riß im Tempelvorhang, kein Sodom und keine Titanic. Ein simpler Herzstillstand in der Schwarzwaldklinik, Darmverschluß auf dem Traumschiff, letal.

Es ist 18 Uhr in den Kaufhäusern des Westens. Über die zentralen Berieselungsanlagen verkündet eine freundliche Stimme: Verehrte Kundschaft, es ist angerichtet. Wir möchten Sie darauf aufmerksam machen, daß wir heute um 18 Uhr 30 schließen und nie mehr aufmachen. Sie haben sich nicht verhört: Keine verkaufsoffenen Samstage mehr, keine blauen Montage mehr, keine rosaroten Kreditkarten. In einer halben Stunde machen wir den Laden dicht und ziehen uns aus Mitteleuropa zurück. Treffen Sie Ihre Wahl. Nutzen Sie Ihre Chance. Ende der Durchsage. Was geschieht in den letzten dreißig Minuten des unwiderruflich letzten Totalausverkaufs? Ungläubiges Staunen?

Lähmendes Entsetzen? Helle Empörung? Volkstribunen, Aufwiegler, gewisse Elemente ergreifen das Wort? Rigorose Jakobiner, begabte Demagogen, unruhige Traditionalisten betreten die Szene? Generalstreik, Besetzung der Rundfunkstationen, Sturm auf die Schaltstellen der Macht? Nicht doch. Wir befinden uns nicht in Watergate, sondern im KaDeWe, und hier herrscht neben Gewühl und Härte die generalamnestierte Selbstbedienung und sonst nichts. Hier wird jedermann tun, was angesagt ist, und zum finalen Raffen ausschwärmen. Noch einmal Molke, Vlieswindeln, Reizwäsche, Magerjoghurt, Doppelkorn, Hardcore, Parma, noch einmal Surfbretter, Landjäger, Flaschengärung, Müslimix, Eierlikör und Abführtee, noch einmal Funk und Junk bis an den Rand des Warenkorbs, und es wird sein wie immer, nur eben mehr, viel, viel mehr, weil: Haste was, dann biste was, und hinterher ist sowieso alles egal. Wer will noch mal, wer hat noch nicht: drängelnd, quengelnd, schnorrend, mäkelnd, maulend noch einmal beidhändig durch die Regale, die die Welt bedeuten. So isses, und hinterher tun wir uns noch ein paar Meter Farbe in den Kopf. Der Westen erlischt. Kannst du mich noch sehen, Geliebte? Nein. Kannst du mich noch fühlen? Ja. Das ist gut. Halt mich fest, und das andere darf nicht wahr werden. Greifen, griff, ergriffen. Ergriffen in die Menge getaucht.

Draußen geht leise John Lennon vorbei, und im Taxi sitzt Robert de Niro. Schwere Helden haben von Zeit zu Zeit Ausbrüche und flüchten das Regelsystem auf dem Wege der Explosion. Schenk mir ein Quentchen Gott, er hat uns immer geliebt, und in der Dämmerung springt der letzte Puritaner über den Isenheimer Altar in die Alster. Frag nicht nach dem Schicksal der dunkellila Aster, die ich zwischen den verbissenen Zähnen trug, es reimt sich eh nicht. Such lieber die Frau! Über den Klosterstern weht Sommerbrise, und Julis Lippenbogen verspricht wohlige, rote Nässe. Aber was macht sie denn? Sie schenkt mir ein trockenes Lächeln und verweist mich auf die Südschiene. So kann man sich täuschen im Weib und findet im Meer ein Vergessen. Immer will ich innen und außen umarmt werden von ihr, während sie die Grenze der Liebe markiert. Warum kann sie mir nicht geben, was doch das Wasser kann und der Alkohol. Die Arbeit an der Entwirklichung der Rauhwelt hinterläßt einen großen gierigen Nachdurst. Im Verhältnis 1:1 schreibe ich die Bundesrepublik Deutschland ab, im zweiten Durchgang dampfe ich sie ein bis auf Schnellzuggröße. Häufige Saunabesuche entschlacken das Zwischenprodukt. Dann ziehe ich den verbleibenden kleinen Wortkörper auf eine Flaschenpost und beschrifte das Destillat: Jakob Sorger, Kindskopf, Zeitgenosse. Wenn ich ein Handke wär', und wenn ich Flügel hätt', flög' ich zu dir. Und wäre dann gern ein Seelentröster oder ein Heftpflasterverkäufer, so ein feiner, sanfter, windelweicher Buntstiftmaler der vornehmen Art. Da wollte ich durch die Lande ziehen und dahersäuseln vom zitternden Wasser im Baumblatttrichter, vom seligmachenden Hauch des Nichtigen, vom weltweit geöffneten Kinderauge, vom Flockenspiel auf Zweigen wüßte ich zu singen und zu sagen, und auch das Land sollte zur Sprache kommen, das gute Land. Schön würde ich es nennen, und schön sollte es bleiben, damit es weiter guttut an uns und in uns, irgendwie. Nicht entblöden würde ich mich, die Blume neben der Coladose am Wegesrand einen Zukunftskelch zu nennen, das Postflugzeug ein Morgenrot, die überdüngte Scholle einen Nährgrund, und die Kilometerpauschale dürfte sich ruhig auf Sternenspirale reimen. Weil immer noch niemand lachen würde im verschneiten Publikum, würde ich geschmeichelte Theaterbesucher als Heimatledige bezeichnen, als Ortsentklammerte, als sinnreiche Langsame oder einfach als Menschen aller Zeiten. Bitten würde ich sie, Platz zu nehmen zwischen gekreuzten Getreidegarben. Auf Stoppelfeldern würde ich plädieren für die Rückkehr der lieben guten Dauerdinge, Sitte und Brauchtum, Melkschemel und Inzest, die Verneigung vor der Gänseblume ist möglich, sagte ich, der Vogelflug macht einen Sinn, der Beton ist ein neuer Urgrund, das Berggrau ist, das Pistolentaschenbraun ist nicht, und vergeßt mir nicht, sagte ich: Der gelbe Falter verherzlicht das Himmelblau. Überliefert das Rauschen. Erzählt den Horizont. Erfindet das

Rätsel. Bewahrt das Ornament. Rettet die Robbenbabys. Feiert Weihnachten.

Das wäre mal eine Botschaft, die verstanden würde draußen im Land. Sie liegt mir auf der Zunge. Ich werde sie mir verbeißen. So weit die deutsche Zunge klingt, läßt sie Auge und Ohr hinter sich. Weit in den Kopf zurückgenommen, gilt sie als ein geschütztes und defensives Organ, welches uns besser zu Gesicht steht als eine Nase oder ein Handgemenge. Redlich und friedfertig prüft dieser kleine Muskel unablässig, ob uns der Brei mundet, ob er roh oder gekocht ist, ob er verdorben ist oder gar vergiftet. Das kommt selten vor, weil wir sehr beliebt sind in der Welt und niemandem etwas Böses tun mit unserer Zunge. Wenn die Zunge belegt ist, wenn wir Schnupfen haben oder anders am Abschmecken gehindert sind, beteiligt sich die Zunge gern an Büttenreden, am Prägen von Gemeinplätzen und Wortschätzen. Zwischen Gemurmel nach außen und Fressen nach innen bin ich zu einem mündigen Staatsbürger erblüht. Aufgewachsen im Zentrum sanft explodierender Kalorienbomben, hat sich zwar der Traum von der menschlichen Freiheit verflüchtigt, aber die Entwicklung und Ausbreitung der Eßlust berechtigt zu den schönsten Hoffnungen. Was will man mehr? Wie mir geht es erfreulicherweise allen, die nicht länger um den heißen Brei herumgehen, sondern aus Einsicht in die Notwendigkeit zum Löffel greifen. So habe ich mein Reifezeugnis verdient. In Ermangelung von Revolten, Aufständen, Massakern, Bürgerkriegen, Orgien und anderen Unregelmäßigkeiten zieht sich das nationale Volksvermögen auf engsten Raum zusammen und wandert mit geballter Kraft in die Zunge ab. Wenn wir sonst nichts haben, verfügen wir hier über vier sichere, miteinander verbundene Orientierungen: süß mit der Spitze, salzig mit den Seiten, bitter ganz hinten und sauer überall. Da haben wir allen etwas voraus. Wo andere zanken, Leidenschaften zeigen oder andere rohe Affekte, gehen wir zusammen essen. Das soll uns erst mal einer nachmachen, diese alles umspannende Einigung der Zunge. Säumige Sammler, Pressesprecher, Wissenschaftler,

Aufsichtsräte, Mondscheinbauern, Nomaden, Frömmler, Realisten, schöne Niedergeschlagene, Zufällige, Militärs, Naturschützer, Liebespaare, Spitzenpolitiker, alle gehen erst einmal essen. Beim Essen sind wir bei uns, beim Essen bin ich bei mir, sind wir uns alle gut, miteinander, füreinander, wie man so sagt. Als kleiner verschwommener Tortenkeks weiß ich sehr wohl, was sich gehört in einer solchen Situation, lieb und klein, kann ich mich sehr gut einpassen in die Verkehrsformen des Speisewagens, und rummeckern muß ich auch nicht mehr. Ich kann sogar sehr empathisch sein mit den Gästen, weil ich in meinem mürben Kern das Konstruktive und Harmonische liebe.

Da drüben ist beispielsweise ein Politiker, der immer sehr fröhlich ist und mit dem ich mich jetzt einmal ein bißchen unterhalten will beim Essen. Guten Tag, Herr Bangemann, bitte schön, behalten Sie Platz, das sind alles Mitreisende, die da sitzen. Sie sind nicht Herr Bangemann? Das macht nichts. So, und da bekommen Sie jetzt ein Mikrofon, sehen Sie, wie er dauernd lacht, wie er sich freut, und da können Sie dann reinsprechen in das Mikrofon. Also wir haben hier einen Politiker, an dem außer seinem Lachen, dieser gesättigten Heiterkeit nichts auffällt. Jetzt wollen wir mal sehen, was er so weiß. Wissen Sie, wer Sie sind?

Ja, ich bin der Helmut Kohl.

Wunderbar, das weiß er also, und da freut er sich gleich wieder. Freut Sie das? Warum lachen Sie? Sehen Sie, da weiß er keine Antwort, er freut sich einfach so. Gut, weiter: Herr Kohl, wissen Sie, können Sie mir sagen, wo Sie hier sind?

Glauben Sie mir, wenn ein Zug langsam abfährt und wenn man noch aufspringen kann, ist es zwar möglich, daß man sich ein Bein bricht, andererseits aber muß man wissen, daß für lange Zeit kein zweiter Zug kommt.

Na immerhin, das ist ja nicht ganz falsch, was er da erzählt, das weiß er also. Gut, Sie haben recht, Herr Kohl, wir sind hier im Zug, im Speisewagen eines Intercity-Zuges. Welche Ortschaften verbindet denn dieser Zug?

Ich bin zunächst einmal dafür, klar zu sagen, daß ich ein wenig altmodisch stolz darauf bin, daß meine Vaterstadt im jüngsten Wettbewerb der Bahnhofsrenovierung den ersten Preis eines modernen blumengeschmückten Bahnhofs erhielt.

Bitte, Herr Kohl, nur die Städte, nennen Sie uns nur Namen der Städte, die der Zug miteinander verbindet! Sehen Sie, da zögert er, da grinst er wieder, das weiß er nicht so recht. München und Frankfurt, Herr Kohl, können Sie sich das merken? Da nickt er ganz zuversichtlich, wollen mal sehen. Wir halten also fest: Zur Person uneingeschränkt, räumlich eingeschränkt orientiert. Weiter: Was ist heute für ein Tag?

Eine gute Politik schaut über den Tellerrand des morgigen Abends.

Und die Jahreszeit, Herr Kohl, Frühling, Sommer, Herbst oder Winter?

Da gibt es keine Vorwarnungen, es sei denn, man nimmt allgemeine Andeutungen als Warnungen, die Kälte beispielsweise. Aber, meine Damen und Herren, ich bin Politiker und kein Sterndeuter.

Er wollte eigentlich sagen, daß Winter ist, zieht sich jedoch auf vage Temperaturangaben zurück, weil er sich nicht festlegen lassen will. Die Orientierung, nach der ich jetzt gefragt habe, ist gar nicht so wichtig, trotzdem halten wir fest, er ist auch zeitlich nur eingeschränkt orientiert. Was zu zeigen war, ist der Verlust des Sprachvermögens, den er auszugleichen sucht – wie wir es bei der Bestimmung des Ortes und der Jahreszeit gesehen haben –, indem er die Begriffe umschreibt und hochflauscht. Das ist ganz typisch. Fassen wir noch mal nach. Ja, Herr Kohl, zwischen welchen Städten verkehrt dieser Zug? Sehen Sie, das hat er schon wieder vergessen, obwohl ich es ihm vor einer Minute gesagt habe, und da freut er sich auch schon wieder wie ein Hase im Klee. Er hat doch wirklich ein gesegnetes Gemüt. Daneben verfügt er über eine eingeschränkte Merkfähigkeit, die sich vor allem auf die harten Fakten der Vergangenheit bezieht und sich als retrograde Amnesie niederschlägt. Wollen Sie sich bitte mal zu unserer jüngsten Geschichte äußern, Herr Kohl?

Mir wurde die Gnade einer späten Geburt zuteil, und für die Jungen in einem jeden Land und in einem jeden Land und in einer jeden Generation fängt die Welt immer wieder von vorne an. Das ist ein Glück. Dies ist ein Glück für den einzelnen, und dies ist ein Glück für die Gesellschaft, weil anders die Freiheit als Offenheit für die Zukunft nicht denkbar wäre. Ich bin ja einer, der Politik sehr stark aus der Geschichte heraus begreift. Bei mir zu Hause wimmelt es von Geschichte. Die ganzen Wallenstein-Sachen hab' ich da stehen, Golo Mann, alles. Hölderlin ist für mich ganz oben, und den »SS-Staat« habe ich mir für dreißig Mark als Pennäler gekauft. Das war ein richtiges Literaturerlebnis. Das war damals eine ernste Darstellung von Sachen, von denen man vorher nichts gewußt hatte, und zwar eine Darstellung auf hohem Niveau. Ob man mit allem einverstanden ist, was die, die vor einem waren, getan haben oder nicht, man kann sich nicht lossagen, man trägt das Blut der Familie, man trägt die Erbanlagen in sich. Alles das fließt auch in die spätere Generation ein.

Danke, Herr Kohl, das reicht. Sehen Sie, er ist zwar schwerfällig, andererseits im Affekt auffallend freundlich und zugewendet. Er kann rechnen und lesen, wenn auch nicht sehr gut, und er kann sich auch selber anziehen. Er ist einsdreiundneunzig groß, wog 1979 hundertneunzig Pfund, 1982 zweihundertzwölf, 1984 zweihundertdreißig, 1986 zweihundertfünfzig Pfund und wird im Laufe der nächsten Legislaturperiode die Dreizentnermarke überschreiten. Im Kurhotel Montafon zu Schruns hat er soeben seine vierzehnte Diätkur absolviert und im ständigen Auf und Ab des Gewichts seinen Körper zu einem mächtigen Schutzschild geformt, den er mit gewaltigen Mahlzeiten verdickt.

Das ist zutreffend: Ich esse sehr gern Apfeltorte, Zwetschgenkuchen, Bratwurst, Schlachtplatten, Tortellini, ferner Wellfleisch, und ich hege einen gewissen Neid auf Leute, die essen können, ohne zuzunehmen.

Danke, Herr Kohl, ich danke Ihnen herzlich für Ihre Offenheit. Wenn Sie mir zum Schluß noch eine Frage erlauben: In welcher Branche sind Sie tätig? Welchen Beruf üben Sie derzeit aus?

Mein Lebensschiff sticht erneut in See, in eine ungewöhnlich stürmische See, die ich als Kanzler der Bundesrepublik Deutschland entsprechend meiner Richtlinienkompetenz meistern werde.

Und das trauen Sie sich zu, Bundeskanzler zu sein? Ja, er nickt, er traut es sich zu, er traut es sich zu, weil er seinen Zustand nicht erkennen kann. Meinen Sie nicht, daß das etwas hoch gegriffen ist, Herr Kohl, sind Sie nicht eher ein Fall für die Frührente? Nein, das bestreitet er. Diese Anosognosie, die Unfähigkeit, Erkrankungen der eigenen Person wahrzunehmen, ist ja wirklich etwas Feines, eine gnädige Erfindung der Natur, noch dazu in Verbindung mit diesem stabilen Affekt des grinsenden Wohlbefindens. Andere Hirnorganiker sind ja ebenso unbeirrbar mürrisch-depressiv, gereizt-verstimmt, das kann man ja von ihm wirklich nicht behaupten, nicht wahr, Herr Kohl? Wollen Sie zum Abschied noch etwas sagen?

Es ist notwendig, dem Vaterland Maß und Mitte zurückzugeben, und ich wünsche mir, daß das blanke Ich wieder aufgeht im Wir des Volkes. Es ist eine schöne Sache, über öffentliche Angelegenheiten zu reden und dabei Blutwurst zu essen.

Guten Appetit, auf Wiedersehen, auf Wiedersehen.

Jajaja, meine Damen und Herren, liebe Mitreisende, die Vorführung des Landesvaters stößt immer noch auf ein dankbares Publikum. Der eine schüttet sich aus vor Lachen, der andere bedauert den Niedergang des politischen Kabaretts, viele empfinden Unlust, ich erwäge Grundumsätze, zähle Kilokalorien und modelliere aus den Energieüberschüssen das Gesicht der Macht. Ungerührter, speckglänzender Autismus, fleischiger Körperbau, überbordender Hemdkragen, aus einem lippenlosen Mund rinnen Wörter, die vollgelaufen scheinen und doch nicht platzen können. Stationierungsabkommen, Truppenparaden, Bruderküsse, Arbeitslosenzahlen, von Bitburg über Verdun nach Yad-Vashem schlendert er mit naßforschem »Kenn'-ich-alles«

über die Gräber der Ermordeten, hält Büttenreden in Tel Aviv, läßt sich in Cloppenburg zum Grünkohlkönig ausrufen und breitet über die Furchtbarkeiten das Instantgrinsen ohne Pein. Die für die Bewegung des Mundes charakteristischen Muskelaktionen treten zuerst beim entspannten und befriedigten Säugling auf, wenn er gesättigt die mütterliche Brust fahrenläßt. »Genug«, verrät die Mimik und signalisiert den Wunsch, keine Nahrung mehr aufzunehmen. So kommt das Baby zu seinem Lächeln. Aber von welchem Lebensalter ist hier die Rede? Und von welchen Schauplätzen? Ist das hier eine Tankstelle, eine Kinderkrippe oder ein Staatswesen? Ist das Lächeln der Ausdruck einer genossenen Freude oder ein Zeichen der restlosen Übersättigung? Das Grinsen bettelt um Ablaß der fälligen Sühne, um Stundung der ablaufenden Zeit, das Grinsen gründet auf alten Verbindlichkeiten, prolongiert seit der Ära vergangener Volkslustbarkeiten. Dreiundachtzig Milliarden Wiedergutmachung gehen zu Protest, der Blutgeruch überdauert die Behandlung in der Geldwaschanlage. Vor dem Teleprompter träumt ein greiser Herostrat von einem grandiosen 70-mm-Film. Der Kanzler meldet dem Präsidenten den Aufmarsch von sechsundsechzig Millionen Statisten. Brothers in arms. Der devote Gruß fällt den schweren Leib, der Diener endet in Bodennähe. Unter dem schütteren Saum des Haarkranzes glänzt das bebende Nackenstück des Pfälzers und bittet um einen kurzen Prozeß. Der letzte Amerikaner ist kein Henker, er will kein Opfer, er will einen Drehort für seinen Film. Alles Fiktion. Wir sind noch einmal davongekommen. Draußen Heimweh nach dem Ende und drinnen entspannte Gastlichkeit. Die Rebellion ist eine Fingerübung in der Altbierlache. Ein Vorwand für den telefonisch angemeldeten Besuch bei Freunden, wo wir nachts zitternd an den Tischen sitzen und reden über das, was falsch ist. Der da weiß Bescheid, die da kennt das Erschrecken, das ringsum mehr wird, jeden Tag etwas mehr, und jeder schluckt so lange, bis die Angst weggeschwemmt ist. Es wird sofort ausgetrunken, schon wieder, niemand mehr kann sich verständigen unter der aufgeschichteten Flaschenbatterie, alles, was gesagt wird, fällt zwischen den Zähnen heraus, es will auch niemand mehr etwas sagen, nur so reden, aus den Mundwinkeln läuft es heraus und wird weggewischt mit einer fahrigen Handbewegung. Wie deutsch ist der Wortfluß, in welche Gemütsregionen versetzt mich die erste Strophe der Gonsbachlerchen, und wie beginnt ein Tag im gegenwärtigen Leben des Jakob Sorger?

Das Verblassen der Männer

Montags, wenn im Frührot der Schlumpfwecker im Kopf explodiert, entziffert Jakob Sorger die Tageslosung auf dem Ökokalender und zeigt sich erleichtert: Gehet hinaus in die Welt, und werdet naiv wie die Kinder. Flugs vergißt er, daß er seit zwanzig Jahren volljährig ist, steigt in die Latzhose, brüht sich einen Malventee auf und tut sich zum Frühstück zwei Löffel Bircher an. Um elf kommen seine Mitstreiter und führen bis zwölf eine Selbsterfahrungsgruppe auf. Zum Mittagssharing setzt sich das Häschen in die Mördergrube, die Blindekuh schlägt den Topf, bis es Überraschungseier regnet, der Puppendoktor ist ein bekannter Atemtherapeut, Jakob nähert sich mit geöffnetem Mund dem Fieberthermometer, sagt »Aaah«, und der kleine Hobbit zeigt seinen Schniedelwutz, der aber in Wirklichkeit wieder Penis heißt und alle kichern macht. Nach dem Feedback singen sie gegen das Atomkraftwerk im Land, bilden eine Kette, kullern durchs weißgewolkte Ikea-Plumeau und reiten gegen dreizehn Uhr auf dem Rücken Fukurs ins goldene Zeitalter. Am Nachmittag wählen die ewigen Wilden den Jakob zur Bezugsperson, ziehen in den sterbenden Stadtwald und huldigen den verbliebenen Baumpersönlichkeiten unter Anleitung eines fundamentalistischen Abgeordneten. Auch das Wattenmeer hat eine empfindsame Seele und muß Schmerzen leiden durch die böse Chemie wie du und ich, singen die lachenden selbstklebenden Sonnen über dem chronischen Straßenfest, und alle großen Kinder wollen von ganzem Herzen den schönen Palmenzweigtaubenfrieden auf umhäkeltem blauem Grund herbeisehnen und haben eine dolle Wut auf den großen Mercedes, dem sie auf dem Heimweg einen Stern abbrechen. Zum Tagesausklang tobt der Kermel durch die Sesamstraße, der Tolkien macht den

Jakob zum Herrn der Ringe, und wenn er nach den Krönungsfeierlichkeiten Gummibärchen ißt, muß sich Gandalf vor Eintreffen des Sandmännchens die Zähne mit Merfluan putzen. Im Traum geht es elfenwäldisch zu: Lippel und Ronja treffen den Prickel-Pit sieben Klafter vor den Abgründen der Nazgul, Begegnungen von wortloser Übereinkunft, verstehende Blicke, absichtsloses Sich-dazu-Hocken, Staubflug, Sommerhitze, Murmelspiel, ganze Jahre in den Bäumen. Verhangene Himmel, kurz bevor das Unwetter losbricht, im Rücken das warm leuchtende Haus, unter dem freistehenden, dichtgefügten Laubdach die Rückkehr des Sommers abwarten – und alles wird wieder gut. Wie wahr, sagt die Herzogin, Flamingo und Paprika, die haben gar scharfe Zähne. Hier arbeiten Fische als Diener an Land, Pikbuben schlagen Schneisen in den Verstand, Schwarzweißfilme spulen sich ab im Kindermund, seit neunzehnhundertsiebenundvierzig ist es fünf vor zwölf, Schmerzen werden addiert und umgerechnet in Heller und Pfennig, das geht doch nicht mit rechten Dingen zu. Papperlapapp, antwortet Alice in Switzerland und streichelt das letzte Einhorn, solche direkten Bemerkungen solltest du dir abgewöhnen, sie verdunkeln die Seele des müden Mannes.

Am Dienstag beschimpft Jakob eine Weltneuheit, diesen Muntermacher muß man nur recht laut anbrüllen, hat der Verkäufer gesagt, dann gibt er augenblicklich Ruhe für fünf Minuten. Silentium! schreit Jakob dem phosphoreszierenden Gerät entgegen und staunt über seine ungebrochene Konfliktbereitschaft. Vierzig Jahre und kein bißchen heiser, stimmt er sich wohlwollend zu, wie schön das ist. Der Retrocontainer beschwingt ihn mit der Break-Version von »avanti populo«, draußen strebt die lohnabhängige Bevölkerung in die U-Bahn-Schächte, und er beginnt den jungen Tag mit der Tageszeitung sowie einer Erinnerung an die Gesellschaftskritik: Die revolutionäre Karriere führt nicht über Bankette und Ehrentitel, über interessante Forschungen und Professorengehälter, sondern über Elend, Schmerz und Undankbarkeit ins Ungewisse, das nur ein fast übermenschlicher Glaube erhellt. Jakob schaut in den Spiegel der Frankfurter Schule und sieht keinen Grund, sich seiner Lebensweise zu schämen, an Glauben fehlt es ihm nicht. Ein Intellektueller, unter abgefeimten Praktikern von heute der letzte Feind der Bürger und letzter Bürger zugleich, gestattet er sich den Luxus des Denkens. Gegenüber den Vertretern der Macht schneidend, privat bescheiden, verbindlich und unprätentiös, hat er den Marsch durch die Institutionen angetreten, der auch bei ihm seine Spuren hinterlassen hat. Aber noch immer spricht die feinnervige Sensibilität des kritischen jungen Mannes aus den zart gealterten Gesichtszügen. Sorger gehört zu denen, die seinerzeit im Zentralrat der Kinderläden die rote Freiheit auf den Weg brachten, auf Kuba Zuckerrohr schlugen, in Nicaragua Kaffee pflückten, Kettenfahrzeuge für Simbabwe finanzierten, in Portugal Analphabeten agitierten und bei »Cassella« Lehrlinge: zusammen leben, lernen, kämpfen. Daß er dabei war, als in Bologna die Zitronen blühten und im Frankfurter Westend die vereinigte Linke der sozialdemokratischen Ordnungsmacht unters Visier schaute, daß er seinen jetzigen Dienstherrn eine Charaktermaske des Kapitals nannte, öffentlich freies Geleit für Ulrike Marie Meinhof forderte und unterhalb der Schwelle zum bewaffneten antiimperialistischen Kampf an allen Pirouetten und Manövern des linken Lagers beteiligt war, davon macht Sorger kein Aufhebens. Er findet die larmoyanten Fernsehauftritte der Altgenossen peinlich, wobei er den von seiner Tochter herangezogenen Vergleich zwischen ausgebrannten Apo-Veteranen und alten Stalingradkämpfern für historisch unhaltbar und überdies für nachgeplappert und geschmacklos hält. Seit das Mädchen bei seiner Mutter lebt, verwahrlosen sprachlicher Ausdruck und äußere Erscheinung, sie ist ihm und seinem Einfluß entglitten.

Der akademische Rat Jakob Sorger wendet sich von der Morgentoilette und der Reflexion seiner jüngsten Lebensgeschichte ab und seinem Broterwerb zu. Im Rahmen des von ihm seit fünf Jahren vertretenen Studienschwerpunkts »pädagogische Psychologie« muß er sich auf die am Nachmittag stattfindende Anfängerübung vorbereiten: »Sisyphos oder die Grenzen der Erziehung.« Der Blick schweift vom Zettelkasten zum blendendweißen Konzeptpapier und zurück. Auf der Karteikarte liest er: gestreckte Pubertät, nach Bernfeld gekennzeichnet durch weitgehende sexuelle Abstinenz, leidenschaftliche Betonung intellektuell-künstlerischer Produktivität, revolutionäre, die Werte der Erwachsenen radikal in Frage stellende Forderungen nach Veränderung, hoher Idealpegel in der Freundesverehrung bei gleichzeitiger Herabsetzung Außenstehender, Selbstüberschätzung in raschem Wechsel mit Selbsthaß, ständige innere Konflikte mit einem hypertrophen Ich-Ideal, nicht selten an Zustände der Melancholie gemahnend.

Die Karteikarte zittert. Wie lang ist ein Moratorium, was bedeutet die Strecke der Pubertät? Eineinhalb Meter? Zwei mal vierzig Jahre? Länger, schwerer, höher, weiter?

Der Kühlschrank brummt, über dem Drehstuhl hängen Schwalbenschwänze, vier Kursbücher fliegen vorbei und diskutieren bürgerliche Verkehrsformen, der Plattenspieler erwärmt sich und läuft in breiten Popströmen über das Poster von Longo Mai, eine Gruppe von weißgekleideten Marktforschern bricht durch die dünnen Wände des alleinstehenden Mannes und führt im Auftrag des Ministeriums für Deichbau und Wissenschaft einen Allensbach durchs Gelände. Haben Sie Ihr Abitur? lautet die Frage. Das ist ja einfach lächerlich! entgegnet Jakob Sorger. Ich bin mehr als ein Abitur, ich bin promoviert. Daran besteht kein Zweifel, das Reifezeugnis liegt hier irgendwo vor. Aber im Hängeordner ist es nicht, in der Dokumentenmappe ist es nicht, in der Besenkammer ist es nicht, nicht einmal im Kopf habe ich es mehr, wann war das doch gleich, das Abitur? Das werden wir gleich haben. Es fällt mir gleich wieder ein. Sie müssen schon entschuldigen. Aber die Herren tragen ein überkrontes Lächeln , bedienen schnelle Rechner und entschuldigen nichts. Das wird auf die Bezüge schlagen, wie stehe ich vor meinen Studenten da, sie werden mich auslachen.

Die Karteikarte zittert, die Hand zittert, da ist es gut, daß

Jakob Sorger zumindest die Flasche entdeckt hinter dem Papierkorb. Schwankendes Glück im Wasserglas, randvoll. Finnischer Wodka, klar, weich und absolut geruchlos. Das Papier bleibt weiß. Aber er wird schon über die Runden kommen an diesem Nachmittag. Der Gestus ersetzt den Begriff, das Mundwerk die Anstrengung, und irgendwann geht auch dieses Semester vorüber.

Mittwoch ist ein Tag wie jeder andere. Der Hausmann braucht keinen Wecker. Der Hausmann hat ein Kind, und Morgenstund' hat Gold im Mund. Das Kind heißt Eva und zahnt so laut und ausdauernd, daß Rita, die Kindsmutter, aufwacht und bemerkt: Sorger, das Kind schreit. Das läßt sich der Sorger nicht zweimal sagen, und schon springt er fröhlich und ausgeruht mit beiden Beinen zugleich in die Kinderaufzucht. Der wassergefüllte Beißring aus dem Tiefkühlfach kann Eva nicht besänftigen, der gaumengerechte Schnuller wird ausgespuckt, und auch der handwarme Fencheltee verfehlt seine Wirkung: Das Kind schreit immer noch. Was will das Kind, dessen Gesichtsfarbe ins Wutrote changiert, seinem Vater sagen mit diesem Brüllen? Was drückt sich in diesem Geräusch aus, welches Bedürfnis wird auf diese Weise angemeldet? Mit großer Sorgfalt legt sich Jakob diese Fragen vor und kommt umgehend zu einem Ergebnis: Das Kind will getragen werden. Jakob ist ein guter Träger. Die Entfernung von der Bettkante bis zur Wohnungstür und zurück beträgt sechsunddreißig Schritt. Zwischen fünf und sechs Uhr morgens können sich vier Kilometer mit einem Kind auf dem Arm selbst in einer geräumigen Wohnung sehr in die Länge ziehen, aber Jakob stellt sich einfach vor, die bewegungintensive Beruhigungsmaßnahme sei ein Morgenspaziergang auf offenem Feld, und gewinnt der Situation damit das Beste ab. Dem Kind gefällt es, und für ihn ist es gesund. Wo andere Väter Unmut äußern, sich zu verbalen Attacken hinreißen lassen oder gar Mordgelüste hegen, ist Jakob die Ruhe selbst. Wie macht er das nur, wollen andere Mütter von Rita wissen, aber das weiß Rita auch nicht. So ist er halt, der Jakob. Dabei ist sein beeindruckendes Verhalten gar nicht so schwer zu verstehen – Jakobs bodenlose Gelassenheit beruht auf der Verarbeitung von Erfahrungen. Fabian, der Erstgeborene, konnte bis zu seiner Einschulung nur im Bett seiner Eltern durchschlafen, Nicolai war bis zu seinem ersten Geburtstag sozusagen ein einziger Dauerschrei, dagegen darf man Eva geradezu pflegeleicht nennen. So gründet das gedeihliche Wachstum der Familie Sorger auf dem Prinzip des abnehmenden Schmerzes: Er wird von Mal zu Mal und von Kind zu Kind weniger. Neben dem reinen Erfahrungswissen verfügt der Hausmann über eine Fülle theoretischer und logistischer Daten, ohne die er in seinem Beruf nicht auskommen könnte. Sorger vermag zu unterscheiden zwischen dem physischen Akt der Geburt eines Kindes und dem Prozeß seiner psychischen Abnabelung, er weiß, daß man das leere Grinsen in die Welt nicht mit einer spezifischen Lächelreaktion gleichsetzen darf, und kann ziemlich genau bestimmen, wo die Achtmonatsangst aufhört und die Wiederannäherungsphase einsetzt, er kennt den Drogeriemarkt, der die Kiste »Pampers« für neunzehnachtzig anbietet, und den Gemüsehändler, der nur ungespritzte Zitronen verkauft. Es ist nicht so, daß Sorger mit diesem Wissen hausieren ginge, beileibe nicht, unaufdringlich und lediglich auf Anfrage stellt er es Interessenten und Ratsuchenden zur Verfügung, läßt es einfließen in Gespräche, die die berufliche Weiterbildung und die Vervollkommnung des Hausmanns zum Gegenstand haben. Wenn es beispielsweise darum geht, warme und preiswerte Winterkleidung zu stricken, tut man gut daran, Jakob Sorger ins Vertrauen zu ziehen. Soll eine hochflauschige Wollmütze gelingen, die sich jeder Kopfform anpaßt, empfehlen sich Rundstricknadeln der Stärke drei, während für die Verarbeitung von Angora zu fingerschmeichelnden Damenhandschuhen biegsame Spielstricknadeln die geeignetsten sind. Auch für den Blumen- und Gartenfreund lohnt sich jederzeit ein Besuch in Sorgers kleinem Reich. Die Microlepia, sagt er lächelnd, gehört zu den robusten und lichtscheuen Farnen, die keine Heizungsluft vertragen. Das Orangenbäumchen hingegen ist extrem kälteempfindlich und nimmt jeden Pflegefehler übel. Der Verdacht, bei der Beschreibung des Hausmanns Jakob Sorger handle es sich um einen Homunkulus, etwas ganz und gar Ausgedachtes, genaugenommen um eine Karikatur, die mit dem wirklichen Mann, nestflüchtig, machthungrig und karrierebesessen, nichts zu tun hat, ist zutreffend. Seit dem ersten Zusammenstoß mit der modernen Frauenbewegung, er war seinerzeit Mitglied einer sterbenden kommunistischen Partei und Leiter eines orthodoxen Schulungszirkels, arbeitet er an der Verwirklichung eines weitreichenden Programms: der permanenten Aufstörung und Abschaffung des traditionellen Mannes. Während man ihn im Kampfjahr 1974 noch unter einem Transparent mit der größenwahnsinnigen Aufschrift »Sieg im Volkslied« wiederfindet, wechselt er neun Monate später unter dem Eindruck der Lektüre der »Männerphantasien« und der Geburt seines ersten Sohnes das revolutionäre Subjekt. »Den Frauen dienen«, lautet die Parole. Diszipliniert durch einen kruden Marxismus, dessen ergebener Lehrling er war, befragt er die ausgebrochene Weiblichkeit nicht frontal: »Was geschieht mir?«, sondern radikal: »Was steckt dahinter?«

Bis zum Zeitpunkt dieser tiefgreifenden lebensgeschichtlichen Zäsur konnte er sich darin üben, entlegene Gegenstände wie etwa Theorien, Ideologien und Begründungszusammenhänge zu hinterfragen, nun muß er darüber hinaus nicht nur Alltagsansichten und Rollenmuster dieser Prozedur unterziehen, sondern auch sich selbst. Als gutes Kind lutherischer Eltern bringt er seinen inneren Pfaffen auf Trab und besorgt die selbstgestellte Aufgabe mit einer Gründlichkeit, die keinen Stein auf dem andern läßt, das heißt, bis zur geringsten Erektion wird alles hinterfragt, weil das nicht Hinterfragte Schuldgefühle hinterläßt. Konsequent und unbeirrbar organisiert er seinen Rückzug aus der männlich infizierten Politik- und Kultursphäre, baut 1976 neben seinem Hauswirtschaftsexamen das zweite Hochbett sowie den ersten Kachelofen und belegt an der Volkshochschule den Grundkurs »Einführung in das Matriarchat«. Der Verlauf des Sorgerschen Lernprozesses deutet hin auf ein Ende mit Schrecken: Rebellion der hausvertierten Männlichkeit, Ausbruch des grünen Witwers, unübersehbare Symptome des Hausfrauensyndroms – folgerichtig sieht Mann die Pendelbewegung kommen und Frau auch. Aber davon kann keine Rede sein. Jakob Sorger liebt Rita Sorger, und Rita Sorger liebt Jakob Sorger. Sie lieben sich auf ihre Weise. Er liebt sie, weil sie sein Geschlecht nicht verachtet, sie liebt ihn, weil er ein zuverlässiger Mann ist. Sie haben voneinander nichts zu befürchten und sind sich seit über zwölf Jahren treu. Im Lauf der Zeit hat ihr Entsetzen über die Welt, die sie umgibt, zugenommen: Flüchtige Paare erscheinen am Horizont, Alleinerziehende bevölkern die Statistiken, die täglichen Bildschirmkatastrophen belagern den kleinfamilialen Wärmeverband, und wenn abends die Kinder im Bett sind, schwören sich die Eheleute ein auf eine Zuneigung, die sich erhält und gedeiht bei zugezogenen Vorhängen. »Weißt du übrigens«, beginnt Rita und berichtet von den exzessiven Fremdgängen einer Kollegin aus dem Lehrkörper der Gesamtschule. »Das war abzusehen«, fällt Jakob ein und bedauert das öde und erbarmungswürdig haltlose Leben eines freischweifenden Mannes, den er vom Studium her kennt. Flippies, Singles, Seitenspringer, Kinderlose und andere Transitmenschen der Gegenwart geraten ins Mahlwerk ihrer allabendlichen Rede und werden ausgeschieden: Die ausgeglühte und verwehte Liebesasche der anderen bildet den Stoff, aus dem die unverbrüchliche Liebe der Sorgers ist: Die Welt wird kälter von Tag zu Tag, da ist es gut zu wissen, daß ich dich habe, daß du mich hast, daß wir uns haben und die Kinder dazu.

Jakob Sorger ist ein zärtlicher, geduldiger und überaus einfühlsamer Liebhaber. Wenn er mit Rita schlafen möchte, studiert er zuvor Gemütslage und Mienenspiel, aufmerksam registriert er den Grad ihrer möglichen Abgespanntheit nach dem Schuldienst, er weiß, wann sie ihre Tage hat und welche Geste, welcher Gesichtsausdruck ihm endlich erlauben, sich ihr zu nähern. In einem langwierigen stummen Dialog hat Jakob herausgefunden, was Rita mag und was Rita nicht mag auf dem Feld der Liebe. Wünsche besonderer Art hat Jakob wohl auch einmal gehabt in der frühen Zeit: Zu gern hätte er sie von hinten nehmen wollen im Überschwang der Gefühle, durch die lockend enge Passage des Anus hat er zu ihr kommen wollen in einer hellen Nacht, geträumt hat er von ihrem vollen weichen Mund als Eingang und Ziel seiner Lust. Aber das ist lange her. Da war ein winziger Schatten des Vorwurfs ausgebreitet auf ihrem Gesicht, die kaum spürbare, plötzliche Erstarrung ihres Körpers ist auf ihn übergegangen und hat ihn rechtzeitig zur Besinnung gebracht, unter ihr kauernd, hat er wispernd Abbitte geleistet und das Unerhörte, ja Ungeheuerliche seines Begehrens eingestanden und zur momentanen Verirrung erklärt: Ich weiß auch nicht, was da über mich gekommen ist. So dient die Entschuldigungsfloskel Jakob Sorgers als Einigungsformel für die künftige Gestaltung des ehelichen Liebeslebens: Die Gewalt, die Wut und der Schrei, kurz das Unerklärliche in Jakob Sorger wird mit der im Manne schlummernden Bestie identifiziert und an die kurze Leine genommen, bis es in Vergessenheit gerät. Ohne Übertreibung, ohne Flamme begeben sich Rita und Jakob Sorger in den Normalvollzug. Sie hängen aneinander, können sich gut leiden, in den sich nähernden Gesichtern verbirgt sich nichts Unfreundliches oder Aggressives, sie sind einander eine kleine intakte, wenngleich fensterlose Heimat inmitten der herrschenden Wildnis. Ihre behutsamen Zärtlichkeiten münden stets ein ins gleiche Finale: Jakob hebt fragend seine Augenbrauen und lächelt ein mildes Lächeln empor zu ihren sanft zitternden Lidern, und keiner weiß, wann und wie es eigentlich geschah, das Schöne. In letzter Zeit, genauer seit der Geburt des dritten Kindes, kommt es häufiger vor, daß Rita ihrem Ehemann nahelegt, auf den Einsatz seines kleinen Unterschieds zu verzichten und nur noch die Hand ins Liebesspiel zu bringen. Deine Finger sind mir lieber, sagt Rita Sorger, und ich empfinde einfach mehr dabei. Sorger, unendlich frauenfreundlich, unendlich anpassungswillig, wendet auch diese Variante der Vermeidung in einen Akt der Selbstbefreiung: Umstandslos erkennt er an, daß die Erregung des männlichen Geschlechtsteils seit seiner Pubertät mörderische Phantasien von Allmacht und Vollkommenheit nährt, daß bereits sein Großvater und Vater dem Zeichen des aufgebäumten Phallus in den Ersten und Zweiten Weltkrieg hinein gefolgt sind, und gelangt zu der Überzeugung, daß er und seine männliche Nachkommenschaft alles daransetzen sollten, den Gebrauch dieses Körperteils auf die bloße Fortpflanzungstätigkeit zu beschränken oder, besser noch, gänzlich einzustellen, um dem wahren und guten Leben, dem weiblichen Leben, näher zu kommen.

Die Tilgung des Geschlechtsunterschieds fügt sich harmonisch in die Sorgersche Familienplanung: Von Kind zu Kind, fortschreitend von Geburt zu Geburt, nimmt der alte Adam in sich und an sich eine wunderbare Verwandlung wahr. Verstand er sich zum Zeitpunkt der Ankunft Fabians durchaus noch als Mann traditionellen Zuschnitts, findet Nicolai bereits einen in Auflösung befindlichen neuen Vater vor, während die kleine Eva, wenn sie einmal wird sprechen können, von sich zu Recht behaupten kann, mit zwei Müttern aufzuwachsen: Rita und Jakob Sorger. Es ist sehr still im Haus. Jakob, ruft eine Kinderstimme. Ja, hier bin ich, ruft Jakob zurück. Rita, ruft Jakob. Ja, hier bin ich, ruft Rita zurück. Sie verbinden mit dem Ruf kein Anliegen, sie rufen sich nur so, wenn es sehr still ist im Haus, sie rufen sich, um einer des anderen gewiß zu bleiben. Das Rufen vergewissert dich und mich, daß ich noch da bin, daß du noch da bist, irgendwo im Haus. Draußen stolpert ein Träumer vorbei, ein fliegender Robert, ein himmlischer Aufschneider, ein genialer Hochstapler lacht, ein rabiater Nestflüchter kratzt an der Wand. Dann wird es wieder still. Manchmal wie gerade in diesem Augenblick schaut er auf sich zurück ohne Bedauern und spielt in Gedanken mit der Auslöschung seines Vornamens: Jakob. Sein Behagen wächst.

Gegen Ende des Tages klettert er die Stiege hinauf und teilt seinen Söhnen die Wahrheit in Form einer Gutenachtgeschichte mit: Im Anfang war nicht das Wort und nicht die Tat, sondern ein großes und erhabenes Schweigen, das in allen Himmelsrichtungen über der warmwasserumgürteten Erdscheibe ausgebreitet lag. Über die Erde wehte ein leiser kosmischer Wind: Er umwarb die ehrfurchtgebietende Göttin der schwarzgefiederten Nacht, bis sie nach hundert Lichtjahren im Schoß der Dunkelheit ein silbernes Ei legte. Dem Ei entsprang der Zwitter Phanes, schüttelte und blähte sein goldenes Federkleid und setzte mit seinen Doppelschwingen das uns bekannte All in Bewegung. Nach Erledigung dieser Aufgabe brüllte er mit seinen vier Häuptern wie ein Stier, zischte wie eine Schlange, blökte wie ein Widder und kehrte dann auf Geheiß seiner Mutter ohne einen Laut des Widerspruchs in die gemeinsame Wohnhöhle zurück. Wenn sich die Göttin nicht gerade mit ihrem Sohn vergnügte, zeigte sie sich den Menschen in der majestätischen Dreieinigkeit von Nacht, Ordnung und Gerechtigkeit. Die Menschen auf der Erde waren es zufrieden. Sie bestaunten die kunstvolle Aufführung des göttlichen Inzests mit offenem Mund, denn auf der Erde waren die Geschlechter noch nicht füreinander bestimmt. Die sterblichen Männer und Frauen, getrennt von Tisch und Bett, lebten als befreundete Stämme in guter Nachbarschaft und pflegten über einen kleinen Grenzfluß hinweg einen intensiven Warenaustausch. Denn jedes Geschlecht verfügte jeweils über die Güter, die das andere entbehrte. So monopolisierten die Frauen zum Beispiel den Wein, den Weizen, den Schleuderhonig, das Elfenbein und die öffentliche Rede, während die Männer das Salz, die Diamanten, den Hanf, den Dung sowie Klatsch und Tratsch zu Markte trugen. Abwesend waren die Gefühle von Liebe und Haß unter den Menschen, alle Affektüberschüsse gingen ein in die Herstellung und den Vertrieb der tauschrelevanten Dinge. Mit dem Tod stand die Zwillingsgemeinde auf dem Duzfuß: Wohlig ermüdet vom lebenslänglichen Stampfen der Trauben, dem geduldigen Schleifen der Edelsteine, freuten sich die Menschen auf das himmlische Trommelrühren an der Seite der Göttin. Kurze und lange Wirbel auf dem bronzenen Instrument der Matriarchin hinderte nicht nur die Bienenvölker daran, die falschen Plätze anzufliegen, sondern auch das damals noch geräuschempfindliche Böse an der Unterwanderung der bäuerlichen Gesellschaft. Neun Monate vor Ablauf ihrer irdischen Zeit empfingen die Menschen ihre Nachkommenschaft ohne Leidenschaft und sexuelle Not und Pein: Der eine drehte das nackte Gesäß in den fruchtbaren Passatwind, die andere aß eine Portion keimender Saubohnen, der nächste umarmte bei Vollmond eine Natter oder verschluckte ein achtbares Insekt. Schlug dann dem Mann die Stunde, kroch ein Junge unter seinem Leib hervor, und wann immer sich eine Frau zum Sterben legte, gebar sie ein Mädchen. So, wie die Kinder sofort in der Welt waren, war die Welt in ihnen; sie säumten mit natürlichem Liebreiz das nur wenig spezialisierte Leben der Erwachsenen und wechselten unmittelbar nach Erlernen des aufrechten Gangs über in den tätigen Alltag ihres Stammes. Dieses äußerstenfalls durch Mannaregen, Tauflug und andere jahreszeitlich bedingte Schwankungen markierte Leben kannte nur fließende Übergänge zwischen Spiel, Arbeit und Müßiggang. Und der Unterschied zwischen Mann und Frau war den Marktbesuchern nicht erheblicher als der zwischen Hose und Jacke, Schweiß und Tränen, Hopfen und Malz und anderen gewöhnlichen und gleichgültigen Dingen. Das Leben, das weder glücklich noch unglücklich war, plätscherte vor sich hin. So ging es eine unermeßlich lange Zeit hindurch. Eines Tages aber war diese Ära, die später die goldene genannt wurde, zu Ende. Es fing damit an, daß aufgrund eines göttlichen und menschlichen Versagens das Rühren der großen bronzenen Trommel unterbrochen wurde. Die Unachtsamkeit hatte zur Folge, daß die Bienenvölker fortan undiszipliniert von Ort zu Ort schwärmten und der Honig, wenn überhaupt, nur noch an Wochenenden und hohen Feiertagen von den Bäumen herab in die aufgerissenen Münder der Menschenkinder tropfte. Von nachhaltigerer Wirkung war, daß das hinter dem Horizont auf der Lauer liegende Böse den Augenblick der kurzen himmlischen Stille nutzte, um sich in Arkadien einzunisten. Geschwächt vom tausend mal tausend Jahre währenden Wirbel der großen Trommel, kam es nicht in geschlossener Formation über die Berge, laut dröhnend und stampfend über die Pässe, nein, behutsam, samtpfötig und unauffällig kam das Böse daher, und zwar in Gestalt der Langeweile. Ist sie im Himmel oder auf Erden ausgebrochen? Kam sie von innen oder außen? Die Quellenlage ist unsicher, liebe Söhne. Sei es, daß Phanes seiner Mutter nicht länger beiwohnen mochte und überdrüssig in ihrer Höhle hockte und Maulaffen feilhielt, sei es, daß die männlichen Erdlinge den jungen Wein lustlos tranken, weil sie plötzlich dem Einerlei des blanken Lebensmitteltauschs keinen Sinn mehr abgewinnen konnten – die Langeweile jedenfalls machte sich interessant und wurde zum Thema. Seither kennt man sie genauer. Ist man mit ihr zusammen, findet man die Zeit lang, kann sie nicht ausfüllen oder hinbringen, und schließlich schlägt man sie zwecks Herstellung von Kurzweil tot, wenn man merkt, daß sie kein Ende nehmen will. Zu Beginn kam die Langeweile wohl über die Götter. Verdrossen und übel gelaunt saßen sie beisammen und schufen aus dieser Laune heraus den Menschen, so wie wir ihn kennen. Adam langweilte sich, weil er allein war, und so wurde ihm Eva zugesellt. Von diesem Augenblick an kam Langeweile in die Welt und wuchs an Größe in genauer Entsprechung zum Wachstum des Volkes. Adam langweilte sich allein, alsdann langweilten sich Adam und Eva als Paar, alsdann langweilten sich Adam und Eva und Kain und Abel im Familienverband, alsdann nahm die Menge des Volkes in der Welt zu und langweilte sich *en masse*. Um sich zu zerstreuen, kam ein besonders gelangweilter Mensch auf die Idee, einen Turm zu bauen, der so hoch sein sollte, daß er emporragte in den Himmel. Auf diesem Weg kam mit der Langeweile die Statik und mit der Statik der männliche Hoch- und Tiefbau über uns. Es folgte eine allgemeine Sprachverwirrung inmitten der fallenden Trümmer des hybriden Wolkenkratzers. Die Menschen standen bis zu den Knien im Schutt der von den Göttern verworfenen Materialsammlung und wußten nicht, wie ihnen geschah. Alles geriet durcheinander, und die alte

Gleichung der Geschlechter war dahin. Die Männer starben vor ihrer Zeit und hinterließen die taube Nuß, das Zahnrad, den Ottomotor, den Kreiselkompaß, das Haarspalten, die Kernfusion und die doppelte Buchführung. Und die Frauen? Sie fraßen gierig all die Güter auf, die sie zum einfachen Tausch und zu ihrem Lebensunterhalt hergestellt hatten. Sie legten Patiencen, häkelten Pulswärmer, bewachten das Herdfeuer, setzten bei diesen vorwiegend sitzenden Tätigkeiten Fett an und gewannen so jenes bis zum heutigen Tag überlieferte hüft- und brustbetonte Körperweichbild, von dem wir uns verfolgt glauben. Von nun an trieben alle ziellos umher: die Männer auf den Weltmeeren, die Frauen an den Piers. Eines Tages aber grüßten sich einige Männer und Frauen anläßlich der Heimkehr von großer Fahrt auf seltsame Art und Weise: Die Männer zogen je nach Stand und Vermögen die Mütze oder den Hut, richteten stahlblaue respektive samtbraune oder glutvolle Blicke auf die Frauen, woraufhin diese erröteten, die Augen niederschlugen und anschließend eine Bewegung vollführten, die ursprünglich ein Stolpern gewesen sein mag und später als Knicks in die Kulturgeschichte einging. Diesem Akt der Herablassung und Unterwerfung, körperliche Äußerungen höchster Desorientiertheit und Angst, folgte ein überaus anstrengender sportlicher Wettbewerb: Die Frau suchte den Mann zu sich herabzuziehen, der Mann hingegen machte Anstalten, die Frau zu sich emporzureißen. Unabhängig vom jeweiligen Ausgang des Unternehmens mündete das Kräftemessen in eine intensive kräftezehrende Umklammerung, an der mit Ausnahme des Kopfes alle Körperregionen beteiligt waren. Der ganze Vorgang hieß fortan: leidenschaftliches Begehren. In einer Atempause zwischen den Verhedderungen sahen die Frauen, daß sie fruchtbar wurden von den Männern und gebären konnten, ohne gleichzeitig selbst zu sterben. Die Männer aber hatten die Fähigkeit, ihresgleichen aus eigener Kraft hervorzubringen, verloren und wandten sich den Frauen zu, die nun beide Geschlechter austragen konnten, aber nur, wenn sie sich mit den Männern in der zuvor beschriebenen Manier verklammerten. So entstand aus dem ohne äußere Not verworfenen muttergöttlichen Gesetz und den Sprachscherben des Turmbaus unter den Geschlechtern eine von Schwüren, Stammeln und Stöhnen begleitete Verrechnung von Körpersekreten und Kindern, von Leidenschaften und Gütern. Es entstand die von einem verschmelzungsunfähigen Junggott in Umlauf gebrachte Liebe, die bis auf den heutigen Tag viele Wandlungen erfahren hat und bei der es gegenwärtig darum geht, Anteile an einer Person zu erwerben und auf Lebensdauer zu halten. Bei alledem waren die Frauen sich selbst und ihrer Göttin treu geblieben, sie verteilten die Kinder gerecht, schickten die Söhne zu den Vätern und behielten die Töchter für sich. Ihr wißt, daß die Männer den Frauen diese Freundlichkeit schlecht lohnten, sie waren hart, habgierig und gebärneidisch geworden, ohne es sich eingestehen zu können. Sie setzten sich an die Spitze der Ungleichheit, entwanden der Nacht das Zepter, erhoben ihre plötzlich zu Ehren gekommenen Genitalien in den Rang von Universalwegweisern und trieben die Söhne mit Entmannungsdrohungen in die weite, kalte Welt. Die absichtslose Zärtlichkeit der Kuscheltiere, die wir alle einmal waren, die schwingende Weichheit der Haut, der bebende, atmende Hort des Ursprungs, sanft gefügt aus den Rundungen, Blicken, Gebärden, Lauten des mütterlichen anderen, verdunsteten im unendlichen Leistenwollen und Durchhaltenmüssen der barbarisch behaarten Männerhorden. Mein Körper war eine Harfe, und die Berührung ihrer Fingerkuppe glitt über meine Saiten – so konnte vordem ein Mann sagen, der durch die Hände einer Frau gegangen war und ihre Bewegungen teilen durfte ohne Arg und Furcht – verweht und vorbei. Nun ist der Körper entmischt, die Spuren des Amorphen, Unbestimmten, Weiblichen sind getilgt. Was bleibt, ist der armselige Wunsch, die Frau möge eine ständig verfügbare Öffnung für den Mann sein, ein Unterschlupf für heimkehrende Hochseefischer, Fernfahrer, Legionäre, Buchhalter und hochfahrende Theorieproduzenten. Der Wunsch ist verkommen zur Idee des Wunsches, zum Wunsch des Wunsches, versunken im harten Zugriff des Patriarchen. Der Mund spricht nicht mehr, er trinkt die Lettern. Das Auge sieht nicht mehr, es liest. Die Haut atmet nicht mehr, sie versteinert. Die Lade ist zerbrochen, und das Geheimnis ist ausgetrieben aus jeder Pore. Was ist aus dem friedvollen Äquivalententausch der goldenen Stämme geworden, der gelassenen Verteilung von Drogen, Grundnahrungsmitteln und anderen Artikeln des täglichen Bedarfs? Was bringt der Gegenwartsmann der Gegenwartsfrau von draußen mit, und welche nützlichen Güter stellt sie ihm im Gegenzug zur Verfügung, frage ich euch. Ihr wißt es nicht, aber ihr solltet es wissen, bevor ihr euch für irgendeinen dubiosen Männerberuf entscheidet. Was hat der letzte Heros der westlichen Welt, der Astronaut, was hat der Himmelstürmer seiner Frau vom Mond mitgebracht? Er und seine Kumpane haben mit Hilfe des großen Schubs die Schwerkraft überwunden, die tödliche Leere des Raums durchquert, er hat den öden Erdtrabanten betreten, lustlos auf dessen Oberfläche herumgestochert, Gesteinsproben entnommen und befindet sich auf dem Rücksturz. Er saugt an seiner Nahrungstube und zermartert sich das Hirn wegen eines Mitbringsels, das seine Frau erfreuen und zudem nützlich sein soll. Der Ruhm scheidet aus und die Ehre, das gilt ebenso für den Staub des Mondes und das Erinnerungsfoto unter der Flagge des Imperiums. Gut, er könnte ihr seinen Raumanzug aushändigen, aber der stellt unter den Bedingungen der irdischen Schwerkraftverhältnisse eine eher niederschmetternde Gabe dar. Nach Eintauchen in die Atmosphäre kommt ihm die rettende Idee, und nach der Landung löst er mit der Maschinenfräse aus dem meerwassergekühlten Hitzeschild der Kapsel ein eßtellergroßes Stück Metall, biegt es an den Kanten rundum auf, verschraubt es mit einem schicken Hartgummigriff und hüllt den Gegenstand in Geschenkpapier. Taumelnd überquert er die Schwelle seines Eigenheims, wie alle Raumfahrer beeinträchtigt durch Realitätsverluste und Gleichgewichtsstörungen, wird von seiner Gemahlin mit einem taufrischen Nacht-Make-up und einem heißen Wannenbad begrüßt, und nachdem sie ihm die im Bereich der

Lendenwirbel angesiedelten kosmischen Spannungen wegmassiert hat, ist ihr Beitrag zur beruflichen Rehabilitation des Helden geleistet, und sie wird aufgefordert, die ihr zugedachte Reisebeute in Augenschein zu nehmen. Was ist das, Honey, fragt sie ihn und fragen wir uns. Ich habe aus dem hitzebeständigen, erdzugewandten Teil meiner Raumfähre ein Stück Edelmetall herausgeschnitten und für dich daraus eine Bratpfanne geformt, Sugar, antwortet der Mann. Wunderbar, sagt die Frau mechanisch, eine Bratpfanne. Ja, fällt ihr der Astronaut ins Wort, eine Bratpfanne, aber nicht irgendeine Bratpfanne, sondern *die* Bratpfanne. Ihre Innenfläche ist mit dem wunderbaren Kunststoff Teflon beschichtet. Dieser Stoff bewahrte mich und meine Spielkameraden beim Wiedereintritt in die Erdatmosphäre vor dem Verglühen. Er wird in gleicher Weise Röstkartoffeln und Porterhouse-Steaks schützen. Nichts kann in dieser Pfanne haften oder anbrennen. Aber was diese Pfanne über alle anderen Pfannen erhebt, ist die Möglichkeit, alle Speisen ohne die geringste Zugabe von Fett zuzubereiten. Die Frau verstummt zwei Atemzüge lang, und als sie ihre Sprache wiedergefunden hat, antwortet sie wie alle Menschen, die unerwartet mit Neuerungen konfrontiert werden, deren Nutzen und Schönheit sich nicht unmittelbar erschließen: Aber das wäre doch wirklich nicht nötig gewesen. Niemand weiß natürlich, wie die Frau das gemeint hat, hintersinnig oder vordergründig. Sei's drum: Es wäre nicht nötig gewesen, weil es überflüssig war – das ist die Wahrheit. Von den Matrosen der nachhelladischen Ära, von den Drakes, Raleighs, Magellans und Pizarros kann man halten, was man will, sie waren zweifellos männliche Paranoiker, die ihr Leben einsetzten, weil sie aus Todesangst sich nur wesentlich werden konnten als Sieger über den Tod, als Tötende. Aber sie brachten von ihren Raubzügen doch zweifellos etwas mit, was der Rede wert war: die Erkenntnis, den Geschmack, den Geruch und die Farben des Fremden. Bedroht von Wasser- und Vitaminmangel, zahnlos am Ende und mit störrischer Entschlossenheit steuerten sie ihre Nußschalen über die Ränder der ptolemäischen Scheibe und legten ihren Frauen und Mäzenen die Welt zu Füßen: Purpur ließ ihre Augen überlaufen, der Pfeffer explodierte auf den Zungen der Städter, die Süße des Kakaos schläferte den Feudalismus ein und besiegelte sein Ende, der bittere Tee trieb den Bourgeois in den Vierundzwanzigstundentag und zum Klassensieg, und der Tabak bescherte der freischwebenden Intelligenz jene bis zum heutigen Tag anhaltenden machtfernen Räusche. Und dann benötigt das starke Geschlecht gut fünfhundert Jahre, um die Lücke zwischen der Entdeckung der Kartoffel und ihrer magenfreundlichen Zubereitung zu schließen. Irgendein gesichtsloser, hochspezialisierter Häwelmann, ausgestattet mit dem geballten technologischen Wissen der Industriegesellschaften, zieht seine Millionenkilometerbahn durch die Tiefe des Raums, verpulvert das Bruttosozialprodukt sämtlicher Schwellenländer und tritt nach der Landung vor seine Kinder. Und die schauen zu ihm empor mit glänzenden Augen und fragen ihn, wie alle Kinder fragen seit Telemach: Vater, was hast du uns mitgebracht von deiner langen Reise in den unendlichen Himmel? Eine gute Nachricht vom lieben Gott, einen silbernen Faden aus dem Rocksaum meines Schutzengels, melodiöse Signale von Alpha Zentauri, die Flugasche eines vagabundierenden Kometen, irisierenden Mondtau, überbracht auf einer Fingerkuppe? Ausgestattet mit einem Restfunken von Phantasie und Herzensbildung, hätte der Raumschiffer nun etwas erfinden, fingieren müssen, irgendeine funkensprühende, feinperlende Geschichte von der wundersamen Begegnung mit der unbekannten Art, geschehen weit draußen, wo der Mond so stille geht und der eigene Atem weit und breit das Lauteste ist. Aber da ihm dieser Funke fehlt nach vier Jahren Militärakademie und zwölfsemestrigem Physikstudium, reiht er ungerührt dürre technische Daten aneinander, die die Kinder zuvor schon zehnmal im Fernsehen gehört haben, protzt mit Treibstoffvolumen, Schubkraft und elektronischer Ausstattung, beschreibt langatmig die Probleme, die bei der Verrichtung des großen und des kleinen Geschäfts an Bord zu überwinden waren, und bekennt, daß er und die Kameraden gegen Ende des Fluges zwischen den Beinen und unter den Achselhöhlen übel gerochen hätten. Da steht er nun, der eindimensionale Mann, und mag er auch den Gegenstand drehen und wenden wie vordem Aladin seine Wunderlampe: Die Bratpfanne ist eine Bratpfanne, ist eine Bratpfanne – und bleibt eine Bratpfanne. Aus der Ferne blendet der Vater das Kind mit verheißungsvoller Ankunft: Das Leuchten des Entdekkerauges, die schimmernde Schönheit des überhöhten, kraftvollen Leibes, der Abglanz des begehrenswerten Wesens durchglüht das Kind. In der Sekunde der glücklichen Wiederkehr gleicht das Kind einem Spiegel, in dem sich der Vater erblickt, und für das Kind ist der Vater ein Spiegel, darin es sich selbst erblickt, so, wie es einmal selbst sein wird. Und nun sieht es sich einem Wesen gegenüber, das das Küchenzubehör optimiert, dem der Komos zum Verdauungsproblem schrumpft und der Traum vom anderen Leben zum sanft gleitenden Deoroller nach dem Wannenbad gerinnt. Lege ich dem die Stirn auf die Schulter in der Stunde der Verzagheit und sage: Du bist mir nahe und überragst mich doch weit? In deinem Reich lebe ich und kann Rat holen, bevor ich ausziehe in mein eigenes Land. Hältst du mir die Grenzen offen, damit ich Zuflucht suchen kann im Gebäude deiner Herrlichkeit? Nie und nimmermehr! Der Vater verflüchtigt sich in unendlicher Trivialität wie ein trauriges Trugbild, und das Kind erschöpft sich in dem Versuch, ihn einzuholen. Wie das verwaschene Blau der modernen Beintracht hört das geliebte Wesen nicht auf, farblos zu werden – it fades and fades and fades. Er redet und redet und redet, aber er spricht nicht mehr, er bedroht mich nicht, aber wendet mich ratlos hin und her in den Händen wie ein Stück des ausrangierten High-Tech-Mülls. So nahe schon, weicht er in die fernste Ferne zurück. Aufgesogen von der Nacht, verläßt er mich, und meine Verlassenheit vermehrt sich um die seine. Das Bild, das ich mir von ihm mache, ist von der verwaschenen abgelegten Art. Ich kann nirgendwo mehr Rückhalt finden, weil ich der Trauer um den verfallen bin, der selbst trauert. Nekya: Den verschwommenen Gestalten im Reich der Schatten ist der umtriebige Grieche auf der Spur. Selber Schatten, beschwört er den im Dunkeln liegenden Schatten, das bleiche Bild der Mutter, der er mit Macht die Sprache entwunden hat. Erschütterung durch einen Körper, der nur noch Stimme ist: erschöpfte, gedämpfte, kraftlose Stimme, Stimme am Ende der schönen, neuen Welt, die drüben dort in kalten Wassern versinkt, nahe daran zu erlöschen, nahe daran zu sterben. Vater, o Vater, der du nicht aufhörst aufzuhören, komm doch zurück! Wohl achten die Frauen den Mann als Sieger, und auch der Verlierer, den sie verwundet hinter die eigenen Linien ziehen, ist ihnen lieb und teuer. Arg aber brennt und unauslöschlich schmerzt die Heimkehr in Lächerlichkeit. Der Lächerliche reizt die Familie zum Lachen. Im Lächeln gerät der Belächelte in den Hinterhalt der freundlichen Gesichter: Warum lächelt ihr so bös? Nur so, du machst uns lächeln. So kommt er heim, Major Tom to ground control, so kommen sie alle heim dieser Tage, die Männer. Denn sie haftet an allen, die Lächerlichkeit, an ihm, an euch, an mir. Wo sind sie hin, Pracht und Nutzen der entbehrten Güter? Wenn wir sie sehen, die Nachfahren des Prometheus, wie ihre Stirnadern schwellen, wie sie kokett ächzen unter den Lasten des technischen Fortschritts: Bunsenbrenner und Rasenmäher, Legebatterie und Thomasbirne, Dampfbügeleisen und Schockfroster, Tornisterbomben und Heizkissen, Kontaktlinsen und Restlichterheller – das wäre doch wirklich nicht nötig gewesen. So spricht Jakob Sorger zu seinen Söhnen, die längst eingeschlafen sind, und über die schlafenden Kinder hinweg reichen sie sich in der Dunkelheit die Hände: der Hausmann und der Astronaut.

Der Donnerstag beginnt in einem großen schneeweißen, quadratisch geschnittenen Raum ohne Bilder und Ornamente. Der Zeigefinger der sorgfältig manikürten Hand gleitet über die Tastatur der Fernbedienung, und der Sender gießt eine frühe Rocksequenz in den Halbschlaf: Any way you want me. Das füllt den Raum mit guten Tönen, und der nachfolgende kurze Gitarrenakkord in Treat me nice findet den Mann bereits auf den Beinen.

Die Nachtfalte ist aus seiner Stirn verschwunden. Er läßt kaltes Wasser ins Waschbecken laufen und betupft mit nassen Fingerspitzen die Hautpartien rund um die Augen. Er ist sich gut im Spiegel, er gefällt sich. Er ist vollkommen bei sich in diesem Moment, er vertieft sich in die Pflege seines Körpers, auf dessen Regungen er achtet. Er tut ihm Gutes. Er gehört ihm und ist sein bester Freund. Er unterhält ihn mit Sauna, Stretching, ballastreicher Kost und Vitamingaben. Er verschont ihn mit Survivalübungen, Marathonläufen, Bodybuilding und ähnlichen Exzessen. Er hat ein Maß, eine Mitte, und er genießt den Genuß. Sein ausgeprägtes Balanceempfinen kommt nicht von ungefähr, es ist erarbeitet. Gelassen denkt er zurück an vergangene Gemüts- und Kleidermoden. Zwischen Hippie-Matte und Streetfighting, Buddy Holly und David Byrne, New-Wave und Post-Punk, Tantra und Tango hat er allerlei durchgespielt. Er kam in Samt, in Leder, in Schwarz, in Weiß, mal hauteng, mal oversized und war dabei immer etwas samtener, lederner, schwärzer, weißer, hautenger und etwas weiter geschnitten als die anderen. Heute wertet er dieses Verhalten eher als undurchschaute Anpassung an das gesellschaftliche Gebot der chronischen narzißtischen Häutung und bevorzugt in bewußter Abgrenzung von dieser Lebensphase eine von saisonalen Schwankungen und moralischem Verschleiß unabhängige Form der Selbstdarstellung: gedeckte Farben, schmale Silhouette, wertbeständige Stoffe.

Das Treiben der anderen verfolgt er mit amüsiertem Blick. Die Gehetzten, die Gewissenhaften, die Durchgedrehten, die Exaltierten, die Korrupten, die gesamte Typologie der Endzeitmenschen – sie sind ihm ein ständig sprudelnder Quell der Belustigung: Abgehalfterte Ordoliberale als Juwelenräuber, die Spitzen des Staates im Narrenkleid, die frömmelnde Fröhlichkeit und die franziskanische Einfalt eines Fundamentalistenduos im Fernsehen, moralisierende Kulturschaffende im Dienst der Welthungerhilfe, diese Bilder fordern sein ästhetisches Urteil, und das bestätigt den Sieg des Mittelmaßes um ihn herum. Jakob Sorger ist bestrebt, sich von diesen Niederungen fernzuhalten, und entwickelt beiläufig eine Theorie der Trennung, die den Entwurf seiner zweiten Lebenshälfte absichern soll. Trennen muß man sich, so lautet seine Philosophie, aus allen Herden-, Familien- und Therapieverbänden, lösen von der Illusion schrankenloser Nähe in Beruf, Partnerschaft und Politik, entfernen von dem kindischen Glauben an die Erlösung des einzelnen durch irgendeine alte oder neue soziale Bewegung. Ich, sagt Sorger, mache mich nicht länger zum Affen des herrschenden Bewußtseins, der marktgängigen Gesinnung. Ein Mann verläßt die Gemütsregionen und besetzt die Begriffsfelder. Die Aufführung des Films imponiert den Frauen seiner Umgebung und trägt erotische Zinsen. Bei ihm weiß jede, woran sie ist. In diesem Wohnstudio wird keine Schmusewolle gesponnen, die Verführung verzichtet auf indirekte Beleuchtung, AIDA ist kein musikalisches Stimulans für gewisse Stunden, sondern die Liebesformel des Werbekaufmanns Jakob Sorger: ATTENTION. INTEREST. DESIRE. ACTION.

Dann und wann geschieht es, daß sich eine Frau seiner Theorie und Praxis nicht gewachsen zeigt. Häufig drückt sich die Unterlegenheit in Tränen aus. Schwüre, Szenen, Ausbrüche und mitternächtliche Telefonanrufe sind ihm ein Graus und beeinträchtigen sein Wohlbefinden. Dann muß er deutlich werden, suspendiert das grenzverwischende »du«, verkehrt per »Sie« und meidet in der Unterhaltung jede Anknüpfung an den intimen Umgangston. Nach dem wohldosierten kleinen Tod, nach dem Liebesgestammel in der Dämmerung geht die gestraffte Syntax wieder nach Subjekt, Prädikat, Objekt. In die sinnlich ansprechende Klangfarbe der samtig-heiseren Lockung mischt sich das kalte, metallische Timbre der aufgeräumten Gegenwart: Sie beginnen, mir lästig zu werden, und zerstören den gelungenen Augenblick. Glatt wie seine Stimme ist das Gesicht nach der Morgenrasur. Als wären die Haare vegetative Fühler, schneidet er sie möglichst weit aus dem Blickfeld und unterbindet die beargwöhnte Neigung zum Ungeklärten, Verwilderten, Verwaschenen. Kuschel-Muschel, Flickenteppich und Netzwerk sind seine Sache nicht. Ungerührt, mager, kurz geschnitten und kurz angebunden, ist er ein heimlicher Sympathisant der neuen Strenge und der alten Ordnung. Jakob Sorger ist der kommende Mann. Heute wie an jedem ersten Donnerstag des Monats besucht er seine Mutter und kehrt für viereinhalb Stunden zurück an den Ort, den er vor zwanzig Jahren fluchtartig verlassen hat. Er ist der abgelegenen Stadt an den Flüssen entwachsen. Furchtlos und federnden Schrittes passiert er die Straßen und Gassen als Sieger: eine kleine Stadt mit kleinen Häusern, in denen kleine Menschen ihren bescheidenen Geschäften nachgehen und sich von der Abgabe des Lottoscheins den plötzlichen Einbruch des Lichts erhoffen, Woche für Woche enttäuscht und zurückgeworfen. Cool wool und Kaschmir auf der entspannten Haut, läßt er den Blick durch die Kontaktlinsen über das Panorama der zurückgebliebenen Gesichter schweifen. Mit jenem dort hat er die Schulbank gedrückt und den Ausbruch geträumt: Saturiert, abgefunden und gezeichnet von tausend Stammtischnächten, weiß der Arme nicht, was der Beobachter weiß, daß er am Ende ist. In die da drüben war er einmal unglücklich verliebt: tizianrot, hochhackig und schmalhüftig, war sie die Traumfrau einer verwehten Ballsaison und hat ihm den Laufpaß erteilt. Nur gut, daß die Zeit ein unerbittlicher Richter ist, der sich mit Jakob Sorger gegen die Frau verbündet. Dahin ist der Blütenduft der frühen Jahre, die zarten Umrisse des Mädchens haben sich aufgelöst im Weichbild einer Matrone, die sich beugt unter dem Gewicht der Plastiktüten und der unübersehbaren Last der Konfektionsgröße vierundvierzig. Die Genugtuung ist vollständig. Der Abstand zur Vergangenheit vergrößert sich mit jedem Blick, mit jedem Schritt. Er geht nicht links, er geht nicht rechts, nie mehr gedrückt über die schmalen Bürgersteige. Er fällt ein über die Mitte der Hauptstraße. High Noon. Die Schneckenreiter werden niedergemacht ohne Pardon. Der Rächer reist inkognito. Im Blumenladen verlangt er rote Nelken. Die Häßlichkeit dieser Pflanze spottet jeder Beschreibung. Seit jeher mag seine Mutter am liebsten rote Nelken. Der Sohn zeigt sich versöhnt mit ihrem Geschmack und kauft fünfzehn Stück. Die Sonne scheint. Die Mutter steht schon hinter der Gardine und wartet. Sie ruft freudig seinen Namen und umarmt ihn. Das schwere Tellergericht ist vorbereitet. Essen, was auf den Tisch kommt. Ich habe, sagt sie, keinen Appetit. Iß erst mal was, iß nur, Junge.

Er ißt, sie schaut ihn an. Ist was, Mutter?

Es ist schön, daß du da bist und daß du deine Haare wieder kurz trägst, ich habe dich beim letzten Mal gar nicht wiedererkannt, so verludert und zottelig waren sie, deine Haare. Am Freitag hatte ich wieder diese stechenden Schmerzen im Arm, die kommen vom Herzen her, aber das weißt du ja. Als ich beim Doktor im Wartezimmer saß, habe ich gedacht, was Jakob jetzt wohl macht. Dein Bruder kommt auch nur noch, wenn Pfingsten auf Weihnachten fällt oder wenn er knapp bei Kasse ist. Aber das macht ja nichts, Hauptsache, es geht euch gut. Mehr will man ja nicht als Mutter: daß es den Kindern gutgeht. Iß nur, ich hab' draußen noch mehr.

Er will nicht nein sagen. Sie redet weiter, immer weiter in den Raum hinein. Sie rückt näher, der gefüllte Teller rückt näher, die altdeutsche Bauerngarnitur rückt näher, das in sattes Öl getauchte Alpenglühen fällt von der Wand. Jakob Sorger zieht sich zusammen unter den forschenden blaugrauen Augen seiner Mutter und öffnet die Knopfleiste seines Jacketts.

Schau mich mal an, sagte sie, schau mir mal ganz genau ins Gesicht. Du bist so schmal geworden im Gesicht, Junge, fehlt dir irgendwas?

Nein, es geht mir gut.

Mach mir nichts vor! Da stimmt doch was nicht. Sprich dich doch mal aus. Wir haben doch nie Geheimnisse voreinander gehabt, oder? Laß dir doch nicht die Würmer aus der Nase ziehen, erzähl doch mal ein bißchen. Ist es wegen Elisabeth? Du hast sie lange nicht mehr mitgebracht. Habt ihr euch etwa getrennt?

Ja.

Das habe ich mir gleich gedacht, im stillen habe ich immer

gedacht, die ist nichts für ihn, so distanziert, wie sie ist, und dazu das affektierte Gehabe. Sogar das »du« hat sie mir abgeschlagen, damals zu Weihnachten, weißt du noch?

Mutter, ich bitte dich, hör auf, und halt dich da raus.

Herrgott, sei doch nicht gleich immer so aufbrausend, was habe ich dir denn getan? Ich mache mir einfach Sorgen um dich, ich kriege kein Auge zu, wenn ich nachts wach liege und denke, daß du unglücklich bist, das kannst du mir glauben.

Der Hemdkragen scheuert, die Luft ist stickig. Jakob geht in die Küche, um Mineralwasser zu holen. Der Kühlschrank ist brechend voll.

Für wen hast du denn das ganze Zeug gekauft? Damit kannst du ja eine Kompanie verköstigen.

Für dich habe ich das gekauft, Junge, was meinst du, wie ich mich abgeschleppt habe. Alles Sachen, die du magst, nachher zum Abendbrot und morgen zum Frühstück.

Aber Mutter, du weißt doch, daß ich in einer Stunde wieder weg muß und nicht über Nacht bleiben kann.

Was, so bald schon? Aber am Telefon hast du doch gesagt, daß du dir Zeit nehmen willst diesmal, nur dieses eine Mal wenigstens.

Ich habe dir klar und deutlich gesagt, daß ich morgen in der Frühe einen wichtigen Geschäftstermin habe, klipp und klar habe ich dir das gesagt.

Reg dich nur nicht auf, es ist ja gut, ich habe ja nur gehofft, daß dir deine Mutter schon mal eine Übernachtung wert ist, so gefreut habe ich mich darauf, aber es ist ja nicht schlimm, ich kenne es ja nicht anders von dir und deinem Bruder, und wie weh ihr mir damit tut, geht nur mich etwas an. Die Unterhaltung bricht ab. Im Hintergrund läuft das Fernsehprogramm. Die Mutter weint schluchzend und sucht in den Öffnungen der Kittelschürze nach einem Papiertaschentuch. Der Mann schrumpft zum Sohn. Die Tränen fließen, und Jakob Sorger schmilzt dahin. Sie nimmt seinen Aktenkoffer und entfernt sich in die Küche.

Was hast du vor?

Ich packe dir ein paar Sachen ein, wer soll denn das alles essen, wenn du weg bist?

Er steht neben ihr in der Küche und sagt irgendwann: So Mutter, jetzt reicht es. Aber sie hört nicht auf ihn und füllt den Koffer bis an der Rand. Der Augenblick des Abschieds naht. Jakob Sorger verharrt auf dem Treppenabsatz, und seine Mutter ruft ihm von oben zu: Geh nur. Und denk mal an mich.

Er geht. Sie steht hinter der Gardine, und er spürt ihre blaugrauen Augen im Nacken. Der Koffer ist schwer, und auf dem Weg zum Bahnhof wechselt die Last alle hundert Meter von einer Hand in die andere. Der Zug ist pünktlich. Er atmet auf, betritt die Toilette und schließt sich ein. Er hebt den Deckel und greift mit beiden Händen in den geöffneten Koffer, um die überflüssigen Lebensmittel durch das Klo nach draußen zu spülen. Mitten in der Bewegung zieht er die Hände zurück und starrt sie voller Ekel an. Bis zu den Manschetten sind sie mit einer hellen Paste bedeckt. Von der Aluminiumdose mit der Aufschrift »Lindenblütenhonig« hat sich während des Transports durch die kleine Stadt mit den kleinen Menschen der Deckel gelöst: Lebensmittel, Herrenkosmetika, Präservative, Ersatzhemd und Geschäftsabschlüsse sind begraben unter der zähflüssigen Gabe. Im Toilettenspiegel wirkt der Reisende jünger denn je. Der geschlossene Mann zeigt einen Sprung. Vom Scheitel bis zur Sohle klafft ein breiter Riß, und aus der weiten Hülle stolpert ein schmollender, leicht übergewichtiger Junge, der sich, mit allen Wassern gewaschen, von allem und jedem getrennt hat – nur eben von der einen nicht.

Es gibt Männer, die haben so ein Gefühl. Irgendein ein unbestimmtes Gefühl, das ihnen sagt: Bleib liegen, Mann, es lohnt sich heute nicht, aufzustehen. Freitag. Schwarzer Freitag. Freitag, der dreizehnte. Freitags ist Jakob Sorger so ein Mann. Er kennt kein Zifferblatt, sieht keine Digitalanzeige, hört keinen Wecker. Wozu auch? Draußen ist es wie drinnen, und heute ist es wie gestern: polare Luftmassen und zunehmende Niederschläge.

Von Harndrang irritiert, erhebt sich der Mann. Halb noch in der Horizontalen wird, was zaghaft an ihm wach geworden, sogleich unter Standrecht gestellt und exekutiert. Beim schlurfenden, tastenden Gang über den Flur spricht sich der Schwerverletzte Mut zu: Das sei doch eigentlich gar nicht so schlimm oder vielleicht sogar eine Verwechslung mit dem Wetterbericht gewesen. Aber dann, beim Öffnen der Badezimmertür, erfüllen sich die düstersten Verheißungen des Tageshoroskops: Alle Gewehrläufe sind auf Sorger gerichtet, und bis zum Wasserlassen wird er noch ein dutzendmal niederkartätscht. Anschließend wir das Gesicht in Tränen und Buttermilch getunkt und mit Glycerin abgespült. Da sich beim Blick in den Spiegel in den Mundwinkeln die für einen Aufbruch ins Leben notwendige Restenergie nicht abzeichnet, entkleidet sich Sorger wieder und kehrt ins Bett zurück. Dort bedauert er, der täglichen Beseitigung seiner Empfindungen immer noch nicht gewachsen zu sein, und bereitet sich unter Hinzuziehung der einschlägigen Literatur auf den nächsten Angriff vor. Heute mit Kafka. Kafka paßt immer und trägt einen weiten Mantel, unter dem auch Sorger noch Platz findet. Als ich an einem anderen Tag nach einem kurzen Nachmittagsschlaf die Augen öffnete, meines Lebens noch nicht ganz sicher, hörte ich meine Mutter im natürlichen Ton vom Balkon herunterfragen: Was machen Sie? Eine Frau antwortete aus dem Garten: Ich jause. Da staunte ich über die Festigkeit, mit der die Menschen das Leben zu tragen wissen. Der Abstand zu Kafka schrumpft Sorger von Zeile zu Zeile. Hier endlich kann er sich einbringen, und er tut gut daran, den Schrei des Entsetzens, den ein anderer ausstößt, sich selber einzupflanzen. Geht nicht auch ihm unentwegt alles nahe und unter die Haut? Überfällt nicht auch ihn ein plötzlicher Brechreiz, wenn er die Zeit verrinnen sieht zwischen Butterfahrten und Landpartien? Denkt nicht auch er ständig an die Eitelkeit allen Tuns: an die Sinnlosigkeit des morgendlichen Aufstehens, an die Überflüssigkeit des Knüpfens von Schnürsenkeln und Liebesbanden, an die monotone

Abfolge von Sommer- und Winterschlußverkäufen, Jahr um Jahr?

Kaum geht er auf die Straße, fällt es so messerscharf über ihn her, donnert es laut krachend über ihm nieder, gewitterhaft protzend, der niemals endende Schrecken der Welt. Dort sieht er den in pharmaindustriellen Großversuchen gequälten Hund, drüben die von Parasiten befallene Ulme im Hinterhof, unter Qualen denkt er an das unter der Zufuhr von Nitrosaminen aufschäumende Starkbier, die durch Dioxinbeimengungen für den Verzehr ungeeignete Muttermilch, das unter der Startbahn begrabene Waldmoos. Und an die Bombe muß er denken, vor allem die Bombe brennt ihm auf den Nägeln. Die Bombe ist ihm ganz nahe, sie ist ihm lieb und teuer, für sie hält er im Theater einen Platz frei, für sie rückt der U-Bahn-Fahrer höflich zur Seite, für sie legt er beim Abendessen ein Gedeck mehr auf, die Bombe ist Sorgers guter Kamerad. Wenn sie anläßlich eines geselligen Beisammenseins, einer Cocktailparty etwa, einer Galerieeröffnung, eines kollektiv ausgelegten Beziehungsgesprächs, wenn sich bei solchen Zusammenkünften Entspannung, Heiterkeit und gemeiner Frohsinn unter den Gästen auszubreiten droht, ruft Sorger ein leises, aber unüberhörbares »Pssst« in die plappernde Menge, so daß alle, nachdem er dieses »Pssst« ein zweites Mal wiederholt hat, zu ihm hinblicken und das Stimmengewoge stockt und endlich einer Totenstille weicht. Dann erhebt Sorger seine Stimme, rauft sich mit allen zehn Fingern die Haare und schreit: »Die Bombe, wir haben die Bombe vergessen!« So ist Sorger am Freitag. Das ist Sorger, wie er leibt und lebt, wenn man das überhaupt ein Leben nennen darf, diese Selbstkreuzigung im Schatten der Apokalypse.

Die Tage und Nächte, die ihn noch vom Ende trennen, verbringt er gern mit Männern seines Zuschnitts und seiner Denkungsart: Freund Rotter, ein zum harten Punk konvertierter Veterinärmediziner, sieht aus, als gehörte er bereits zur Generation der Überlebenden des flammenden Infernos. Hohlwangig, bleich, übernächtigt, eingerissene Fingernägel, gelbfleckige

Schneidezähne, das Haar gesträubt und versengt, ist diese wüste Gestalt jederzeit bereit, die Sorgerschen Visionen auszuspinnen und zu vertiefen. Ein vierfach geteilter Schizo, als der er sich zu erkennen gibt, werden seine wenigen Telefongespräche seit Jahren nacheinander von seinem untoten Vater, dem ermordeten Schwarzenführer Malcolm X, der universellen Counterinsurgency und den Häschern des Bundeskriminalamts abgehört. Seine Exfrau Marlene, die ihm nach der Scheidung die Kinder weggenommen hat, steckt mit dem Großen Bruder unter einer Decke und koordiniert den Vernichtungskrieg gegen seine Person. Der Dritte im Bunde ist Kaiten, ehemaliger Grundschullehrer und Gelegenheitsschriftsteller. Viertagebart, gepflegt ausgemergelt, abgerissene weiträumige Kleidung nach dem Entwurf des Bettlersyndikats in Fritz Langs »M«, deckt er im endzeitlichen Männerterzett nach der atomaren und medialen die institutionelle Verseuchung der Gesellschaft auf: An Gestik, Mimik und Habitus der vorbeiströmenden Passanten, seien es Kinder, Männer, Frauen, Greise, entdeckt er schonungslos die Zeichen des Familien-, Wohn-, Schul- oder Beziehungsknasts sowie die Schleifspuren anderer Formen der Isolationsfolter.

Vor Jahren schon haben Rotter und Sorger dem Freund nahegelegt, sich wegen seiner schweren Rheumaanfälle einer medizinischen Behandlung zu unterziehen. Du gehst am Stock und wirst dich bald überhaupt nicht mehr bewegen können. Kaiten aber hat dieses Ansinnen empört zurückgewiesen: Das lohne sich kaum im Hinblick auf die nahe Ewigkeit, und zudem sei das Feuer in seinen Gelenken die Quelle seiner literarischen Produktivität. Nacheinander ruft Sorger Rotter und Kaiten an und überrascht die schlaftrunkenen Leidensgenossen mit dem soeben entdeckten Kafka-Zitat. Sie finden es sehr schön. Das Ganze ist das Unwahre, sagt Rotter, das unglückliche Bewußtsein soll absterben, sagt Kaiten, und sie einigen sich auf ein gemeinsames Frühstück am Nachmittag. Bei der Wahl des Ortes wird sich das Trio schnell einig, das Härteste ist gerade gut genug: Nichts ist häßlicher als das »Kentucky Fried Chicken«

am Römerberg. Sorger klettert in die vor seinem Bett verstreut liegenden Kleidungsstücke, Breitcord, Danske Loppen, Sweatshirt, macht sich ächzend auf den Weg und erreicht die Fast-Food-Filiale als erster. Im Viertelstundenabstand trudeln die anderen ein und versammeln sich nach einer stummen Umarmung vor der Theke. Dahinter steht ein Mädchen mit einem Papphütchen und betrachtet gedankenverloren das zutage geförderte Ohrenschmalz unter dem Nagel des kleinen Fingers. Die dicke rostbraune Fettschicht auf den Scheiben des Grillautomaten verursacht den Betrachtern einen prächtigen und lang anhaltenden Ekel. Sorger ordert die aus fünfzehn Teilen bestehende Familienbox und einen Sechserpack Henninger. Er hält die Hand in die Höhe und fragt: Indoor, outdoor? Sie entscheiden sich für ein Menü im Freien und schlendern zum Fluß hinunter.

Die Mainoberfläche zeigt sich vom Wind geriffelt, ein überfüllter Vergnügungsdampfer zieht seine Bahn zwischen dem Autofriedhof Fechenheim und den Dünnsäureströmen der Hoechst AG. Vor ihren Augen fliegt eine einzelne Möwe dicht über die »Ingrid Marie« gegen den Wind, fängt ein ihr zugeworfenes Brotstück auf, läßt sich mit einer Drehung in die Luftströmung fallen, fliegt zurück mit großer Geschwindigkeit, hebt sich hoch über das Schiff, stellt abrupt alle Flugbewegungen ein, fällt wie eine nasse Zeitung ins Wasser und verschwindet im Kielwasser des anlegenden Bootes. Die drei sind nicht im geringsten überrascht, sie haben geahnt, daß diese Möwe nur eine von vielen ist, die in absehbarer Zeit ihre Flugbahn verlassen und in freiem Fall zu Boden stürzen werden in großer Zahl. Nicht ohne einen Schimmer von Behagen in den Augen – wir haben es immer gewußt, aber uns fragt ja niemand – wenden sich die drei Schwarzseher vom sterbenden Flußlauf ab und ihren toten Vögeln im Plastikbehälter zu. Rotter dreht eine Hähnchenkeule zwischen Daumen und Zeigefinger und legt mit einem kräftigen Biß der leidlich intakten Eckzähne den Halsknochen frei.

Mir dämmert zum erstenmal beim Geflügelessen, sagt er, daß das ja vor Stunden noch ein springlebendiges, putzmunteres Tier war, das sicher noch einiges vorhatte im Leben. Bisher war das immer nur ein gleichgültiges Nahrungsmittel für mich wie etwa eine Fritte.

Oder wie ein Fischstäbchen, wirft Kaiten ein, wie überhaupt der gerupfte und halbierte »Wienerwald« mittlerweile wirklicher scheint als das ganze gefederte Hähnchen. Ich habe mir sagen lassen, daß der panierte Fischriegel in der Vorstellung von Kindern den lebendigen Hochseekabeljau längst ausgelöscht hat.

Jaja, meint Sorger und schält das blendendweiße Brustfilet von den Rippenbögen, das Ende einer geschundenen Kreatur. Kaum hat sich das flauschige Tierchen durchgepickt in die kalte, neonleuchtende Welt der Legebatterien und Mastkäftige, ein bißchen Scharren, ein bißchen Schnäbeln im Takt stimulierender Diskoklänge, wird seinem Leben ein Ende gemacht, und es liegt, umgeben von Tausenden von Kameraden, bei arktischen Temperaturen im Froster und wartet auf seine Weiterverarbeitung.

Wo mögen wohl die anderen Teile sein, fragt Rotter, ich meine die anderen sieben Achtel des ganzen Gockels. Sind sie in diesem oder jenem Karton, liegen sie in meinem Magen oder in deinem Magen? Wer kann das wissen?

Die Möwen fallen mit verneinender Gebärde in den ölverschlierten braunen Strom, und Jakob Sorger wirft die Knochen in Richtung Mainz.

Ich empfinde eine tiefe Freude bei dem Gedanken, daß die Massenhaltung in unserem Hähnchen Anlagen zu gefährlichen organischen und seelischen Erkrankungen hervorbringt, die in seinem kurzen Leben jedoch nicht mehr zum Ausbruch kommen und statt dessen im menschlichen Fleischfresser explodieren über kurz oder lang. Die getretene, niedergehaltene, domestizierte Natur rebelliert. Mein ist die Rache, spricht der Hahn, und in Null Komma nichts hat der Verbraucher eine Immunschwäche, eine Allergie oder einen Hormonkoller am Hals.

Aber auch wir könnten uns anstecken, wirft Kaiten ein, und Schaden nehmen an Leib und Seele.

Aber geh, das macht doch nichts, entgegnet Sorger, schau uns doch an, wir sind doch schon fix und fertig, bei Licht betrachtet, wir haben doch schon alles hinter uns auf dem Weg nach ganz unten, oder? Warum sollten wir uns da nicht getrost mit dem kranken Tier in uns solidarisieren und ihm zuflüstern: Ich esse dich ohne Rücksicht auf mich selbst. Gedankenverloren schnippt Jakob Sorger einen vergessenen Hühnerbürzel über die Kaimauer ins trübe Wasser: Als ehemaliger Sozialarbeiter kann ich mir natürlich nicht ruhigen Blutes mitansehen, wie unschuldige Kinder sowie Frauen und andere dünnhäutige Minderheiten sich mit dem schleichenden Gift infizieren und zugrunde gehen.

Ja, was sollen wir denn tun? fragt Rotter. Den Laden boykottieren, die Zuchtgehege abfackeln, den Landwirtschaftsminister erschießen, oder was?

Unsinn, ich plädiere für eine elegantere Lösung, we are prepared to go down like gentlemen. Wir suchen uns einfach Angehörige unserer Generation und unseres Geschlechts, die so sind wie wir und die alles verloren haben wie wir: die Lust, die Arbeit, die Fassung, die Nerven, die Haare, den Faden, den Führerschein. Und wenn wir genug beisammenhaben, geht es ungeheuer los. Mit denen organisieren wir die Vernichtung des Grillhuhns: Noch ehe am Morgen der erste harmlose Kunde, das schöne Kind, die gepflegte Frau, der wackere Greis, eine der schmierigen Filialen betreten hat, sind wir, die Mitglieder der verlorenen Schar, schon immer dagewesen und haben den gesamten Geflügelbestand aufgekauft, zerrissen und gefressen. Das wiederholen wir am Mittag und am Abend, Tag für Tag, Monat um Monat wenden wir das Unheil ab von unseren Mitmenschen und bündeln den Untergang in unseren vom Tode gezeichneten Körpern.

Das ist der blitzhelle Wahn, das ist der grellste Flash seit langem, stimmen Rotter und Kaiten begeistert zu, wir verwandeln uns in Giftdeponien, Mann für Mann bis zur Halskrause abgefüllt mit Klaustrophobien und Antibiotika: Das ist die absolut korrekte Linie, ist das ja.

Also, morgen um neun im Kentucky: ich, du, er und die anderen.

Die Rede versickert, der Fluß verliert sich, der Abend sinkt, die Männer gehen, der Freitag endet – Gott sei Dank.

Am Samstag dürfen alle ausschlafen, nur der freie Biograph muß sich vor Tau und Tag die Augen reiben, sich an den Kopf greifen und zur Wortmaschine schleppen, ehe der Hahn kräht. Dieser Zusatz ist völlig daneben. Nach dem schwarzgefiederten Freitag wird mir immer ganz schlecht bei dem Gedanken, je wieder einen Vogel in den Mund zu nehmen, geschweige denn zur Sprache zu bringen.

Heute will ich mir einen sehr liebenswürdigen Samstagssorger schnitzen, einen gemütvollen Ausschläfer erwecken, einen tatkräftigen Mitmenschen lautmalen, der mit sich und der Welt versöhnt, hellwach und erschütterbar durch die Zeilen weht oder: Siehe, er kommt hüpfend über die Berge. Das ist ein guter Anfang. In der Küche pfeift das Kaffeewasser, und draußen schlagen die Bäume aus. Die nackten weißen Arme kräuseln sich gänsehäutig, aber da nun endlich der Wind steht, sammelt sich die Sonne im Nacken und fließt über die Schultern bis in die Fingerspitzen hinein. Lächelnde Rentner stelzen vorsichtig über die Wiese und streben dem Wasserhäuschen zu; die haben der Heimordnung und dem Wintertod ein Schnippchen geschlagen: drei Bier, drei Dornkaat. Neben den Bougainvillasträuchern zucken schwarze Boogietänzer ohne Musikbegleitung; über den Lupinen geht eine rote Frisbeescheibe auf, die der muskulöse Fänger knapp verfehlt. In der schattigen Mulde am Pavillon parken hochrädrige großspurige Karossen: Die neuen Kinder verschlafen und verdauen die Welt. Ihre stolzen Eltern fläzen sich auf blaulackierten Gartenstühlen, der Kellner serviert leichte Getränke und die ausgeruhte Höflichkeit der Frühsaison.

Nach dem ersten Schluck sehe ich, daß die Tasse einen Sprung hat, und denke an einen alleinerziehenden Schriftsteller, der einen großen Spaß am Leben und an der Arbeit hat. Ein gesunder Mensch muß lieben und arbeiten können, erinnere ich und schenke nach. Ich höre einen Nachbarn, der eine Etage über mir wohnt, pfeifend die Treppe heraufkommen, seine spezielle Art zu pfeifen, bei der er die Zunge unter den Gaumen legt und die Lippen so gut wie gar nicht gebraucht, dafür die Atmung kontrolliert einsetzt und die Melodie durch die Schneidezähne bläst, seit seinem Einzug vor drei Jahren »Roxy Music« und seit Monaten »Flesh and Blood«. Er klopft, ich öffne die Tür, und er sagt »Hallo«, und ich sage »Hallo«, und er zeigt mit der Brötchentüte nach unten und sagt: »Seit zwanzig Minuten steht da ein Typ bei dir auf der Klingel, willst du ihm nicht mal aufmachen.« Und ich sage: »Och ja, die Klingel ist kaputt, ich werde ihn abholen, und danke übrigens.« Er nickt, geht nach oben, ich gehe nach unten, und da steht tatsächlich einer, wie soll ich sagen, einer wie ich, einer wie wir, einer von uns und sagt: »Ich habe gehört, daß Sie an einem Roman sitzen. Darüber würde ich gern mal mit Ihnen reden, wenn's recht ist.« Eigentlich ist es mir gar nicht recht so kurz vor dem Ende, aber ich sage: »Klar doch.« Und wir gehen die drei Treppen rauf, ich vorneweg, und ich denke, daß er entweder von der Zeitung ist oder mir ein Abonnement verkaufen will, aber warum tut er so geheimnisvoll? Oben biete ich ihm einen Platz im Ohrensessel und eine Tasse Kaffee an.

Bevor er sich setzt, schnellt sein Arm nach vorn, und er sagt: »Entschuldigen Sie, daß ich mich Ihnen noch nicht vorgestellt habe, Sorger ist mein Name, Jakob Sorger.« Ich nehme seine Hand, er nimmt meine Hand, und ich denke: Das ist die Zeit der gepflegten Umgangsformen, man entschuldigt sich wieder, man reicht sich wieder die Hand in unseren Kreisen. Und dann denke ich: Nun bin ich endgültig verrückt geworden, jetzt hat es mich kurz vor Drucklegung doch noch erwischt. Jakob Sorger, der Leibhaftige, der Protagonist hat mein Blut gesoffen, macht sich selbständig und betrachtet aufmerksam meine entgleisten Gesichtszüge!

Das alles wäre nicht passiert, wenn ich auf meinen Hausarzt gehört hätte. Ziehen Sie zwischendurch mal den Stecker aus der Wand, hat er gesagt, gehen Sie in die Sauna, in die schöne Natur, ins Theater, nehmen Sie teil am brausenden wilden Leben außerhalb Ihres Schreibgehäuses. Zu spät, Doktor, denke ich, der Faden ist gerissen, leider. Ich lasse seine Hand los und sage: »Nett, daß Sie gekommen sind. Was kann ich für Sie tun?« Er stopft sich eine Pfeife und steckt sie an. Ich suche im Geschirrschrank nach einer Untertasse, und er sagt: »Ich brauche keinen Ascher.« Warum verwendet er dieses Wort, warum sagt er Ascher? Er legt den Zeigefinger auf die Nasenspitze und sagt: »Im großen und ganzen bin ich mit Ihrer Darstellung meiner Person einverstanden. Da wären nur noch einige Fußnoten anzubringen, einige sanfte Korrekturen sind fällig, wenn Sie gestatten, ja?« Und ich sage: »Schießen Sie nur los, jetzt ist sowieso alles egal.« Und er sagt: »Ja, wenn das so ist. Das erste betrifft ein von Ihnen ausgespartes Trauma, etwas Frühkindliches, das ich die Köllsche Kastration nenne, wenn Sie verstehen, was ich meine«, sagt er. Und ich sage: »Nein, ich verstehe nichts, aber ich habe das Gefühl, daß das womöglich gar nicht wichtig ist beim jetzigen Stand der Dinge.« Und er sagt: »Es war doch so, daß ich im Alter von vier Jahren im ausgebombten Köln mit meiner Mutter am Eigelstein lebte, und zwischen unserer Wohnung und dem Dom war kein einziger Stein auf dem anderen geblieben. Eines Tages war ein großer Lärm draußen auf dem Flur, und ich habe durch das Schlüsselloch nach draußen geschaut und gesehen, daß ein uniformierter Mann mit einem goldgriffigen Messer auf eine Frau einstach, die sich mit einem Bügeleisen in der Hand verzweifelt gegen den Mann wehrte und von diesem Stufe um Stufe die Treppe hinuntergetrieben wurde. In diesem Moment wurde ich zu Tisch gerufen und durfte den Ausgang der Szene nicht abwarten. Verstört stammelnd berichtete ich der Mutter von meiner Beobachtung, aber sie meinte, ich solle mein Essen zu mir nehmen, da sei wohl meine Phantasie mit mir durchgegangen. Und zum Beweis führte sie mich eine halbe Stunde später ins Treppenhaus: Alles war ruhig und menschenleer. Einige Monate später, es war im Februar 1951, brach der Karneval aus, und meine Mutter zog mit einem Mann, den ich ›Onkel‹ nennen mußte, zu einem Kappenball und ließ mich allein mit meinem Teddy und mit meiner Angst. Überall um mich herum erhoben sich die Stimmen, Feuerwerkskörper zischten, Messer blitzten, und auf irgendeinem Treppenabsatz lag eine sterbende Frau, und die Schritte des Mörders näherten sich der Wohnungstür. Da bin ich in die Küche geschlüpft, habe das Nudelholz aus dem Schrank genommen und das große Brotmesser dazu und wollte im Bett die Ankunft der tödlichen Klinge abwarten. Vor Schreck fing meine Nase an zu bluten, alles war voller Blut, und es vergingen Jahre, bis ich endlich einschlief. Als meine Mutter weit nach Mitternacht nach Hause kam und das Kinderzimmer betrat, sah sie mich in meinem Blute liegen, wähnte mich tot und verfluchte den Tag und ihre Vergnügungssucht. Nie mehr wolle sie mich allein lassen, schwor sie mir unter Tränen, warf kurzerhand den sogenannten Onkel aus dem Haus und kümmerte sich fortan nur noch um mich. Ich will es kurz machen. Das Kind in mir wurde in zweifacher Hinsicht traumatisiert: das verleugnete Messer zum einen, die überfürsorgliche Mutter zum anderen. Ich wollte Sie bitten, diese für meine psychosexuelle Entwicklung bedeutsame Passage in meine Lebensgeschichte einzuflechten«, sagt er und scheint erleichtert.

Er saugt an seiner krummen Pfeife, stößt vanillierte Tabakwölkchen aus und läßt sich mit erwartungsfrohem Blick in meinen schönen Sessel zurücksinken. Mir mißfällt das, die ganze Person ist mir unsympathisch, ich weiß nicht warum, und ich sage: »Tja, es tut mir leid um Sie und Ihre verpfuschte Kindheit, und ich hoffe, daß es Ihnen gutgetan hat, sich gegenüber einem wildfremden Menschen derart offen und schamlos zu äußern. Aber mehr kann ich nicht für Sie tun, und nachgebessert, eingefügt und überlackiert wird kein Wort, keine Zeile und kein Absatz, das kann ich Ihnen auf Wunsch auch schriftlich geben«, sage ich und merke, daß ich mich in Rage rede.

Und ich weiß jetzt genauer, warum ich ihn nicht leiden kann, nie werde leiden können, und sage: »Sie haben Ihr Trauma, ich habe mein Messer, viele haben ein Nasenbluten, und wenn wir alle Verletzungen zusammenpacken, machen wir eine Big Band auf und spielen den größten Blues der Welt, aber bitte ohne mich, ja? Da war am Anfang immer ein Karneval, eine Verlassenheit, eine Bedrohung und ein Kind. Damit wir uns recht verstehen, ich habe nichts gegen Kinder. Kinder sind wunderbar, sie tanzen, singen, malen und denken sich treffende Worte aus, ich mag Kinder, kleine Kinder, wirkliche Kinder. Aber diese in die Jahre gekommenen Kinder, diese graumelierten dreißig- bis fünfzigjährigen Kinder, die da greinend mit tränenverschleiertem Blick zwischen Urschrei und Rebirthing durch die Therapiegesellschaft stolpern und sich so durchs Leben nuckeln mit diesem waidwunden Was-hat-man-dir-du-armes-Kind-getan-Blick, die mag ich nicht. Was sage ich, die hasse ich wie die Pest, die fürchte ich mehr als den Gottseibeiuns. Und warum? Nicht weil sie Opfer sind oder sich als solche empfinden, Opfer des Erdbebens, des Nachkriegs, der Eltern, der Erziehung, der Verhältnisse, des Zeitgeistes und was weiß ich, sondern weil sie sehr kokett sind als Opfer, weil sie sich im Grunde wohl fühlen als Opfer, weil es das schmatzende, suhlende, saumäßige Behagen ist, mit dem sie sich im schwarzen Schlamm ihres frühen Unglücks wälzen: passiv, kraftlos und ungerührt wie die hartleibige, behäbige und vergeßliche Gesellschaft, die sie nicht müde werden anzuklagen, anzubetteln und anzujammern in einem fort und von der sie doch durchdrungen sind bis ins Mark. Hey Sorger, sagen Sie doch mal was«, sage ich. Aber meinem Besucher ist die Pfeife ausgegangen und das Wort, und ich sage in seine Richtung: »Ich stehe ein bißchen unter Druck, Herr Sorger. Wie Sie wissen, muß ich Ihre Geschichte bis spätestens Sonntag zu Papier gebracht haben. Deshalb sollten Sie mir nicht länger die Zeit stehlen. Kehren Sie in Ihre Ausgangsstellung zurück, pflegen Sie Ihre Erinnerungen und Ihre Wunden, und lassen Sie mich in Ruhe arbeiten. Es ist ja auch in Ihrem Interesse, daß die Biographie bis zum Wochenende eine glückliche Wendung erfährt. In dieser Richtung zeichnet sich ja bisher noch nichts ab. Am Sonntag haben wir den Rücksturz in die kindliche Erlebnisart, am Dienstag den betrunkenen Sisyphos, am Mittwoch den unterworfenen Häusling, am Donnerstag den durchgestylten Muttersohn, gestern wurde ich von den drei apokalyptischen Reitern heimgesucht und heute von Ihnen. Ich baue auf das Sonntagskind, der sonntägliche Jakob wird alles aus der Schwärze reißen, aber von nichts kommt nichts, und deshalb möchte ich Sie eindringlich bitten, zu gehen.«

Aber meine Bitte bleibt unerhört. Der ungebetene Besucher sitzt, eingehüllt von seinem Knaster, in meinem Sessel und macht keine Anstalten, meiner Aufforderung zu folgen. Ich erhebe mich und öffne demonstrativ das Fenster zum Hof. Aus der Rauchwolke heraus spricht mit einemmal seine Stimme. »Das Blau«, sagt die Stimme. Und ich sage: »Was ist mit dem Blau?« Und er sagt: »Sie wollten doch an mir das Blau erfinden, das tiefste Blau.« Und ich sage: »Ja, und? Wenn Sie endlich verschwinden, werde ich es schon finden, das Blau.« Und er sagt: »Sie werden kein Blau finden, zumindest nicht das tiefste.« Und ich sage: »Das wollen wir doch mal sehen, Sie Schlechtschwätzer, noch ist nicht aller Tage Abend.« Und er sagt: »Selbst wenn Sie es finden, werden Sie es nicht sehen, bestimmt nicht, weil Sie überhaupt nicht an das Blau glauben.« Und ich sage: »Ich werde einen Teufel tun und mit Ihnen über Glaubensfragen streiten.« Und er sagt: »Kennen Sie das Märchen von der Frau, die auszog, ihren Mann zu erlösen?« Und ich sage: »Müßte ich das kennen? Bei mir küßt der Prinz sein Dornröschen wach und nicht umgekehrt.« Und er sagt: »Sehen Sie, und deshalb finden Sie das Blau auch nicht im letzten Kapitel, zumindest nicht das tiefste. Sie finden sicher irgendein Blau, so ein hektisches, atemloses, vorwärts geprügeltes Blau, von dem Sie behaupten werden, es sei das tiefste Blau. Nur Sie und ich wissen, daß das nicht stimmt. Das tiefste Blau nämlich hat Stetigkeit, Wärme und Geruch und weht leise vom Land der Frauen her.« Und ich sage: »Ja, und was soll ich jetzt tun?« Und er sagt: »Geben Sie die Geschichte endlich aus der Hand, lassen Sie sie einfach los, und am Ende kommt das Blau, gut und tief, ich verspreche es Ihnen.« Und ich sage: »Wem soll ich denn die Geschichte anvertrauen, können Sie mir das sagen?« Und er sagt: »Wem wohl? Mir. Geben Sie mir meine Geschichte zurück, und ich werde sie zu einem glücklichen Ende führen.« Das leuchtet mir ein. Ich wundere mich noch darüber, daß es mir einleuchtet, und sage schon: »Gut. Da steht die Maschine, und dort liegt das Papier.« Im Hinausgehen streife ich seine Schulter. »Alles Gute, Jakob Sorger«, rufe ich ihm leise zu. Und dann gehe ich zur Tür und schließe sie vorsichtig hinter mir und meiner Geschichte.

Ausfahrt nach Indigo

Es war einmal ein Mann, der hieß Jakob Sorger und lebte im Süden Deutschlands am Rand einer Drehscheibe, die man Frankfurt nennt. Er hatte sein Auskommen und eine Eigentumswohnung mit Garten, er galt als umgänglich, freundlich und zufrieden. An einem Sonntag im April verließ er Frau, Kind und Anwesen um einer Farbe willen. Er suchte, fand und verlor die Farbe wieder und endete dennoch nicht im Unglück.

Das ist die vollständige Geschichte, und man könnte es dabei bewenden lassen, läge nicht ein gewisser Reiz im umständlichen Öffnen und Schließen des Mundes, im Erzählen also. Und obwohl bekanntlich auf der kleinsten Grabplatte genug Raum ist, um die komprimierte Fassung eines Männerlebens unterzubringen – unübertroffen an Kürze und Bündigkeit ist die Inschrift »Triumph, es ist vollbracht!« –, so ist doch anzunehmen, daß es hie und da einen bildermüden Fernseher gibt, dem die geduldige Ausbreitung von Einzelheiten ein wenig Kurzweil und Entspannung bietet. Es darf erzählt werden.

Wo war's, wo war's nicht, in einem großen Haus neben einem kleinen Haus, in einem kleinen Haus neben einem großen Haus, gleichwie: Der Mann lebte mittendrin, war mittelblond, mittelgroß, mittelschwer und entfernte sich bis zu jenem besagten Sonntag im April nicht einen Millimeter von einer unsichtbaren, in mittleren Lagen verlaufenden Schicksalsspur, die ihm sein Familienname vorgezeichnet hatte: Sorger.

Es ist für den Gang der Handlung völlig unerheblich, Mutmaßungen darüber anzustellen, ob und in welcher Weise sich Jakobs Leben einem anderen Nachnamen gebeugt, unter einem anderen Nachnamen entfaltet hätte. Da wir nicht in den Vereinigten Staaten von Nordamerika leben, wo man den Namen seines Vaters ablegen kann wie einen zerschlissenen Rock, kommen wir hierzulande als Schmidt, Müller, Zenker, Bohnsack, Fellner, Tengelmann, Trenck, Barzel oder eben als Sorger zur Welt, folgen dem Klang, der Farbe, dem öffentlichen Ansehen unseres ererbten Namens und suchen das Beste daraus zu machen, so auch Sorger.

Vierzig lange Jahre hindurch verlief das Zusammenspiel zwischen dem Namen Sorger und seinem Träger ohne nennenswerte Zwischenfälle und in schönster Eintracht. Der Mann machte seinem Namen alle Ehre, und der Name schmiegte sich dem Manne an wie ein gutgearbeiteter, wenngleich knapp sitzender Anzug. Es dürfte nunmehr leicht zu erraten sein, was diesen Mann umtrieb, was sein Leben bestimmte und im Innersten zusammenhielt: die Sorge. Von Kindesbeinen an sorgte sich Jakob Sorger um jeden und alles, was Anlaß und Vorwand zur Sorge bot: Nach dem eiligen Verzicht auf die ersten, von Verantwortungslosigkeit und Vergnügungssucht gekennzeichneten autoerotischen Bestrebungen der frühen Zeit sorgte sich das Kleinkind Sorger sogleich um seine unter Nierenkoliken leidende Mutter, als großer Bruder dann sorgte er sich um seinen vaterlos aufwachsenden kleinen Bruder, als Gymnasiast sorgte er sich um die ungerecht behandelten Mitschüler, als Jungbuchhändler um die dem Untergang geweihte Lesekultur, als Student um die historische Mission der Arbeiterklasse, als Sozialarbeiter um die Randgruppenangehörigen, als Hochschullehrer um die verdunstende Gesellschaftskritik, als freier Wortmacher schließlich sorgte er sich um das schnelle Altern der neuesten Literatur. Nun sollte man meinen, daß dieses anstrengende und aufreibende tagtägliche Sorgen, Kümmern und Gedankenmachen über die öffentlichen Angelegenheiten geradezu schreit nach einer entspannten Gelassenheit, nach froher Sorglosigkeit im Privatleben und in der Intimsphäre des Helden. Leider aber blieb dieser Schrei unerhört, weil der hauchdünne Schirm zwischen dem Draußen und dem Drinnen, dem Dort und dem Hier, der Welt und dem Ich des Jakob Sorger im Laufe der vierzig Jahre immer durchscheinender, immer durchlässiger geworden war, wenn er überhaupt je bestanden hatte. Nein, auch hier auf dem immergrünen Feld der Liebe, auf dem Grund des hellsten und zärtlichsten Gelächters verzehrte er sich über viele Jahre in ernster Sorge um den anderen, zerbrach sich unentwegt nicht nur den eigenen Kopf, sondern auch den der Frauen an seiner Seite und wußte häufig vor lauter Einfühlung weder aus und ein, weder vor noch zurück. In die frühen Sechziger fällt seine erste scheue Begegnung mit dem weitgehend unbekannten Geschlecht. Der Abschlußball hat Jakob Sorger ein Mädchen beschert, und weil es ein sehr schönes und liebreizendes Mädchen ist, das sich ihm gewogen zeigt durch ein tiefes und warmes Lächeln, vergißt er einen Augenblick lang den auf Stirn und Handflächen ausbrechenden Angstschweiß, und man sieht ihn, wie er sich in der dunklen Abgeschiedenheit eines Partykellers tapfer seinen Weg bahnt durch Pettycoatwolken, Steckkragen und Schaumstoffzonen, wie er mit großem taktilem Vermögen das Rätsel des BH-Verschlusses löst, man sieht ihn, wie er sich der letzten textilen Schranke, einem Hüftgürtel aus zähem Lastexgewebe, nähert, und dann sieht man nichts mehr, weil sich der junge Mann wie aus heiterem Himmel zum Abbruch der Expedition entschließt. An dieser Stelle sieht sich nicht nur der Spanner getäuscht und hinters Licht geführt; auch der mitfühlende Erzähler und Leser möchte dem Jakob zurufen: Ja, bist du denn von allen guten Geistern verlassen, du hast wohl vollends den Verstand verloren, wann, glaubst du denn, wird ihn ein wissendes Opfer des damaligen Sexualklimas anherrschen, wann kreuzt ein solch lichtes und selbstgewisses Mädchen in diesen verklemmten Zeiten noch einmal deinen Weg, du Dummkopf. Zu verstehen sind diese Regungen der Ungeduld schon, aber die Anwürfe erreichen den Adressaten nicht. Jakob Sorger ist ausgeflogen. Er ist nicht da, wo man ihn vermutet, er ist weder bei sich noch bei ihr. Er hält sich auf bei seiner Sorge um das Mädchen. Er sorgt sich um ihren guten Ruf, er sorgt sich um das, was sie von ihm denken könnte, er sorgt sich um den nächsten

Morgen, den nächsten Schritt, den nächsten Gedanken, die Sorgen schlagen über ihm und seinem Kopf zusammen, kurz: Sein Name hat ihn eingeholt, und das Mädchen ist er los.

Ein gewisser Trost liegt darin, daß die Zeit nicht stillsteht, daß sie unbekümmert weitermacht ohne jedes Personen- und Namengedächtnis, daß sie in die Ängstlichen, die Zauderer, die Kümmerlinge und Sorger einsickert und sie entführt und weiterträgt zu immer neuen Ufern. Das ist gut so, auch für Sorger. Die Backfische sterben aus. Der Tanzstundenjüngling mausert sich zum Genossen. Das Studentenwohnheim ist kein Partykeller, und die Frau, die ihren Kommilitonen in seiner im zwölften Stockwerk gelegenen Zelle besucht, hat die Errungenschaften der Miederindustrie abgestreift. Sie sieht so aus, wie sich Jakob, seit er rot geworden ist, das Proletariat immer vorgestellt hat. Sie heißt Dorothee, ist sehr blond, hat braune Augen, einen deutlichen schwäbischen Akzent und verfügt über einen antifaschistischen Stammbaum, in dessen Glanz sich Jakob gern sonnen würde. Seit zwei Semestern macht er ihr den Hof, auf seine Weise. Jederzeit ist er zur Stelle, wenn es darum geht, ihre naturwüchsige soziologische Phantasie theoretisch zu beflügeln, er greift ihr unter die Arme in allen die Kritik der politischen Ökonomie betreffenden Fragen und legt Hand an die Referate und Protokolle, mit denen sie nicht zu Rande kommt.

An dem Morgen, der ihrem Besuch vorangeht, widerfährt Jakob eine profane Erleuchtung. Im Rahmen eines heftigen Wortgefechts mit dem Vertreter einer befeindeten Fraktion hat er die Vieldimensionalität des Phänomens Arbeiterklasse entdeckt, einen glänzenden Bogen geschlagen von der gegenwärtigen Verwertungskrise des Kapitals zurück zum Verfall des Baumwollpreises auf dem Weltmarkt um 1730. In einem atemberaubenden Gedankensprung hat er eine oszillierende Verbindung hergestellt zwischen dem Ausbruch des englischen Maschinensturms im frühen neunzehnten Jahrhundert und den deutschen Septemberstreiks von 1969 und seinen Überflug gekrönt mit der Bemerkung, das Proletariat sei kein auswendig gelerntes, heruntergespultes totes Ding, sondern eine vitale Beziehung, die sich beweisen müsse im alltäglichen revolutionären Kampf. Alles andere sei der pure Revisionismus und sonst nichts. Unter seiner Rede sprühte ein helles, in ihre Richtung wehendes Feuer aus seinen Augen, und Dorothee hat es gesehen, und dabei ist ihr das Strickzeug in den Schoß gesunken. Wie sie jetzt, die Hände um seinen Nacken geschlungen, vor ihm steht und zu erkennen gibt, daß sie mit ihm schlafen möchte, wenn er nur mag, ist er nicht mehr ganz sicher, ob er eigentlich das will, was er sich inständig wünscht, weil er eine Entdeckung fürchtet, die hinabführt von den unangreifbaren Höhen der Dolomitentheorie in die Niederungen des praktischen Mangels: Ich bin eine männliche Jungfrau.

Einen Lidschlag lang liegt ihm das Bekenntnis auf der Zunge, aber da ihre Lippen die seinen schließen, bleibt das Überflüssige ungesagt, und angesichts der Blöße, die sie sich gibt, fehlen Jakob endlich die Worte. Na, das wurde aber auch höchste Zeit, wird man erleichtert aufseufzen und vielleicht nachsinnen über einen schönen Titel: Die Frau, die auszieht, den Mann zu erlösen. Alle Märchen werden wahr. Aber dies ist kein Kolportageroman, Dorothee ist keine Prinzessin, und Jakob ist ein verwunschener Frosch, den sie wohl ein halbes dutzendmal an die Wand werfen könnte, und es fiele doch niemals ein prächtiger Königssohn herab, sondern immer nur ein Sorger. Jakob hält den Mund, aber wer hält die sich in seinem Kopf überschlagenden Gedanken auf? Die Haut, nach der er sich sehnt und die ihn berührt, ist eine fremde, warm atmend, freundlich lockend, aber doch eine fremde. An dem Ufer, das der zaghafte Entdecker betritt, wird seine Sprache nicht gesprochen, bietet seine Rüstung keinen Schutz, führen die ihm bekannten Zeichen in die Irre. Er könnte sich mit Händen und Füßen verständigen, bunte Glasperlen in die Luft werfen, das Rad schlagen, ein männliches Lied singen oder sich ganz einfach der Eingeborenen anvertrauen auf dem Weg ins Landesinnere. Aber ihm ist nichts ganz einfach, weil er sich selbst nicht über den Weg traut.

Nur gut, daß er den Kopf nicht verloren hat. Wie schön, daß er alles im Kopf hat. Sein Kopf weiß alles über Frauen. Sein Kopf wird schon wissen, wo es lang geht. Sein Kopf ist der große Brockhaus. Hier treffen sich Salomo und die Königin von Saba, Scarlett O'Hara plaudert mit Madame Bovary, Lady Chatterly steht neben dem Kinsey-Report und diskutiert mit Wilhelm Reich die Formen des weiblichen Sexuallebens. Vom Winde verwehte koitale Streuung der Ehelichkeit im tiefen Petting, Red Butler kumuliert oral herbeigeführte Orgasmen, manche Männer können noch mehr, aber Jakob will doch nur die eine, will aufstehen und in der Stadt umhergehen und die suchen, die seine Seele liebt. Aber wird er sie wirklich finden am Rande oder im Zentrum einer erogenen Zone, die sich womöglich übersetzen läßt mit jenen tanzenden, dunklen Vorhöfen dort oder der flimmernden Innenseite des Oberarms, oder ist es nicht vielleicht doch der rosige Bogen ihrer Ohrmuschel, auf dem Sorgers Zunge seit geraumer Zeit unschlüssig hin und her wandert und auf eine Lösung des Rätsels sinnt, bis endlich Dorothee den vergrübelten Liebhaber beim Schopfe packt und ihn mit leiser Stimme beschwörend fragt: »Sag mal, was machst du da eigentlich, ich meine, was suchst du um Himmels willen an meinem Ohr?« Und Jakob sagt: »Tja, ich habe die ganze Zeit gedacht, daß dir das gefallen könnte.« Und sie sagt: »Das habe ich mir beinahe gedacht, daß du dir was gedacht hast dabei. Stell doch das Denken einfach mal ein für einen Augenblick. Morgen ist auch noch ein Tag, an dem du wieder viel und tüchtig denken kannst, aber heute ...« Und er sagt: »Wie soll denn das gehen, ich meine, ich weiß nicht so recht ...« Und sie sagt: »Ich weiß, du hast keine Ahnung, keinen blassen Schimmer hast du, du bist mir ja ein schöner Revolutionär, aber das macht nichts, du bist mir lieb so, wie du bist, glaub mir.« Sie ist sehr hell, hat braune Augen, und das Gelächter, das in ihr aufspringt, steckt ihn an. Das Lachen enthält die Lösung, und ihre Umarmung mündet ein in eine schmerzlose Enthauptung. Mit der Frau kopflos und sanft gleitend über alle Untiefen des Schwäbischen Meers in dieser und einer anderen Nacht, verwehte Nächte, italienisch illuminiert, in denen das Licht weithin leuchtet, innen und außen: Das ist dem Jakob die große Ernte des kurzen Sommers.

Alles kommt anders, als man denkt. Das blütenweiße Tischtuch der Geschichte zeigt Flecken. Die weltumspannenden Gedanken kehren geschlagen heim. Im Gepäck befinden sich Rückfahrkarten und Kompromisse. Der Student geht vorbei. Dorothee wendet sich ab von der Wissenschaft und arbeitet als Barfrau. Die Avantgarde ist enttäuscht vom Proletariat und wendet sich einem neuen Kapitel der Geschichte zu.

Jakob Sorger setzt alles auf eine Karte. Jakob Sorger setzt auf die Frauenbewegung. Die Frauenbewegung ist noch hellhaariger als das Proletariat, sie ist aschblond, hat graublaue Augen, stammt aus einem Flecken bei Flensburg und heißt Helge. Der erste Zusammenstoß mit der Frauenbewegung findet in einer Turnhalle statt. Jakob unterzieht sich dort zusammen mit einem Freund einem schweißtreibenden Krafttraining und nähert sich gerade der Schmerzgrenze, als neun barfüßige, mit kimonoähnlichen schwarzen Leinenanzügen bekleidete Frauen die Halle betreten. Der hinübergeworfene Gruß der Männer bleibt unbeantwortet. Unter dem asiatisch klingenden Ruf ihrer zierlichen Anführerin formieren sie sich an der gegenüberliegenden Wand zur Riege und beginnen mit Dehnungsübungen, Grätschen und Rumpfbeugen. Dann wechseln sie in Kampfstellung über, die nackten Füße werden breit auseinandergestellt, die Oberkörper pendeln nach vorn, die Handflächen liegen auf den Schenkeln. Auf ein scharfes Kommando hin gruppieren sich die Frauen um einen von der Decke herabgelassenen mannshohen Sandsack und kreisen ihn ein. In einer einzigen, von einem gemeinsam ausgestoßenen Schrei begleiteten Bewegung wird die rechte Hand an den Körper zurückgezogen und zur Faust geballt, während die spatengleich gekrallte Linke auf die Oberfläche des Sandsacks prallt. Eine ständig sich wiederholende Abfolge von Spannung, Schrei und Schlag. Das Knirschen des Sandes setzt sich im Inneren des zwischen Staunen und Entsetzen schwankenden Jakob Sorger fort, der andere Mann hat den Raum längst verlassen.

Jakob steht wie gebannt im Türrahmen, verliert sich in den blauen Augen unter der weißen Mähne und gibt sich ein neues Rätsel auf: Kalte Wut, kalte Glut, oder wie protestantisch ist der Polarkreis? Der Liebesausbruch führt von der Turnhalle in die Buchhandlung: Der Weg ist gesäumt von Brot und Rosen, seit jeher üben die Kreterinnen den Beruf des Stierspringens aus, Jenny Marx ist ein Opfer des Kapitals, Sartre ist der Abklatsch einer authentischen Französin, Feminismus macht schön, hinter der täglichen Naßrasur verbirgt sich ein Gorilla, in mütterlichen Landschaften verklingt das Patriarchat, Penthesilea kennt kein Puppenhaus, die Zukunft ist weiblich oder gar nicht: Das alles kann man sich gut merken.

Jakob zeigt sich willig, anstellig und lernt seine Lektion gewissenhaft. Alles, was er liest, macht er sich zu eigen, wendet es auf sich an und nimmt es wörtlich. Er lenkt die Speere der Frauenoffensive auf seine Brust, dreht sich durchs Mahlwerk mutiger Selbstanzeigen und streut seine Asche in die Brautwerbung. »Wenn du mich dennoch lieben könntest«, fleht der geläuterte Liebhaber, und Helge wundert sich über Jakob und nennt ihn »Euer Seltsam«. Das Spiel heißt: Ich breche mich in Stücke und werfe mich in deinen Schoß. Der Schoß ist ein sicherer Platz zwischen der äußeren und der inneren Hemisphäre. Dort ist es gut sein für den pulverisierten Mann. Er hat es warm, wird durch die Gegend getragen, und die starke nördliche Frau bestimmt das Tempo des Liebesfortschritts.

Neun Monate später regnet es Kinder, und eines davon heißt Felicitas. Sie trägt den Nachnamen ihrer Mutter.

Spätestens an dieser Stelle stockt die Rede, und die Aufmerksamkeit verebbt. Der Hemdkragen scheuert, die Augen tränen, die Füße schlafen ein, womöglich greift man sich bei der Lektüre an den Kopf oder rauft sich die Haare. Solche Reaktionen sind nur zu gut zu verstehen. Man vermißt die große erzählerische

Bewegung, sieht sich um die Exposition betrogen, die Konturen des Helden bleiben verschwommen, die Bedeutung seines Namens wird totgeritten, und die imaginäre Leserin, anfänglich zu jeder erotischen Verstrickung bereit, macht ihrer Empörung Luft: Ausfahrt nach Indigo an einem Sonntag im April? Na schön, ich bin dabei. Aber mit wem denn? Etwa mit diesem Umstandskrämer da? Mit diesem Grübelzentrum, mit dieser Wetterfahne von einem Mann? Was heißt überhaupt Mann? Der lasche Typ ist ein Faß ohne Boden, was sage ich, ein Behälter für Frauenfragen ist das und sonst nichts.

Das ist hart. Ruhig Blut, verehrte Dame, Sie sind enttäuscht und flüchten sich in haltlose Bezichtigungen, wird man der Leserin beschwichtigend zurufen wollen, das schüchtert Sorger ein und ist nicht dazu angetan, ihm auf die Sprünge zu helfen. So kann man sagen. Aber wieviel Wahrheit liegt in der Übertreibung? Ein Körnchen? Eine Handvoll? Wann ist ein Mann ein Mann, und ist Jakob Sorger wirklich ein Mann, wie sein Personalausweis behauptet?

Nach Rücksprache mit der Dudenredaktion zerfällt der Sorger etymologisch in zwei Teile: Einerseits stammt er aus der russisch-baltoslawischen Sippe der Saróga und gilt in dieser Bedeutung als ein von Unruhe, Angst und quälenden Gedanken besessener Mensch, der Sorgen hat, andererseits steht er in einer mittelhochdeutschen Präfixbildung für die Bemühung um Abhilfe und taucht im ausgehenden sechzehnten Jahrhundert zum ersten Mal als amtlicher Pfleger, als Fürsorger auf. Der sprachliche Untergang des Fürsorgers im professionellen Sozial- und Beziehungsarbeiter der Gegenwart kann nicht darüber hinwegtäuschen, daß der Sorger ein typischer Frauenberuf war und ist. Die Angehörigen dieser Berufssparte bezeichnen sich in der Fachliteratur häufig als die mütterlichsten Frauen der Nation und berichten in Selbstuntersuchungsgruppen über Ich-Schwächen, Ohnmachtsgefühle, Zustände innerer Leere und die Neigung, bei jeder Gelegenheit mit ihrer Klientel zu fusionieren statt sich mit ihr auseinanderzusetzen. Ich bin ein Gefäß, eine Hülle, ein gleichgültiger Uterus, faßt eine dreifach belastete Schattenarbeiterin ihre Identitätsproblematik zusammen, ich bin nur das, was mein Mann, mein Geliebter, meine Kinder, was meine Kunden in mir sehen oder in mich hineinlegen.

Die Reise durch Herkunftswörterbücher, Frauengruppen und das Berufs- und Liebesleben des Helden ist eine Wanderung durch identische Landschaften: Auch Sorger ist eine Person des Schattens, des Nebels, der Dämmerung, verwoben ist er unauflöslich mit den Dingen, Menschen und Begebenheiten der jeweiligen Gegenwart. Nie weiß er zu sagen, wo er selbst anfängt, nie weiß er zu sagen, wo der andere aufhört, er ist immer nur das, was die falschen Fünfziger, was die zähen Sechziger, was der frühe Rock, der organisierte Klassenkampf und die Frauenbewegung in Gestalt von Mama und Mädchen, als Dorothee des Südens und Helge des Nordens aus ihm machen. Er ist immer nur das, was die eine in ihn hineinsehnt, was die andere in ihm zu erblicken wünscht. Sorger ist ein Objekt, er ist ein grenzenlos plastisches, völlig geschmeidiges Objekt. Schneller als jeder Meteorologe wittert er Temperaturschwankungen, Wetterstürze und Erdbeben. Je nach Bedarf bildet er drinnen ab, was draußen gespielt wird: Der Januar sieht ihn still und starr, im Mai schlägt er kräftig aus, im Juni schmilzt er dahin, im August erreicht er den Siedepunkt, und zu Weihnachten steckt ihm das andere Geschlecht ein Licht auf – früher hätte man wohl gesagt: Der Mann ist Wachs in den Händen der Frauen, mit dem kann jede machen, was sie will.

Da schwingt ein bißchen Häme mit, ein wenig Verachtung auch: Männerwachs hat derzeit keine gute Presse. Hartholz erreicht die höchsten öffentlichen Notierungen, und manch eine von denen, die gestern noch mit Hennarot und Doppelaxt durch den morschen Wald schritten, beklagen heute die Ausbreitung der Steppe und wollen im anhaltenden Frost der Freiheit doch lieber wieder von richtigen Männern aufs Pferd gehoben, heimgeholt, gerettet und nach Möglichkeit zentral beheizt werden, zumindest in einem Roman, der unter dem lila Kopfkissen steckt.

Hier und dort werden auch in renommierten Frauenhäusern schmallippige, scharfrasierte Ritter gesichtet, die tragen zweireihige Rüstungen der Marken Boss und Armani, und gelegentlich darf es auch ein schlichter Volksporsche sein oder ein Päckchen WEST, wenn er nur wieder geht, bevor der Morgen graut.

Da lacht der Jakob. Er ist kein richtiger Mann. Er macht sich rar. Er bietet sich verstohlen an. Er beobachtet die Welt, die in ihn fällt. Er will überrascht werden. Er will erobert werden. Vierzig Jahre ist er durch ihre Hände, durch ihre Schule gegangen und sieht sich in lichten Momenten mit den Augen der Frau, auf die er wartet. Immer wieder. Er steht zum Fortschritt seines Lasters, und das treibt ihn unaufhaltsam auf die andere Seite. Die Frau in Jakob Sorger verleiht ihm eine bemerkenswerte, wenngleich fließende Eigenschaft: Er ist fähig zur Hingabe. Das ist ein altmodisches, ein sterbendes Wort, das man ruhig ein wenig zerdehnen, ein wenig in sich nachklingen lassen darf, nicht nur als Mann, glaube ich. Wer immer auf sich aufpassen, wer sich beherrschen muß, wer sich unentwegt von irgend etwas emanzipieren muß, wer ständig auf der Hut ist vor sich und dem anderen, hat allen Grund, dieses Wort zu fürchten, und sagt vielleicht voller Abscheu und Ekel: Da hört doch alles auf. Hingabe? Ich werfe mich doch nicht weg. Was glauben Sie denn, wen Sie vor sich haben?

Das weiß ich auch nicht, ich kenne Sie ja nicht und sage nur so dahin: Es gibt viele eilige, viele grellbeleuchtete Passanten in den Städten, aus denen wir kommen, die wischen einander im Vorübergehen die Funken aus den Augen, ohne je ernstlich in den gefährlichen Sog zu geraten. Die wird es nie erwischen, nie heimsuchen, nie überkommen, weil die Angst so groß ist vor der Hingabe, die mehr ist als die Verständigung auf eine Zigarettenlänge, mehr ist als eine therapeutisch angeleitete Harmlosigkeit. Hingabe kann heißen: Ich stelle mich dir anheim, ich verschwinde in dir mit Haut und Haaren, ich sehe ab von mir, ich gebe mich auf und verwerfe am Ende mein Ich, das teure. In diesem Augenblick wechselt der Hingeber in den Gleitflug, dann ist die Zeit reif für einen Abend, irgendeinen Abend, an dem ein scharfer Aufwind seine Schulter streift, und er spürt, daß die Berührung, daß die Luftbewegung ihm, einzig und allein ihm gilt. Er breitet die unbeschwerten Arme aus, überläßt sich den Windströmen der Nacht, treibt dahin ohne Ziel und Absicht und wird zu Orten und Menschen getragen, von denen er vielleicht irgendwann sagen wird: Da wollte ich hin in dieser Nacht, und ich bin angekommen, und so weiter.

Jakob, der ja nicht nur ein belorussischer Saróga, sondern auch ein solcher Hingeber ist, ahnt nichts von seiner Fähigkeit, sie bleibt ihm verborgen, und das ist gut so. Je weniger man von der Hingabe weiß, desto besser. Denn man kann sich ihrer nicht bedienen, sie hat keinen praktischen Nutzen, sie ist kein Tischleindeckdich, sie ist keine Beziehungstechnik und keine Verrechnungseinheit, man gibt sich hin, oder man läßt es bleiben. Das ist alles.

Da war also einmal ein Mann, der hieß Jakob Sorger, galt als umgänglich, freundlich, zufrieden, hatte ein Kind gezeugt, einen Baum gepflanzt, ein Buch geschrieben, ein Haus gekauft und steht nun im Vorgarten dieses Hauses zwischen den Rabatten und liest im Schein der untergehenden Sonne die Gebrauchsanleitung auf der Rückseite einer kleinen Tüte, die Blumensamen enthält. Was er dort liest, kann ihn nicht mehr überraschen. Jahr um Jahr, insgesamt mögen es zehn oder elf Jahre gewesen sein, hat er so zwischen den Rabatten gestanden. Er kennt den Text auf dem Tütchen beinahe auswendig. Er liest aus purer Gewohnheit: Keimkraft, seit über 130 Jahren bewährt, steht da. Und darunter: Männertreu, auch Lobelia genannt. Die Aussaat erfolgt zwischen Februar und April in eine Mischung von Heideboden, Mistbeeterde und Sand. An einem trockenen und warmen Standort wird der Samen angedrückt und schwach bedeckt. Die Keimlinge sind zu pikieren, abzuhärten und am 15. Mai auszupflanzen. Männertreu ist zierlich, reichblütig und besonders wertvoll für Einfassungen aller Art, für Soldatenfriedhöfe und für Topfkulturen. Preis: 1,49 DM. So liest er aus purer Gewohnheit und liest es doch zum erstenmal: Männertreu. Ich bin, so hebt es leise an, in ihm zu sprechen, ich bin auf sonderbare Weise schwach bedeckt, ich blühe zierlich und reich, ich bin eine eheähnliche Familienfassung, eigne mich zum Totenkult und bin zudem billig zu haben, alle Jahre wieder.

Und wie er so dasteht zwischen den Blumenbeeten, und wie es in ihm so spricht, so verweht und undeutlich von irgendwoher, da öffnet sich im abendsonnenbeschienenen Nachbarhaus ein Fenster, ein kleines unscheinbares Fenster. Aus dem Fenster tönt ein wahnhaftes Streichorchester heraus, da schwappt ein River deep und ein Mountain high über das Fenstersims, die brechen über die Wand nach unten und bohren sich direkt in die halbgeöffneten Ohren Jakob Sorgers. Als er den Kopf hebt, um den Dammbruch zu lokalisieren, lehnen Ike und Tina Turner im Fenster, zeigen die Zähne und breiten einen tiefschwarzen Refrain über dem betäubten Gärtner aus:

»And it gets stronger in every way
And it gets deeper, let me say
And it gets higher, day by day . . .«

Da bebt der Torfmull, Stimme um Stimme, Becken um Bekken, Geige um Geige springen auf, das Pizzikato perlt über den fröstelnden Höhengrat, Phil Spector pusht den Süden zum Soul und holt Richard Wagner in genau drei Minuten und dreißig Sekunden zurück ins Rockuniversum, filigranes Weiß überquert die Ebene der leicht gefügten Dome, ein Blockwart greift zum Telefonhörer und droht den Negern mit einer einstweiligen Erschießung durch die bewaffnete Polizeikapelle, eben noch ein klares Gesicht inmitten der zuckenden Körper, have you ever seen the captain of my heart, es ist Zeit, daß wir einander zum Tanz aufspielen nach einer Melodie, bei der wir nicht mit dem Rücken zur Wand stehen, sondern in der offenen Tür, im Neonmond. Aber auf einmal implodieren die Boxen, ist das Konzert schon vorbei, und Sorger streut den verjährten Männertreusamen in den Abendwind. Der April verbündet sich mit der Musik gegen die amtlich verordnete Stromsperre. Draußen herrscht Ruhe, aber drinnen hämmert unbekümmert der schwere Beat. Die Spielmöglichkeiten der linken Hand haben sich erweitert. Sie braucht die Rechte nicht mehr zum Anreißen des Tons. Der gute Verstärker nimmt ihn direkt von der Berührung der überstraffen Saite, die linke Hälfte entfaltet den vollen Klang, die rechte wird frei für andere Bewegungen und folgt der Parole: Platz schaffen! Abräumen! Zerstören! Das verjüngt. Als sei es gestern gewesen, bringen die verzweifelt brüllenden Saxophone der Gebrüder Ayler das dreckige Rohr zum Platzen. Auf der Flucht, schreit es aus den Trümmern der Geschichte, auf der Flucht, What do I know, where my father was, when I was stamped, What do I know, where my mother was, when I was born. Die mächtigen Eltern liegen auf dem Dachboden und pressen ihre großen Ohren auf die Dielen. Außer dem Trommler sind zwei Bässe, Cello und Geige dabei. Sie grölen und fideln alle am selben Strang, der immer dicker und dicker wird, bis er endlich abreißt und in einem schwarzen Loch versinkt. Sorger streift den Vorgarten ab und holt Luft zum zweiten Atem.

In der Küche brennt Licht. Felicitas wohnt in der Sesamstraße 910. Der Punktstrahler entflammt das aschblonde Haar der Gefährtin. Helge blättert in einem Frauenroman. Sie ist einen Tag älter geworden und blickt ihm entgegen. Jakob Sorger klemmt im Türrahmen und reibt die Nasenwurzel zwischen Daumen und Zeigefinger der linken Hand.

Helge kennt das Zeichen: Was ist mit dir, Jakob?

Heute habe ich den Lobeliensamen in den Wind gekippt.

Na und? Dann wirst du etwas anderes pflanzen in diesem Jahr.

In diesem Jahr werde ich gar nichts mehr pflanzen, glaube ich.

Das macht doch nichts. Lassen wir halt im Sommer das Unkraut schießen und überspringen ein Jahr.

Weißt du eigentlich, seit wann ich das schon mache?

Klar, seit wir uns kennen.

Eben. Alles hat seine Zeit, und die Blumenzeit ist vorbei. Ich mag nicht mehr. Es geht mir nicht mehr von der Hand seit heute nachmittag.

Was war heute nachmittag?

Heute hat mich der Schlag getroffen zwischen den Rabatten. Ich war gerade damit beschäftigt, die Männertreu durchzubuchstabieren und die Jahre zu zählen, da hat sich drüben ein Fenster geöffnet, und eine Musik ist aufgegangen, an mir, in mir, was weiß ich, wie von weit oder leise zieht durch mein Gemüt.

Erinnerst du dich, sweeter than wine, erinnerst du dich an den dunklen Hauseingang in Halensee, wo wir zusammenstanden über dem Wasser, erinnerst du dich an deinen eigenen Kuß, erinnerst du dich überhaupt noch an Küsse oder was du fühltest damals? All shook up, Foxy Lady, I'm going to get you, wer wen, frage ich mich. Ich dich, du mich, wir uns und in welcher Erinnerung? Ich liege auf der Lauer und höre ihr zu, der Erinnerung. Sie spielt Tag und Nacht, vom Tag in die Nacht und von der Nacht in den Tag hinein. Die Zeit ist nur dazu da, sie wie einen hohen, ziehenden Ton vorbeiwehen zu lassen, und ich liege erdabgewandt mit dem Nacken in der Furche und bin ganz Ohr, unsäglich ergriffenes Ohr, und kein Ton wird mir verborgen bleiben, wenn ich nur immerzu horche. Horch, Teure! Horch! Die Nacht, die leise schreitet. Verstehst du mich?

Ich höre, mein Kuß brennt kein Feuermal in deine Armbeuge wie seinerzeit im zarten Damals, höre ich, du bist die Flut und ich das Niedrigwasser, höre ich, ich rühre im Eintopf, und du springst einher auf den Beinen des Tänzers, Still crazy after all these years, höre ich. So originell, wie du glaubst, ist sie nun auch wieder nicht, die Melodie. Euer Hochrockgeboren werden von der fliegenden Hitze ereilt, erleiden ein Déjà-vu in der Plattenrille, erleben einen Plötzlichkeitsschock im Blumenbeet und werden von unbekannten Stimmen geplagt in der Lebensmitte. Das sind die Symptome einer weitverbreiteten Männerkrankheit, und die will kuriert werden. Das kann ich schon gut verstehen, das schreit ja förmlich nach Runderneuerung, Kleiderwechsel und Blutdusche.

Also: Wo ist die verjüngte Frau, und worauf läuft sie hinaus, deine verworrene Geschichte?

Das weiß ich auch nicht. Wenn ich deiner bitteren Ironie folgte, liefe die Geschichte auf eine Trennung der bekannten Art hinaus. Aber ich bin keine Midlife-crisis, kein Abenteuerurlaub, kein sentimentaler Altrocker, der im Keller seine verstaubte Gitarre streichelt, und auch kein Niemand, dessen infarktbedrohtes Herz plötzlich für die Töchter seiner Freunde schlägt. Ich bin doch nicht der Meine-Frau-versteht-mich-nicht-Witz, der schwankend an der Theke steht und nach dem fünften Ouzo das Wasser unter sich läßt und brabbelnd fragt: Hätte ich mit mehr Frauen schlafen, buntere Illustrierte abonnieren, größere Autos kaufen und überhaupt viel schneller leben sollen in diesen vierzig Jahren? Ich höre eine historische Schallaufnahme, Wild thing, I think you move me, und schließe den anglophonen Plattenschrank. Dann sind die Boxen still, der Raum leert sich, und es bleibt eine Frage übrig: Wie schwer ist ein Körper? Oder: Wo ist das Fenster, das nach Süden offen ist? Oder: Wie bewahre ich tausend Kilometer östlich von Aragon das Gefühl für die Präzisierung des täglich Wunderbaren? Ich suche das Wunderbare. Ich gehe. Ich gehe aufs Ganze. Ich werfe mich auf den Markt der Gefühle. In naher Ferne, in ferner Nähe wirble ich durch die Luft und schlage irgendwo auf. Dahin gehe ich. Vor die Tür. Vors Haus. Weit vor die Tore der Stadt, wer weiß.

Nimm mich mit.

Nein.

Warum nicht?

Wie schön du bist, aber diese Worte sind keine Brücke, über die ich dich führen möchte. Der Abstand zwischen uns ist so groß wie der zwischen zwei Sätzen. Der erste Morgen heißt: Brennender nie als im frühen August unterm Jakarandabogen, da die Erde sanft und zerbrechlich zu werden beginnt, blauer Sand, weißer Himmel, komm und küß mich richtig und tief. Der letzte Abend heißt: Du hast immer noch nichts eingekauft, und um sechs macht der Metzger zu, deshalb kann ich dich jetzt nicht lieben. Das Begehren beugt sich dem Ladenschlußgesetz auf lange Sicht. Die Routine diktiert gedankenlose Mitteilungen und macht uns gefügig mit den Jahren. Irgendwann glauben die Paare, dreimal am Tag essen zu müssen, und alles, was dem Körper regelmäßig zugeführt wird, schläfert die Seele ein. Immer noch kommt es zwischen Arbeits- und Nahrungsbeschaffung zu zufälligen Berührungen, immer noch fallen Zärtlichkeiten ab vom Rande des Einerleis, und letzten Endes können wir uns aufeinander verlassen, aber letzten Endes wächst der wirkliche Abstand in uns unaufhaltsam. Der Vertragspartner unterscheidet sich vom Liebhaber durch den Stempel der staatlichen Fleischbeschau. Sie sprechen eine andere Sprache, bewohnen einen anderen Kontinent und begegnen sich auf den Straßen als Fremde. Der eine rast durch die Einsamkeit, der andere versinkt im alternativen Grüngürtel, und vom großen Brand bleibt ihm das Grillfeuer am Wochenende. Deshalb gehe ich allein.

Und wie stellst du dir das vor mit dem Kind? Deine Tochter, von einem Tag auf den anderen im Stich gelassen von ihrem Vater – was denkst du dir dabei? Was soll ich ihr sagen? Hör auf zu heulen, er ist nur Zigaretten holen gegangen und bleibt ein bißchen länger wie die anderen viertausend Männer, die auf dem Weg zum Automaten jährlich verschwinden. Soll ich sagen: Krieg dich wieder ein, er sucht nur mal eben das Wunderbare, und wenn er's gefunden hat, wird er schon wieder auftauchen, dein sauberer Vater.

Deine Tränen sind nicht die ihren. Sag ihr ruhig, es sei das Wunderbare, was mich nach draußen treibt. Noch ist sie ein Kind und verbindet mit diesem Wort mehr als jeder Erwachsene. Ich höre nicht auf, ihr Vater zu sein, wenn ich das Haus verlasse. Was ich ihr bedeute und wer ich in ihr bin, hat sich längst gelöst von meiner Anwesenheit. Legionen von Familienhäuptern schleppen sich Tag für Tag von den Großraumbüros in die Schlafstädte, mühen sich mit Kreativitätstrainings und Bastelanleitungen und bleiben doch immer nur Schatten für ihre Kinder. Was ich mir vorstelle, was ich mir eigentlich dabei denke? fragst du. Ich weigere mich ab sofort, mir etwas vorzustellen. Mit dem Vorstellen fängt das ganze Elend an. Jede Aufforderung, die an mich ergeht, mir etwas vorzustellen, endet damit, daß ich meine Wünsche beerdige, und es ist immer das alte Männerlied: Hans ist wohlgemut, Stock und Hut steh'n ihm gut, und er geht in die weite Welt hinein, wenn da nicht die Mutter wäre, die sehr weinet, weil sie nun kein Hänschen mehr hat. Da besinnt sich das Kind, läuft nach Haus geschwind. Was ist das für ein dumpfes Besinnen, das ihn überfällt, den dummen Hans? Bienenflug und Himmelblau und plötzlich, im tiefsten Wiesengrunde, macht er auf dem Absatz kehrt und verrät die ganze schöne Welt an die Rockzipfel seiner Mutter. Warum wird er auf halbem Weg von allen guten Geistern verlassen?

Das ist doch ganz einfach, sagt das Lied, die Mutter weint um ihren verlorenen Sohn, und das kann er nicht aushalten. Ihre Tränen und ihr Schmerz machen ihm zu schaffen, und deshalb verzichtet er auf die große Entdeckerkarriere und wird ein kleiner Schürzenjäger. Aber wie kommen die Tränen, wie kommt der Schmerz, wie kommt das vergrämte Gesicht der Mutter über den Hans? Er sieht doch nur Sommer, Sonne und Wind auf seiner Wanderschaft, darf man vermuten. Er geht so vor sich hin, zufrieden und völlig gedankenlos passiert er Höhen und Tiefen, es geht ihm gut, es geht ihm sehr gut, es geht ihm zu gut, und er fragt sich: Geht es mir vielleicht zu gut? Und in diesem Moment verebbt das Rokokko des Glücks, der Gedanke springt auf, die Rücksicht macht sich breit, und prompt begibt er sich in die Vorstellung seiner Mutter: Und wenn sie sich nun grämt? Wenn sie bittere Tränen weint um mich, sich verzehrt nach mir, während ich Hallodri es mir wohl sein lasse in der Fremde? So blubbern, bohren und deuteln die Vorstellungen in den Söhnen, die Brillengläser beschlagen, der Atem wird kurz, der Schritt verharrt, das innere Augen zaubert die vierte Jahreszeit an den Himmel, und ein Hans schreit durch die vereisten Wälder: Oh, süße Heimat, Hütte, Herd! Halt aus, Geliebte, Mutter, hohe Frau, ich komme! Und niemals wieder will ich dich fliehen. Die Grübelbilder ziehen matt, die Segel hängen schlaff, am Ende der Straße locken Doppelbetten und Suppengrün, Stock, Hut und Wohlgemut werden an der Garderobe abgegeben und alle Frauentränen getrocknet. So liebt es sich im Volkslied. Und im Leben? Von der Demütigung versengt, sitzen sich Mann und Frau nach dem Happy-End gegenüber und besichtigen die Reste des schlüsselfertigen Schleiflacktraums. Nie wird er verwinden, daß es ihre Tränen waren, die ihm heimleuchteten, immer wird sie sich dafür verachten, einem abgebrochenen Muttersohn Unterschlupf gewährt zu haben. Die Bewohner des Ikea-Paradieses kennen keine Erlösung durch Sündenfall und Vertreibung: Ihr Cherub ist der stundungswillige, freundliche Herr vom Inkassobüro, ihr Erzengel ist der therapeutisch versierte Scheidungsrichter, der einen Gütetermin nach dem andern anordnet und das Paar gnadenlos zurückjagt in die indirekt beleuchteten Betten der Liebe: In dieser Salzwüste wird sie ihn in die erotische Irre führen, wird ihn im Zustand tiefster Abwesenheit glauben machen, das Eis sei am Kochen. In diesem stummen Arrangement wird er ihr als halbherziger Seitenspringer und Fremdgänger Verletzungen zufügen, von denen beide sich nie erholen werden. Do ut des: Ich gebe, damit du gibst – bis zum Sprung über die Klinge in der silbernen Hochzeitsnacht. In diesen wattierten Höllen der Paarwelt herrscht ein hemmungsloses Gemenge rund um die Uhr, ein großes Nuckeln und Versorgen und Verbinden und Bemuttern quillt durch die Lastenaufzüge vom Souterrain bis zur Dachwohnung, verkrüppelte Söhne kriechen unter die Korsagen ihrer Gebärerinnen und wollen gestillt werden bis zum Erbrechen, kindische Töchter folgen den Spuren der Väter und loben das laue Behagen der Senilität, jeder ist jedem eine kleine, billige Flucht, jeder ist jedem eine preiswerte Notlösung für den Fall des Falles. Wenn es nach Sturm aussieht, sucht man sich einen Windschutz, wenn es kalt wird, wünscht man sich eine Wärmflasche, wenn es SIE dürstet, hängt sie sich an einen männlichen Tropf, wenn ER sich schwach fühlt, lehnt er sich an eine frisch gestärkte Krankenschwester, und weil sie es nicht anders kennt und weil er es nicht anders kennt und weil sie beide es nicht besser wissen wollen, bestellen sie das Aufgebot. Die Furcht, verletzt zu werden, ist das Einverständnis mit dem, was ist. Diplomatische Körper kauern in Klimaanlagen und pflegen den reibungslosen Verkehr. Auf der Strecke bleibt die LEIDENSCHAFT, und Männer und Frauen wandern ab in ein unbestimmtes Geschlecht. Aus ihrer Asche sprießen feige Androgyne und matte Asexuelle. Unbeschwert und gesellig ruhen sie voneinander aus und haben den Geschlechterkampf irgendwie hinter sich gebracht. Den Kampf habe ich vor mir, und ich weigere mich, die Unterwerfungserklärung gegenzuzeichnen. Der Frau, die ich liebe und die mich nicht lieben kann, weil der Supermarkt um sechs schließt, weil im Kino zum zehntenmal die Welt untergeht, weil das nagelneue Make-up verläuft, weil sie ihre Tage hat, weil sie beziehungsmäßig mit mir noch etwas auszudiskutieren hat, der Frau, die ich liebte bis zu diesem Augenblick, sage ich ganz gleichmütig: Steh auf, zieh dich an, geh hinaus, und komm bitte nie wieder. Wer Geschäfte machen will, kann nicht lieben, wer mit der Bombe ins Bett geht, kann nicht lieben, wer Lackschäden fürchtet, kann nicht lieben, wen das eigene Blut ekelt, kann nicht lieben, wer sich emanzipieren muß, sollte *es* lassen. Ich will nur das eine, und du willst nur das andere, so trennen sich unsere Wege, und ich drehe mich auf die Seite.

Es ist schon gut, Jakob. Gib dir keine Mühe. Ich stehe deiner Entfaltung nicht länger im Wege. Es ist überflüssig, mir den Stuhl vor die Tür zu stellen. Auf dem Schleudersitz werde ich mich ohnehin nicht mehr niederlassen. Du wanderst mit dem Flammenwerfer durchs Puppenhaus, fackelst eine Vergangenheit ab, die auch deine ist, und führst ein spätes Coming out auf: Verbrannte Erde heißt der Streifen oder Ein Mann zerreißt den Bausparvertrag und zieht ins letzte Gefecht: Militärkolonnen, fiebrige Schlaflosigkeit, Tigersprung ins Nichts, Faustschläge für die Satten, Rasiermesser gegen die Schläfer, Leuchtspurgeschosse ins Herz der Passanten. Findest du dich nicht selbst ein bißchen komisch in deiner neuen Montur: vom Dreiminutenei zur Handgranate, von der Latzhose zur Nahkampfspange, gestern Jakob Sorger und morgen Robert de Niro? Schaut da womöglich überhaupt kein neuer Krieger, sondern nur ein alter Kämpfer aus der Wäsche, am Ende gar dein Vater, der Panzerfahrer Sorger im Osteinsatz?

Laß meinen Vater aus dem Spiel. An dessen Uniform haben sich schon zu viele Frauen vor dir die Hände abgewischt. Über dem hat die weibliche Familienlegende so viel Dreck ausgekübelt, daß ich sein Gesicht vergessen mußte unter den Anwürfen. Mein Vater hat mir nichts hinterlassen mit Ausnahme der Wörter für den Krieg. Weil mein Vater den Krieg verloren hat, war das Wort Krieg verpönt, war der Krieg selber verpönt, war im Frauenhaus meiner Kindheit die Aussprache der Wörter verpönt, die für Krieg standen. Weil die Wörter für Krieg standen und der Krieg für meinen Vater und mein Vater für das Böse, das er über uns gebracht hatte, war es mir in Gegenwart meiner Mutter verboten, von meinem Vater als meinem Vater zu sprechen, war es mir untersagt, das Erbe meines Vaters anzutreten, das aus den Wörtern für den Krieg besteht. Der Krieg ist der Vater meiner Dinge, das ahne ich mehr, als das ich es wußte. Jede Silbe ein Ausfall, jedes Wort eine Attacke, jeder Satz ein Nackenschlag, jedes Kapitel ein Zeitzünder, der unter meiner Schläfe pocht. Ich spreche nicht, es spricht mich. Der Krieg, der Vater, das Böse spricht aus mir, und es ist sinnlos, das Erbe auszuschlagen. Eingesponnen im Selbstgespräch, überspringt die Sehnsucht nach der Anwesenheit meines Vaters die Angst vor dem Bösen, das er über mich gebracht hat, und die Wörter fallen aus mir heraus, als sei es gestern gewesen, daß er mich verließ: MaginotEpernaySommeChalonFontainebleauMaquisScapa FlowSmolenskCharkowWelikijeLukiKertschOrelBenghasiCyr enaikaMonteCassinoRadomLarissaKatynBakuOdessaOrdschni kidseStalingradElAlameinWorkuta. Die Achse reicht von Narvik bis Palermo. Der Elbrus liegt fünftausend Meter über dem Meeresspiegel.

Die Rollbahn schimmert hell. Die Spanische Division glänzt blau. Ihr Bruder heißt Condor. Die 6. Armee wird durch Panzerverbände geheilt. Menschenwellen unterspülen die Kurische Nehrung. Das Weiß im Auge des Feindes trübt meinen Verstand. Die Schlachtfanfare aus »Les Préludes« erwärmt mein Herz. Die Propaganda erringt einen späten Sieg im Nachgeborenen. Wer den Schrecken schönt in Worten, Werken und Gedanken, ist selbst ein Faschist. Ich besuche keinen Stammtisch. Ich baue den Soldaten keinen Dom und poliere keines ihrer Ehrenzeichen. Mir fehlen die Worte, die Worte meines Vaters. Ich folge den Bewegungen seiner Worte in einem imaginären Raum, um ihn zu finden. Die Suche ist ein Kinderspiel: Er versteckt sich, und ich bin die im Dunkeln tappende Blindekuh. In der Kette ist ›Kaiserslautern‹ kalt. ›Köln‹ ist lau. ›Königsberg‹ ist warm. ›Kiew‹ ist heiß, ganz heiß. Die heißen, schneidenden Worte treiben durch die frühe Zeit und sind umgeben von weiten, zerklüfteten Höfen. Auf einer dieser Inseln muß mein Vater eingekehrt sein. Der Hüne ist gefallen und nie wieder aufgestanden. Sein Gesicht ist schrundig und verwittert, unaufhörlich streicht der Wind über seinen Körper, hüftabwärts von Flugasche bedeckt.

»Hallo«, rufe ich hinüber. »Du, mein Vater, mir fehlen deine Worte so sehr, dein Mantel ist mir so weit und schwer geworden mit der Zeit. Seit vierzig Jahren stolpere ich über den Saum dieses Mantels, die Lippen habe ich mir verbrannt an deinem Namen, und mein Mund ist eine einzige Wunde.« »Geh ins Eis, Junge, mach einen Schnitt, mach einen klaren Schnitt«, ruft er zurück, »Moskau glaubt nicht an Tränen.« Und ich schreie hinüber: »Stein auf Stein meiner Seele, die Mauer, die Mauer wuchert, ich verstehe dich nicht, ich dringe nicht durch zu dir.« Und er lacht ein schmales, sandverwehtes Lachen: »Die Bazooka ist eine panzerbrechende Waffe und wird im Hinterhalt gezündet«, lacht er und ist schon vorüber im Schatten.

Den Gedanken an ihn habe ich begraben, ich habe ihn schnell begraben, weil seine Wörter für den Krieg stehen, der Krieg für den Vater, der Vater für das Böse. Deshalb habe ich die Wörter, den Krieg, den Vater und das Böse begraben und bezahle das Bestattungsunternehmen in kleiner Münze, damit alles erledigt wird: sauber, ordentlich, preiswert – und vor allem schnell. Und wenn alles vorbei ist, muß ich niemandem mehr folgen, keine fleischgewordene Wiederauferstehung wartet auf mich im verlassenen Haus des Vaters oder an einer Straßenecke. Seit die Wörter für den Krieg in die Geschichtsbücher abgewandert sind und in die Kameradschaftstreffen der Waffen-SS, habe ich einen schönen allgemeinen, freien und gleichen Frieden, der bis in die Wörter reicht. Um den Frieden muß ich nicht kämpfen, er wird mir geschenkt, um die Wörter muß ich nicht ringen, sie werden mir in den Mund gelegt. Zwischen zwei Müttern stehe ich hier festgenagelt im Vorgarten und singe: Ich bin klein, mein Herz ist rein wie die in Persil gewaschenen Hände der Henker, und weil die Wörter seit Anno Kindermund für den Frieden stehen und der Frieden für die Mutter und die Mutter für das Gute, das sie mir aufopferungsvoll Tag für Tag erbarmungslos einimpfte, wird mein Gebet höheren Ortes erhört.

Seither bin ich immun gegen die Anfechtungen des Bösen, das Gute ummantelt meine Haut wie Drachenblut, mein Gesicht ist eine lederhäutige Maske. Starr und ausdauernd drehe ich den Kopf nach allen Seiten, bin sehr lieb, überaus artig und gefällig, zu Recht nennt man mich höflich und zuvorkommend. Daß ich ein netter Mensch sei, wird mir bedeutet. Dankdankdank, rattert es aus dem Ledermund. Preis, Lob und Wonne spricht es mit Engelszungen aus dem Hohlkörper, und ergeben krümme ich mich unter dem Diktat der Muttergüte. Aber wehe, es geschieht, daß ich eines häßlichen Tages mit dem falschen Fuß aus dem Bett steige, daß mir die zweite Haut reißt in einem unbewachten Augenblick, daß ich, des Guten überdrüssig, die Gesichtsmaske im Kulturbeutel zerstampfe und dem handlichen braunäugigen Mann zurufe: Häng dich auf im Kleiderschrank, du Pflegeleicht, du Eischnee und Lobesam! Hej, Kerl, was habe ich mit dir, was habe ich mit dem Guten zu schaffen und was mit dem Frieden?

Ich bin der Pfeil, das Messer, die Jagd, der Sprung und der Flug, was kümmert mich das Herdfeuer, die Haftpflicht und der Beistand und das Päckchen, das jeder zu tragen hat? Jeden Tag öffnest du die Zeitung und suchst deinen Lebenslauf. Was findest du? Ein Original, wischfest und dokumentenecht? Du bist nicht einmal der Schatten deiner selbst. Du bist nicht einmal der zehnte Durchschlag. Du bist nicht einmal eine Papierluftschlange. Du bist nicht einmal eine Pappnase. Du bist nicht einmal Konfetti. Du bist der NEUE MANN. Du bewegst dich im Schonwaschgang, du kümmerst dich um die Empfängnisverhütung, du veratmest Preßwehen, du leistest Bürgschaften, du frankierst Standardbriefe, du säuberst Tonköpfe, du sammelst Schnappschüsse, archivierst Kindermund, du klebst Rauhfasertapeten, du befestigst Bilderrahmen, du reagierst auf Sonderangebote, du erdest Ableger, du absolvierst Familientherapien, du trägst Freizeitpullover, du diskutierst Erziehungsprobleme, du beweist Geschmack, du gehst zeitig zu Bett, du bist gesund, du bist aufgeräumt, du weißt, wo deine Grenzen liegen, du wirst hundert Jahre alt, du wirst nie mehr nach Amerika fahren, du wirst keine Wüste durchqueren, keinem Erdbeben zum Opfer fallen, keine Herzattacke erleiden und niemandem weh tun; von dir geht keine Gefahr aus: Du bist mein Tod zu Lebzeiten.

Wir haben viel zusammen gemacht. Wir haben uns immer gut vertragen, du und ich. Aber jetzt will ich von dir lassen, du lieber, guter Sorger, du. Du wirst schön hierbleiben, wenn ich jetzt gehe, du wirst die Blumen gießen, die Tränen trocknen, das Tagebuch führen und die Verantwortung tragen. Ich kann mich doch auf dich verlassen? Da bin ich aber froh. Und selbst? Danke der Nachfrage. Ich habe keine besonderen Pläne, ich bin nur noch ein männlicher Vorname ohne Anhang.

Ich ziehe meine schnellen Siebenmeilenstiefel an, platze durch die Schwingtür und rase mit Lichtgeschwindigkeit ins glühende, leuchtende, lockende Herz der Welt. Swatsch, Swatsch, Swatsch federn die Füße auf dem nassen, schwarzglänzenden Asphalt. Nach tausend mal tausend Schritten sieht das Auge vom Kompaß ab, leicht lacht der Mond über Golgatha, die Gnadennacht umspannt den dünnhäutigen Boten. Auf Nebelbänken hocken fahlgelbe Sünden, vergangene Häuser schlagen an, zerren an der Kette, erheben sich, fletschen die Zähne und fallen zurück ins Gestern-noch. Vierzig Weihnachtsbäume biegen sich in der Bö, vom Winterstern tropft Bakelit, in weichen Abbruchgärten nadelt die Kindheit. Glücksklee, sagt der weiße Kellner im Schwalbenschwanz und reicht mir die Visitenkarte: Agent Kairos, verlorenes Verlangen, en gros & detail. Wie er mich fragt, wie er in mich dringt, wie er mir helfen will, den Durst zu stillen mit dem essiggetränkten Schwamm aus der Bilderbibel, streife ich ihn beiseite wie einen Vorhang, und hinter dem Vorhang liegt ein dunkelgrünes Wäldchen und hinter dem Wäldchen ein Dorf und hinter dem Dorf ein Laden, und es klingelt, wenn ich die Ladentür öffne, und ich öffne den Mund, und ich sage ganz einfach: Frigeo. So gelb wie nie schäumt die Gier im trockenen Traumschlund, in der Hitze der Nacht flirren die Farben, aus dem Regenbogen schälen sich Gesichter, die drohen, schluchzen, singen und lächeln sehr nah. Aus dem schwarzen Fluß steigt ein rostbraunes Pferd, das trägt den flüchtenden Reiter auf schmalen Fesseln die Treppe empor bis zur Zinne. Nur einmal noch, flüstert der Reiter in die schweißnasse Mähne, nur einmal noch, und weit führt der Sprung über die Schlucht der blutenden Rosen. Fest schmiegt sich die Rede an den muskulösen Hals, und unten laufen die bunten Wörter mit raumgreifenden Schritten. Laufmuth, flüstere ich, du goldenes Tier, federe mit der ganzen Kraft deiner Lungen über Abgründe, Serpentinen, Katarakte und Erzählstraßen in ein anderes Blau. Laufmuth, wie wunderbar beben deine Flanken im Morgenrot. Und die Worte tragen uns weit über Bougainvilla nach Baton Rouge, von Ipanema nach Framboise, von Ultima Thule nach Monta Bur. Und irgendwann erreichen wir ein männliches Land und nennen es: Indigo . . .

Hinweise

Im Kapitel »Der wahre Jakob« wird eine Passage aus Alice Millers *Du sollst nicht merken* parodiert, in »Brüderlein fein« ein Motiv aus Melanie Kleins Untersuchung *Die Rolle der Schule in der libidinösen Entwicklung des Kindes* verarbeitet. Der Kampf der Tante mit der verunreinigten Welt (»Die Russen kommen«) paraphrasiert zwei Passagen aus Christian Enzensbergers *Größerer Versuch über den Schmutz.* Die in »Drei nach neun« auftretenden Personen des öffentlichen Lebens sind authentisch, die ihnen zugeordneten Äußerungen sind frei erfunden. Sorgers Seitenhiebe gegen die Zunft der Autobiographen beziehen sich auf einen Beitrag von Thomas von Freyberg in der von Helmut Lessing herausgegebenen Anthologie *Nachkriegskinder*, auf E. A. Rauters *Brief an meine Erzieher*, auf Karin Strucks *Klassenliebe*, *Die Mutter*, *Kindheitsende* und auf Brigitte Schwaigers *Wie kommt das Salz ins Meer.* Das Plädoyer für den literarischen Faustschlag geht auf *Efraim*, eine Figur aus Alfred Anderschs gleichnamigen Roman, zurück. Die Hymne des Heimkehrers auf eine glückliche Periode der deutschen Geschichte (»Schauinsland«, S. 144) habe ich dem Roman *Der junge Mann* von Botho Strauß entnommen, das Kompliment an die schwarzledrige Schöne (S. 149) den *Geschichten* von Robert Walser, und die Zauberformel zur Erlösung Persephones (S. 155) stammt von Bert Brecht. Der Angriff auf den neuerdings in der deutschen Literatur erhobenen vornehmen Ton enthält eine Blütenlese aus Peter Handkes *Über die Dörfer* (S. 164). Der in »Schauinsland« übernommene Versuch, mit einem erweiterten Verständnis der gutbürgerlichen Küche auf den Grund der deutschen Geschichtsmisere vorzustoßen, wäre ohne Karl Heinz Bohrers *Ästhetik des Staates* und Negt/Kluges *Geschichte und Eigensinn* nicht möglich gewesen. Das Motiv der Einverleibung des Unglücks (»Das Verblassen der Männer«, S. 201 ff.) verdanke ich Peter Glaser, Niklas Stiller und ihrem Roman *Der große Hirnriß.*